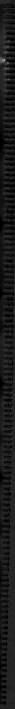

KB198919

Intimacies

Katie Kitamura

친밀한 사이

케이티 기타무라 장편소설

백지민 옮김

문학동네

일러두기

1. 주석은 모두 옮긴이주다.
2. 본문의 고딕체는 원서에 이탤릭체로 표기된 부분이다.

우리 가족에게

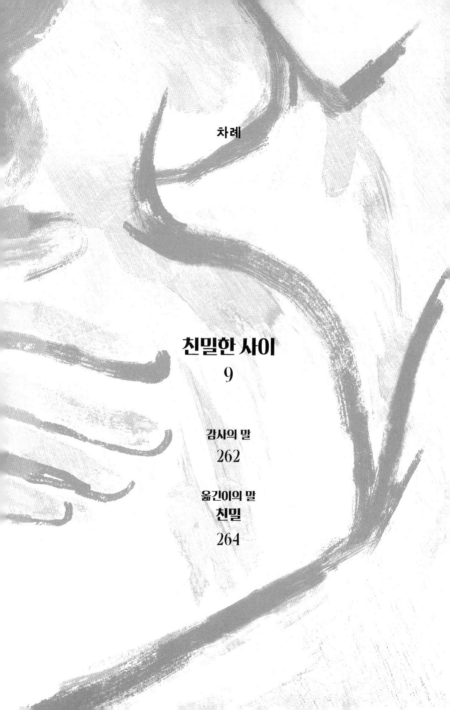

차례

## 친밀한 사이
9

# 1

　새로운 나라로 이주하는 건 결코 쉽지 않은 일이지만, 솔직히 말하면 나는 뉴욕에서 벗어나게 되어 행복했다. 아버지가 돌아가시고 어머니도 갑자기 싱가포르로 가 은거하면서 나는 뉴욕에서 갈피를 못 잡게 되었다. 그러자 우리 가족 누구의 출신지도 아닌 이곳에 내가 정착해 살고 있었던 건 부모님 때문이라는 사실을 처음으로 깨달았다. 나를 그곳에 붙잡아두던 것은 아버지의 오랜 병이었고, 그 상황이 불행한 결말을 맞으면서 갑자기 자유롭게 떠날 수 있는 몸이 된 것이다. 충동적으로 재판소의 통역직에 지원했지만, 일단 그 일자리를 받아들이고 헤이그로 이주하고 나니 내가 뉴욕에 돌아갈 의향이 없음이 분명해졌다. 어떻게 뉴욕을 집으로 여겨야 할지 더는 감이 잡히지 않았다.

재판소의 일 년짜리 계약직 일자리뿐 수중에 다른 건 전무하다시피 한 상태로 나는 헤이그에 도착했다. 이 도시가 내게 낯선 사람 같았던 이주 초반의 나날에 나는 목적지도 없이 전차를 탔고 몇 시간이고 걸어다니다가 가끔은 길을 잃고 핸드폰의 지도를 찾아봐야 했다. 헤이그는 내가 살면서 장기간 체류한 적이 있는 유럽의 다른 도시들과 한식구처럼 닮은 구석이 있었고, 아마도 그런 연유로 너무도 쉬이 또 빈번히 방향을 잃어버렸다는 게 스스로도 놀라웠던 것 같다. 거리의 친숙함이 혼란에 길을 내어주는 그런 순간들이면, 이곳에서 내가 방문객 이상의 존재가 될 수 있을까 하는 의문이 들곤 했다.

그럼에도 도로와 동네를 가로지르다보면 가능할 거라는 느낌이 새로이 들었다. 구물대는 비탄을 안고 살아온 지 너무도 오래되었던지라 그것을 신경쓰는 일도, 그것이 내 감정을 얼마나 무디게 만들었는지를 알아차리는 일도 그만둔 터였다. 그런데 이제 그 비탄이 걷히기 시작한 것이다. 어떤 여지가 트였다. 그렇게 며칠을 보내면서 뉴욕을 떠나길 잘했다는 마음이 들었는데, 다만 헤이그로 오길 잘했는지까지는 알 수가 없었다. 도시 경관의 이모저모는 내게 뚜렷하고 가끔은 놀랍도록 선명한 돋을새김으로 보였다―이곳이 아직은 익숙해져 진부한 느낌을 주거나 기억으로 왜곡되지 않았기 때문이기도 하고, 또 내가 무언가를 찾아다니기 시작했기 때문이기도 했는데, 찾아다니던 게 정확히 뭔지는 나도 알지 못했다.

서로 알고 지내는 런던의 지인을 통해 야나를 만난 것은 그즈음이었다. 야나는 마우리츠하위스미술관 큐레이터—국립미술관 가정부라고, 그녀는 비꼬듯 어깨를 으쓱하며 그 직책을 칭했다—로 일하기 위해 나보다 이 년 먼저 네덜란드로 이주해왔다. 그녀의 성격은 나와는 정반대였다. 그녀는 거의 강박적이리만치 속내를 터놓았던 반면 나는 몇 년 사이 마음에 빗장을 닫아걸게 된 터였다—아버지의 병이 지나치게 많은 희망을 품으면 안 된다는 무언의 경고장으로 작용했으니 말이다. 누군가와 친밀한 사이가 될 가능성에 내가 평소보다 좀더 여지를 남겨두었던 순간, 그녀는 내 인생에 들어왔다. 그녀가 수다스럽게 곁을 지키고 있으면 나는 마음이 차분해지고 안도감을 느꼈고, 이렇게 다른 둘 사이에서 일종의 평형을 이루어냈다는 생각이 들었다.

야나와 나는 자주 함께 저녁을 먹었는데, 그날 저녁 그녀가 요리를 하겠다고 자청했다. 레스토랑에서 식사하기에는 본인이 너무 피곤하기도 했거니와 그러면 우리 둘 다 돈을 아끼게 될 거라고 했다. 그녀가 새로이 떠안은 담보대출이라는, 무시할 수 없는 문제도 있었다. 야나는 얼마 전 옛 기차역 근처에 있는 아파트를 샀는데, 나에게도 지금 집의 단기 임차 계약 기간이 끝나면 그 동네로 이사오라고 열심히 설득하고 있었다. 허구한 날 부동산 매물을 보내주면서, 동네에 있을 건 다 있다. 다른 무엇보다도 교통편이 좋다. 아닌 게 아니라 자신의 통근길도 이제 더 수월해져서 환승하는 대신에 직통으로 가는 트램을 탄다고 큰소리를 쳤다.

트램 정류장에서 그녀의 아파트로 걸어가는 동안 깨진 유리가 발밑에서 아작였다. 발코니들이 늘어선 소박한 건물인 야나의 아파트 양옆으로는 공공주택 블록과 강철과 유리로 된 신축 분양 아파트가 있었는데, 빠르게 변모하는 동네의 두 양상을 보여주었다. 내가 인터컴을 누르자 버저 소리가 나며 그녀가 한마디 말도 없이 나를 들여보냈다. 노크할 새도 없이 문이 열렸고, 그녀는 직장생활이 그야말로 지옥이라며 서두도 없이 말을 쏟아냈다. 날마다 엑셀 스프레드시트나 눈이 빠지게 들여다보려고 런던에서 헤이그까지 이주한 것이 아니라면서. 그런데도 정확히 그런 꼴로 하루하루를 보내고 있다느니, 예산과 보도자료에 관한 걱정만 하고 미술품 자체를 보는 일은 드물다느니, 어째서인지 그런 업무는 다른 사람의 일이 되어버렸다느니 하고 말이다. 그녀는 손짓으로 나를 들여보내며 내가 건넨 와인병을 받아들었다. 요리하는 동안 내 옆에 앉아 있어, 그녀가 주방 안으로 사라지면서 어깨 너머로 외쳤다.

나는 코트를 걸었다. 주방에 들어가자 그녀가 내게 와인 한 잔을 건네고는 가스레인지로 되돌아섰다. 음식은 금방 다 될 거야, 그녀가 말했다. 일은 어땠어? 계약 관련해서 그쪽에서 무슨 말이라도 하디? 나는 고개를 저었다. 재판소에서의 내 계약이 연장될지 안 될지 아직 몰랐다. 헤이그에 계속 머물면 좋겠다고 생각하기 시작하면서 나는 그 문제를 갈수록 자주 궁금해했다. 내가 받은 업무를, 내 상사의 태도를 뜯어보면서 모종의 조짐이 없는지 탐색하고 있었다. 야나는 측은해하며 고개를 끄덕이고는 자신이 보낸 부동산 매물을 살펴보았느냐고 물었다. 맞은편 아파트에 방 하나가 나왔다는 것이었다.

나는 살펴보았다고 말하고는 와인 한 모금을 홀짝였다. 이사한 지 얼마 안 되었는데도 야나는 벌써 이 집에서 편해 보였고, 특유의 풍격으로 공간을 장악한 듯했다. 이 아파트를 구매한 행위가 지금껏 그녀에게 결여되었던 어떤 안정감을 나타낸다는 것을 나는 알았다. 그녀는 아직 이십대일 때 결혼했다 이혼했고, 마우리츠하위스에서 현재 직책까지 올라가면서 지난 십 년을 보냈으니 말이다. 나는 야나가 찬장을 열어 올리브오일병과 후추 그라인더를 꺼내는 것을 지켜보았고, 모든 것에 벌써 제자리가 있음을 눈치챘다. 욱신거리는 느낌이 들었다—질투 때문은 아니고 어쩌면 동경 때문일 테지만, 그 둘은 무관하지 않다.

우리 조리대에서 먹을까? 야나가 물었다. 나는 고개를 끄덕이고 자리에 앉았다. 그녀가 내 앞에 파스타가 담긴 그릇을 놓고는 말했다. 나는 언제나 식탁 겸용 조리대가 딸린 주방을 갖고 싶었거든. 분명히 어릴 적에 뭔가 그런 걸 봤을 거야. 그러고는 내 옆의 스툴에 앉았다. 세르비아인 어머니와 에티오피아인 아버지를 둔 야나는 베오그라드*에서 어린 시절을 보낸 뒤 전쟁중에 프랑스에 있는 기숙학교에 보내졌다. 그녀는 유고슬라비아, 아니 지금은 전 유고슬라비아로 불리는 곳으로 결코 돌아가지 않았다. 나는 그녀가 그 식탁 겸용 조리대를, 여기 이 주방에서 모종의 형태로 복제하는 데 끝내 성공한 그것을 어디서 처음 봤을지 궁금해졌다.

나는 야나가 야망을 실현해낸 것에 축하를 건넸고 그녀는 미소를 지었다. 정말로 기분이 좋아, 그녀가 말했다. 쉽지 않았거든, 아파트를 찾고, 자금을 융통해내는 과정이—그녀는 고개를 젓고는 내게 익살스러운 표정을 지어 보였다. 사십대 독신 흑인 여성이 담보대출을 받는 게 쉽지가 않더라고. 그녀는 자기 와인잔으로 손을 뻗었다. 물론, 내가 이 동네의 젠트리피케이션에 일조하긴 하지. 그래도 나도 어디서든 살긴 해야 하잖아—

그 순간 길에서 사이렌소리가 터져나왔다. 나는 깜짝 놀라

---

* 옛 유고슬라비아의 수도.

고개를 들었다. 차량이 가까워지며 그 소리도 점점 커지더니 집안에서 풍선처럼 부풀어올랐다. 붉은색과 귤색 불빛이 주방을 나선형으로 훑었고, 야나는 눈살을 찌푸렸다. 밖에서 들려오는, 문들이 쾅쾅 닫히는 소리와 엔진이 나지막이 우르릉대는 소리. 여기는 맨날 경찰이 있다니까, 그녀가 와인잔으로 손을 뻗으며 말했다. 두어 번 노상강도 사건이 있었지, 작년에는 총격 사건도 있었고. 안전하지 않다고 느끼는 건 아니야, 그녀가 재빨리 덧붙였다. 그녀가 말하는 바로 그 순간에도, 또다른 사이렌소리 한 쌍이 가까워졌다. 야나는 포크를 집어들어 계속해서 먹었다. 나는 그녀가 천천히 씹는 모습을 지켜보았다. 밖의 합창소리는 점점 커지고 있었다. 내가 살던 런던 동네들이랑 다를 바도 없어, 야나가 말했다. 그녀는 소음을 이기기 위해 목소리를 높였다. 그냥 헤이그에 살다보니 단련이 돼. 현실의 도시에서 지낸다는 게 어떤 건지 쉽게 잊어버리니까.

사이렌이 뚝 멎었고 우리는 급작스러운 침묵 속에 앉아 있었다. 사이렌은 뭐든 뜻할 수 있는걸, 마침내 내가 입을 열었다. 욕실에서 미끄러졌다거나, 주방에서 심장마비가 왔다거나. 야나가 고개를 끄덕였고 나는 그녀의 우려가 위험이나 폭력의 위협에서 나온 것이 아니었음을, 아니 그것 때문만은 아니었음을 깨달았다―이 아파트에 대한 그녀의 감각이 변형되어버렸기 때문이었다. 그 순간 이 아파트는 더는 그녀가 오래도록 추구했던 안정의 원천이 아니라 완전히 다른 무언가, 한층 가변적이고 불확실한 무언가였다.

남은 저녁시간은 먹구름이 드리운 듯 정신이 팔린 채 지나갔고, 식사 자리가 너무 길어지기 전에 나는 슬슬 가보겠다고 말했다. 소지품을 챙기려고 거실로 갔다. 코트를 꿰어 입으며 커튼 사이로 아래쪽 길거리를 바라보았더니, 이제 가로등 불빛이 어슴푸레하게 밝혀져 있었다. 길은 적막했다. 발간 담뱃불 한 점—개를 산책시키는 남자 한 명—을 제외하면 말이다. 내가 지켜보는 동안 남자는 담배를 땅바닥에 던지고 개의 목줄을 잡아당겨 길모퉁이를 돌아 사라졌다.

야나는 벽에 기대어 있었다. 한 손에 찻잔을 쥐고 있었는데 평소보다 유독 피곤해 보였다. 나는 그녀에게 미소를 지었다. 좀 쉬어, 내가 말했고 그녀는 고개를 끄덕였다. 야나가 현관문을 열어주었고 내가 지나쳐 가는데 갑자기 내 팔을 잡았다. 트램까지 가는 길 조심해, 그럴 거지? 야나의 목소리가 다급해서, 그녀의 손가락이 내 팔을 꽉 부여잡아서 나는 놀랐다. 그녀는 나를 놓아주고 한 걸음 뒤로 물러섰다. 그냥 조심해서 나쁠 건 없으니까, 그녀가 말했다. 나는 고개를 끄덕이고는 돌아서 나왔다. 그녀가 벌써 내 등뒤로 문을 닫았다. 내게 들린 것은 자물쇠 하나가 돌아가는 찰칵 소리, 그리고 또하나가 돌아가는 소리, 그리고 정적이었다.

2

나는 도시 중심부에, 야나의 동네와는 매우 다른 동네에 살
았다. 여기 오기 전에 미리 가구가 비치된 이 아파트를 인터넷
부동산 매물을 통해 찾아두었다. 헤이그는 물가가 낮은 도시
는 아니지만 뉴욕보다는 낮았다. 결과적으로 나는 혼자 살기
엔 너무 큰, 침실 두 개에 별도의 식당과 거실이 딸린 아파트
에서 살게 되었다.

　이 아파트의 크기에 익숙해지기까지 얼마간 시간이 걸렸는
데, 그 크기가 주는 느낌이 가구들 때문에 악화되었기 때문이
다. 아파트의 규모에 비해 가구들이 왠지 너무 무성의했다. 거
실에는 접이식 소파베드, 식당에는 단출한 식탁 세트가 있었
는데, 공간의 꾸밈새가 임시적이면서도 인간미가 없었다. 임

대 계약에 서명했을 때 나는 그렇게 비어 있는 공간이 사치라고 여겼다. 아파트 안을 걸어다니며 발걸음소리가 울리는 가운데, 방 하나는 침실로, 또하나는 어쩌면 서재로 점찍어두던 것을 기억한다. 이윽고 그 느낌은 바래갔고, 이 아파트의 크기도 더는 주목할 만한 사실로 보이지 않았다. 마찬가지로 이곳이 임시 거처라는 점도 더는 주목할 만한 사실로 보이지 않았다. 하지만 야나의 집에서 돌아온 그날 저녁, 그녀가 자기 아파트에서 얼마나 자연스럽게 살고 있는 것 같았는지가 떠올랐고, 나는 모호한 갈망의 파문을 느꼈다.

이튿날 아침, 잠에서 깼을 때 밖은 여전히 어두웠다. 나는 커피 한 잔을 내려서 코트를 꿰어 입고 발코니로 나갔다―발코니는 이 아파트의 또다른 특색으로, 나는 이렇게 얼어붙을 것 같은 겨울 몇 달 동안에도 발코니에 나가 있곤 했다. 작은 탁자와 접이식 의자 하나를 벽면에 붙여놓았고, 화분 몇 개도 놓아두었는데 이제는 시들어 있었다. 나는 의자에 앉았다. 워낙 이른 시간인지라 아래의 거리는 텅 비어 있었다. 헤이그는 조용한 도시로, 완강하리만치 문명화되어 있었다. 그러나 이 도시에서 시간을 보낼수록, 더더욱 그 정중한 분위기가, 잘 보존된 건물들과 말끔히 손질된 공원들이 어떤 불안감을 주었다. 나는 야나가 헤이그에 산다는 것에 관해, 현실의 도시가 어떤 것인지 헤이그에 살다보니 단련이 된다고 말했던 것을 떠올렸다. 어쩌면 그게 사실일지도 몰랐다. 갈수록 나는 이 도시의 유순한 표면이 한층 복잡하고 모순적인 본성을 숨기고 있다고 생각하게 되었다.

지난주만 하더라도, 나는 구시가에서 장을 보다가 제복 입은 남자 셋이 커다란 기계를 옆에 두고 번잡한 보행자용 길을 따라 이동하는 광경을 보았다. 남자 중 둘은 가느다란 곡괭이를 들었던 한편 세번째 남자는 기계에서 튀어나온 커다란 노즐을 들고 있었는데, 마치 그 사람이 코끼리 코를 잡고서 이끌고 있는 것만 같았다. 나는 왠지 모르게 그들을 관찰하려고 멈칫했다. 어쩌면 그들이 천천히 움직이며 무슨 작업을 하고 있는지 그저 궁금했기 때문이었는지도 모른다.

마침내 그들과 가까워지자 나는 그들이 행하던 노역을 정확히 볼 수 있었다. 곡괭이를 든 두 남자는 자갈길의 틈 사이사이에서 담배꽁초를, 하나 하나 하나, 신중하게 뽑아내고 있었다. 품이 들어가는 노동이니만큼 그들의 진행 속도가 더딘 것도 설명이 되었다. 나는 아래를 내려다보았고, 그제야 그 길이 담배꽁초투성이라는 것을 깨달았다. 그 쭉 뻗은 길 하나에만도 적재적소에 공공 재떨이가 여럿 배치되어 있었음에도 그런 꼴이었다. 두 남자가 틈에서 담배꽁초를 계속 튕겨올리는 사이, 세번째 남자는 코끼리 같은 진공청소기를 들고 따라가면서 착실하게 쓰레기를 빨아올렸다. 그 기계의 드럼통은 짐작건대 담배꽁초를 수천 개 아니 심지어 수십만 개 담고 있었을 텐데, 그 하나하나가 이 남자들의 작업에 의해 길거리에서 사라진 것이었다.

그 세 남자는 거의 확실히 이민자들로, 아마도 튀르키예인과 수리남인 같았다. 한편, 그들의 노동은 이 도시의 유산처럼 내려오는 미의식에 의해 필요해진 것이었다. 지정된 담배꽁초 투기처가 고작 몇 피트 거리에 있음에도 생각 없이 꽁초를 인도에 떨구는 부유한 주민들의 무심함에 의해 필요해진 것임은 말할 것도 없고 말이다. 그제야 재떨이 바로 아래 땅바닥에 담배꽁초가 수십 개는 있는 것이 보였다. 이것은 고작 하나의 일화일 뿐이었다. 그러나 이 일화는 이 도시의 문명이라는 겉치장이 어떻게 지속적으로 무너지고 있는지를, 어떤 곳에서는 애초부터 거의 존재하지도 않았음을 보여주는 하나의 예시였다.

사위가 밝아오기 시작했고, 지평선에 색이 번지고 있었다. 나는 안으로 들어와서 출근하기 위해 옷을 입었다. 오래지 않아 아파트를 나섰는데, 지각을 할 것 같았다. 서둘러 근처 트램 정류장으로 갔다. 트램을 기다리는 사이 야나에게서 전화가 왔다. 아직 집에 있는지, 그녀가 아파트를 돌아다니며 열쇠를 챙기고 책과 서류를 모으는 소리가 들렸다. 그녀는 내게 집에 안전하게 도착했느냐고 물어보았고 나는 집에 오는 여정은 아무 일 없이 지나갔다고 그녀를 안심시켰다. 잠깐 대화가 끊겼고, 문이 쾅 닫히는 소리가 들렸다. 야나가 건물에서 나와 거리로 나선 참이었다. 그녀는 왜 전화했는지 기억나지 않는 듯 다른 데 정신이 팔린 것 같더니, 이내 내가 토요일에 아드리안을 데리고 그녀의 집에 저녁식사를 하러 가기로 한 것을 상기시켜주었고, 그가 특별히 좋아하거나 가리는 음식이 있는지 물었다.

트램이 들어오고 있어서 나는 무슨 음식이든 괜찮을 거라고, 나중에 다시 전화하겠다고 말했다. 전화를 끊고 트램을 탔고, 계약한 지 이제 거의 여섯 달이 된 재판소를 향해 이내 덜컹덜컹 나아가기 시작했다. 직장 동료 대부분은 여러 국가에서 살아보았던지라 천성상 범세계적이었고, 그들의 정체성은 그들의 언어 능력과 불가분의 관계였다. 나도 거의 마찬가지 방식으로 자격을 얻었다. 내가 원어민처럼 유창하게 하는 언어는 부모님에게 배운 영어와 일본어, 그리고 파리에서 어린 시절을 보내면서 배운 프랑스어였다. 스페인어와 독일어도 일하면서 사용할 만큼 숙달된 수준까지는 공부했다. 다만 일본어와 더불어 이 언어들은 이 재판소의 실무 언어인 영어와 프랑스어보다는 덜 필수적이었다.

그러나 유창함은 극도의 정확성을 요구하는 모든 종류의 통역 업무에서 기본에 지나지 않았기에, 나는 종종 내가 좋은 통역사가 된 것은 언어적 소질보다도 극도의 정확성을 추구하는 선천적인 성향 덕분이라고 생각했다. 그런 정확성은 법률적인 맥락에서는 더더욱 중요했다. 재판소에서 일한 지 일주일 만에 나는 그곳의 어휘가 구체적이면서도 난해한데다, 각 언어에 공식 용어가 정해져 있어서 팀에 속한 모든 통역사가 그것을 면밀히 따라야 함을 알게 되었다. 이렇게 하는 데는 명백한 이유가 있었다. 말들 아래에는, 두 개 또는 때로 그 이상의 언어들 사이에는 커다란 균열이 있어서, 그 틈이 경고 없이 열려버릴 수 있었던 것이다.

그 간극을 가로지르는 널판지를 놓는 것이 통역사로서 우리의 일이었다. 그런 항법―정확도와 함께 일정 정도의 타고난 즉흥성을 요구하는 것으로, 언제나 촌각을 다투며 일하기 때문에 때로는 어려운 구문을 재빨리 분석하기 위해 순발력을 발휘해야 했다―은 처음에 생각할 법한 수준보다도 훨씬 중요했다. 예를 들어 일관성 없는 통역을 거친다면, 통역사가 새로 바뀔 때마다 증언이 바뀌는 것처럼 보여서 신뢰할 만한 증인이 신뢰할 만하지 못하게 여겨질 수 있다. 그러면 결국은 재판의 결과에 영향을 줄 수도 있는데, 판사들이 통역사 부스 안의 사람이 바뀐 것을 눈치챌 공산은 작기 때문이다. 본인들 귀에 대고 말하는 목소리가 갑자기 남성에서 여성으로, 더듬거리는 투에서 신중한 투로 현격히 달라졌다고 할지라도 말이다.

그들은 증인에 대한 본인의 인식 변화만을 눈치챌 것이다.

신뢰할 수 없는 점이 단 한 조각만 있어도 증인의 증언에는 금이 가기 시작하고, 그 금들이 벌어진 틈새로 발전되고, 그러면 결국 증인의 페르소나를 통째로 위태롭게 할 터였다. 증인석에 선 모든 사람은 이런저런 유의 이미지를 투사하고 있었다. 그도 그럴 것이 그들의 증언은 피고측에 의해서든 소추측에 의해서든 철저히 지도를 받으며 구체화되었다. 그들은 어떤 역할을 수행하고자 재판소에 불려온 것이다. 재판소는 불신의 유예에 의해 운영되었다. 그런 만큼 법정의 모든 사람은, 이러니저러니 해도 진실성에 입각한 사안을 둘러싸고 상당량의 술책이 쓰인다는 것을 알면서도 동시에 알지 못했다.

재판소에서 다뤄지는 사안은 자그마치 수천 명이 받은 고통에 관한 것이었고, 그러니 고통이라는 면에서는 그것이 위장인지 아닌지 의심의 여지가 있을 수 없었다. 그럼에도 재판소는 본성상 고도의 연극이 펼쳐지는 곳이었다. 고도의 연극이란 피해자들의 신중하게 빚어진 증언에만 있는 것이 아니었다. 처음으로 재판에 참여했을 때 나는 깜짝 놀랐다. 소추측이고 피고측이고 양쪽 다 변론하는 데 한정이 없었던 것이다. 또 피고인들은 종종 과장하는 경향이 있어서, 고압적인 동시에 자기연민적이기도 했다. 그들은 정치인이거나 장군이었고, 커다란 무대를 점령하고 본인 목소리를 듣는 데 익숙한 사람들이었다. 통역사로서도 이런 극적인 언행을 완전히 피할 수가 없었다. 대상자가 하는 말을 통역하는 것뿐만이 아니라, 그 말 뒤에 있는 태도를, 뉘앙스와 의도를 표현하거나 내비치는 것 역시 우리의 일이었으니까.

처음으로 통역사가 얘기하는 것을 들으면, 목소리가 차갑고 정확하고 완전히 억양이 없는 것으로 들릴 수 있지만, 오래 듣고 있을수록 더 많은 변주가 들릴 것이다. 농담이 말해졌다면 그 유머를 전달하거나 시도라도 해보는 것이 통역사의 일이었다. 마찬가지로, 뭔가 빈정대는 어조로 말해졌을 때는 그 말을 액면 그대로 받아들이면 안 된다는 것을 내비치는 것이 중요했다. 언어적 정확성만으로는 충분치 않았다. 통역이란 굉장히 미묘한 사안으로, 단어 하나에도 맥락이 여럿 붙었다. 예를 들자면 배우가 역할을 해석한다든가, 음악가가 악곡을 해석하는 것과 같다고도 종종 언급된다.

재판소와 그곳의 활동에는 본질적으로 특정 수준의 긴장감이 있었다. 고통의 내밀한 본성과, 그 고통이 전시되어야 하는 공적 무대 사이의 모순이었다. 재판은 우리 모두가 관련되어 있는, 또 우리 중 누구도 완전히 면제될 수 없는 공연의 복잡한 미적분이었다. 단순히 진술하거나 행해 보이는 것뿐만이 아니라 형언할 수 없는 것마저도 되풀이하는 것이 통역사의 일이었다. 어쩌면 그것이 재판소 안의, 또 통역사들 사이의 진정한 불안이었을 것이다. 우리가 매일같이 하는 활동이, 밖에서는 일반적으로 완곡어법과 생략의 대상이 되었던 사안들의 반복적 묘사—묘사와 상술과 기술—에 달려 있다는 사실이 말이다.

*

트램은 복작복작했고 어느 순간 학생 여러 명이 무리 지어 승차했다. 그들은 시끌벅적했지만, 다른 승객 몇몇—곁눈으로 그들을 흘긋하고는 시선을 돌렸던—과 달리 나는 개의치 않았다. 역으로 그들의 대화, 아니 적어도 내가 해독할 수 있는 만큼의 파편을 엿들을 기회로 삼았다.

헤이그로 이주해왔을 때 나는 네덜란드어를 하지 못했고 어쩌다 주워들은 수준 이상으로는 알지 못했다. 그럼에도 독일어와 대단히 유사했기에 여섯 달 뒤에는 네덜란드어에도 얼마간 능숙해졌다. 물론, 네덜란드에 있는 대부분의 사람들은 영어가 유창했고 재판소에서는 네덜란드어를 할 일이 전혀 없으니 주로 듣는 것을 통해서 습득했다—길거리에서, 식당이나 카페에서, 지금처럼 트램에 타서 말이다. 어떤 곳의 언어를 부분적으로만 이해하면 그곳은 묘한 특성을 갖게 되고, 초기 몇 달간 그 감각은 특히나 기이했다. 처음에 나는 주변에서 이루어지는 담화를 이해하지 못해 무지의 먹구름에 싸여서 다녔지만, 하나하나의 단어들이, 그런 다음에는 구절들이, 그리고 지금은 심지어 대화의 토막들이 이해되기 시작하면서 그런 감각은 빠르게 줄어들었다. 때로는 내가 원하는 정도보다 더욱 내밀한 상황에 발을 들여버리게 되기도 했다. 이 도시는 더는 내가 도착했을 때와 같은 그런 순진무구한 곳이 아니었다.

그러나 여기 트램에 타서 듣는 데에는 본질적으로 사생활 침해랄 것이 없었다. 학생들은 시끄럽게, 거의 목청껏 얘기를 했고 엿들으라는 태도였다. 그들 얘기를 듣는 동안 나는 새로운 언어를 배우는 기쁨을, 그 언어 체계의 잠금을 열고 신축성과 유연함을 시험하는 기쁨을 상기했다. 딱 이런 느낌을 마지막으로 경험한 것은 한참 전의 일이었다. 내가 구사하는 다른 언어는 전부 어릴 적이나 이후 학창시절에 습득했으니까. 학생들이 하는 네덜란드어에는 속어가 후추처럼 흩뿌려져 있었던지라, 나로서는 그들이 정확히 무슨 말을 하는지 이해하기 어려웠다. 주로 학교 이야기를 하는 듯싶었는데, 그들을 짜증나게 하는 어느 선생님인가 친구 이야기였다.

두세 정거장쯤 지났을 때 소녀들 중 한 명이 페르크라흐팅, 네덜란드어로 강간을 뜻하는 단어를 말한 것 같았다. 나는 깜짝 놀라 올려다보았다. 생각이 표류하기 시작한 터라 더는 처음 승차했을 때만큼 면밀하게 그들의 대화를 따라가고 있지 않았던 것이다. 그 말을 한 소녀는 아마도 열둘이나 열세 살쯤

돼 보였다. 눈 둘레에 두꺼운 아이라인이 그려져 있고 코에는 피어싱을 했다. 그애는 계속 말을 이어갔고, 나는 벨 더 폴리시\*라는 구절을 들었다. 혹은 들었다고 생각했다. 그러나 그애와 대화하던 상대 아이가 이내 대답으로 낄낄대기 시작했고 잠시 뒤 코에 피어싱을 한 그애 역시 웃기 시작했기에, 더는 내가 들은 것에 확신이 들지 않았다. 아무리 그래도 강간과 경찰을 부른다는 얘기가 딱히 웃을 일은 아니지 않은가. 코에 피어싱을 한 소녀가 내 시선을 느낀 게 틀림없었다. 불쑥 그애가 돌아서서 나를 빤히 쳐다보았다. 여전히 웃고 있기는 했지만 냉정하고 텅 빈 눈에는 전혀 웃음기가 없었다.

트램이 내가 내릴 정거장으로 다가갔다. 아이들은 이제 새로운 운동화 브랜드를 논했고, 내가 그 소녀를 여러 번 더 흘긋댔음에도 그애는 나를 무시했다. 이 조우로 마음이 불안해진 채 나는 하차했다. 트램은 떠나갔고, 이내 내 눈앞에는 재판소가, 도시의 *끄트머리*에 있는 모래언덕들 속에 자리잡은 커다란 유리 복합건물이 서 있었다. 헤이그가 북해에 위치해 있다는 사실은 잊어버리기가 쉬웠다. 여러모로 볼 때 이곳은 망망대해로부터 등을 돌린 채 내륙을 면하는 모습의 도시였으니 말이다.

---

\* bel de politie. '경찰을 부르다'라는 뜻.

헤이그에 오기 전, 내가 이 일자리에 지원해 채용되었을 때 이 재판소는 내 마음속에서 거의 중세시대의 기관으로, 비넌호프,* 즉 도심에서 고작 두어 마일 떨어진 의회 종합청사의 모습으로 존재했더랬다. 실제로 여기 도착하고 나서, 그리고 고용되고 첫 한 달 동안 나는 이 건물을 마주할 때마다 깜짝 놀랐다. 재판소가 고작 십 년 전인 최근에 지어진 것임을 잘 알았음에도, 이 현대적 건축양식은 여전히 어울리지 않고 내가 기대했던 권위마저 없어 보이는 듯했던 것이다.

여섯 달이 지나고 나니 이곳은 한낱 직장일 뿐이었다. 모든 것은 시간이 지나면 평범해지기 마련이다. 나는 건물로 들어가 금속탐지기를 통과하면서 경비원들에게 인사했다―그들 가족에 관한 질문 한두 개나 날씨에 관한 언급이었는데, 이런 기회를 통해 네덜란드어를 연습할 수 있었다. 나는 가방을 챙겨서 안뜰을 가로질러 건물 안으로 들어갔다. 그곳에서 재판소의 또다른 통역사인 로버트를 보았는데, 나와 합류하기 위해 기다리고 있었다. 그는 체격이 크고 붙임성 있는 영국인으로, 외향적이고 매력적이었다. 상대적으로 과묵하다는 점에서 나는 통역사들 사이에서는 드문 경우였다. 통역이 일종의 공연이라고 한다면, 그 공연의 종사자들은 자신감 있고 수다스

---

\* 국회의사당, 외무부, 국무총리실 등의 중앙 관청이 자리한 네덜란드 정치의 중추로, 13세기부터 형성되었다.

러운 경향이 있다. 로버트는 이런 특성의 전형적인 예였다. 주말에는 럭비를 했고 아마추어 연극 공연에도 참여했다. 우리가 짝이 되어 부스에 들어간 적은 한 번도 없었지만, 가끔 그가 어떤 파트너가 되어줄지 궁금하긴 했다. 그의 존재감에 사람들의 관심을 빼앗기는 느낌을 받지 않기란 힘들 것이다. 그리고 그의 계층과 영국 기숙학교에서 보낸 어린 시절의 산물인, 특출나게 감미로운 목소리로 흘러나오는 억양과 미사여구에 보조를 맞추려고 시도하지 않기도 힘들 것이다.

함께 사무실로 올라가는 동안 로버트는 그날 어느 재판부도 개정하지 않을 거라는 정보를 알려주면서 솔직히 안도했다고 말했다. 그는 나도 자신만큼이나 서류 업무가 밀려 있을 것이라고 짐작했다. 우리는 각자의 책상으로 가면서 동료들과 인사를 나눴다. 통역사들은 하나의 탁 트인 공간에서 일했다. 팀장 베티나만 예외로 개인 사무실이 있었다. 부서 안에는 동료들끼리 동등하게 협조하는 분위기가 뚜렷했는데, 이는 팀의 대다수가 다른 곳에서 직책에 필요한 경험을 쌓은 뒤 이 재판소에서 일하기 위해 네덜란드로 왔다는 사실에 부분적으로 기인했다. 몇몇은 나처럼 재판소 또는 네덜란드에 얼마나 오래 머물지 알지 못했던 반면, 다른 사람들은 여기에 그만저만 자리를 잡은 터였다. 예를 들어 아미나는 최근에 네덜란드 남자와 결혼해 임신한 상태였다.

지금 그녀는 책상에 앉아서 평온한 얼굴로 앞에 놓인 서류를 검토하고 있었다. 대부분의 통역사들이 때로는 당황하거나 심지어 격노하기도 했고, 증인더러 천천히 말해달라고 요청하는 경우도 종종 있었지만, 아미나는 언제나 침착했다. 그녀는 어떤 상황에서도 놀랄 만한 일관성과 속도로 통역할 수 있었다. 임신 후기에 접어들면서 오히려 더욱 동요하지 않게 되었다. 그녀의 태도는 언제나 줄곧 평온했다. 나머지 우리가 화법이나 전달력에 있는 약점들과 씨름하곤 했던 반면, 아미나만은 전혀 어려움을 겪지 않는 듯싶었다.

그러나 그런 식의 찬사에 그녀는 불편해했고, 자신이 결함이 없는 것과는 거리가 멀다고 종종 우겼다. 책상에 앉으면서, 내가 처음 재판소에 오고 오래지 않아 그녀가 말해준 일화를 떠올렸다. 그것은 내가 자주 곱씹는 이야기였다. 당시 아미나는 스와힐리어로 일을 수행하며 피고인을 위해 통역하는 업무를 맡았는데, 한시적으로 팀에서 그 업무에 적합한 유창성을 지닌 유일한 통역사였다. 그녀의 부스 파트너는 스와힐리어에 대한 이해도가 높은 편이 아니었고, 나중에 사석에서 말하길 기나긴 재판들 도중 딴생각을 했고 원어인 영어와 프랑스어는 제대로 들었지만 아미나의 통역에는 주의를 덜 기울였다고 했다.

그러나 아미나의 파트너는 당시의 나날을 아주 힘든 정도까지는 아니라고 여겼을지 몰라도, 아미나 본인은 상당한 중압감에 짓눌려 있었다. 그녀는 일반적인 재판보다 훨씬 길었던, 마라톤처럼 이어지는 재판들을 타개해갔다. 그녀는 중이층 부스에 앉아 있었고, 피고인은 그녀 바로 아래 법정에 있었다. 아직 청년인 그는 전 민병대 지도자였는데, 비싼 정장을 입고 인체공학적으로 설계된 사무용 의자에 구부정하게 앉아 있었다. 극악무도한 죄목으로 재판에 회부되었는데도 앉아 있는 모습은 그저 뚱하고 어쩌면 살짝 지루해 보였다. 물론 피고인들이 정장을 입고 사무용 의자에 앉아 있는 일이야 흔하지만, 이 재판소에서 다른 점이라면 그들이 이날을 위해 간만에 차려입은 일개 범죄자가 아니라, 정장이나 제복으로 전달되는 권위의 망토를 오랫동안 둘러써왔던 남자들이라는 것, 그런 복장의 힘에 익숙한 남자들이라는 것이었다.

그리고 그들은 사람을 끄는 힘 같은 걸 가지고 있었는데, 부분적으로는 선천적이면서 또 부분적으로는 상황에 의해 강화된 것이었다. 재판소는 일반적으로 외국 정부나 단체의 협조가 없으면 피고인을 구금할 수가 없어서 체포 권한이 상당히 제한적이었다. 아직 처리되지 않은 영장이 상당수였고 다른 나라에 억류된 피고인도 상당수였기 때문에, 우리 재판소 한복판에 전쟁범죄자들이 넘쳐나거나 하는 것도 아니었다. 그러므로 피고인들은 헤이그로 이송될 때 어떤 아우라를 띠었다.

우리는 이 남자들(그들은 거의 언제나 남자였다)에 관해 상당히 많은 이야기를 듣고 사진과 영상 자료를 본 터라, 마침내 재판소에 모습을 드러낸 순간 그들은 공연의 주역이 되었다. 다르게 표현할 방법이 없었다. 이런 상황이 그들의 카리스마를 무대에 올렸던 것이다.

이 특정 남자의 경우, 그는 젊고 부정할 수 없이 잘생겼을 뿐 아니라―재판에 회부된 남자들 대다수가 나이가 지긋하고 전성기를 훌쩍 지난지라, 위압적이기야 하지만 본인들 자체로는 육체적으로 인상적이지 않았다―사람을 홀리듯이 명령을 내리는 분위기마저 지녔다. 법정이라는 환경이 거들어주지 않아도, 왜 그리고 어쩌다 그렇게 많은 사람들이 그의 명령에 복종했는지가 쉬이 보였다. 그러나 그것조차 이유는 아니었다고 아미나는 설명했다. 통역이라는 작업의 친밀함 때문이었다. 그녀는 한 남자, 오로지 한 남자만을 위해서 통역하고 있었고, 마이크에 대고 말할 때는 그에게 말하는 것이었다. 물론, 그녀는 헤이그의 자리를 받아들였을 때 재판소의 업무 내용이 이전에 일했던 국제연합보다는 어두울 것임을 알고 있었다. 그도 그럴 것이, 재판소는 집단 학살, 반인도적 범죄, 전쟁범죄에 독점적으로 관여했으니 말이다. 그러나 이런 종류의 가까움은 예상치 못했다. 절대로 피고인과 면대면으로 마주하는 일이 없었고 언제나 앞면이 유리로 된 통역 부스 뒤에 안전하게 몸을 숨기고 있기는 했어도, 그 법정에서 오직 그녀와 피고인 두 사람만이 그녀가 말하는 언어를 이해하고 있음을 거듭거듭 의식하게 되었다. 그의 변호인단은 프랑스어에도, 의뢰인의 모국어에도 전혀 지식이 없는 영국 변호사들로 구성되었던 것이다.

그 재판의 첫 심리가 진행되는 동안 아미나는 점점 불편해졌다. 그 사건에는 끔찍한 잔혹 행위에 관한 증언이 상당히 많이 수반되었고, 시시각각 그녀는 그 증언들을 하나의 언어에서 다른 언어로 전달했다. 때로는 목소리의 떨림을 통제하려고 분투하는 자신을 발견했다. 자신이 완전히 지나치게 감정적으로 변하고 있다고 느꼈다. 그런데 그때, 겨우 둘째 날밖에 되지 않았을 때 스스로도 완전히 이해하지 못한 이유들로 인해서, 어떤 준엄함이 그녀에게 엄습했다. 그녀는 새로운 신랄한 어조를 알아차렸는데, 딱히 중립적이지도 않았고 심지어 탓하는 투로 들릴 수도 있었다. 어느 시점에, 그녀가 횡령 계략의 세부 사항을, 도덕적으로 문제가 될 만했으나 그 남자의 다른 죄목에 비하면 시시한 그 내용을 전달하던 사이에, 그녀는 어느새 차갑고 못마땅한 목소리를 내고 있는 자신을 발견했다. 마치 아내가 남편에 대해, 걷잡을 수 없는 바람기나 부부가 평생 모아둔 예금을 도박으로 날린 사실 같은 것은 건드리지 않으면서, 남편이 사소한 집안일을 하지 않았다고, 예를 들어 설거지를 깜빡했다고 꾸짖는 것처럼.

그 순간, 놀랍게도 피고인이 고개를 돌려 통역사들 쪽을 올려다보는 모습이 보였다. 그전까지 그는 거의 완전히 뻣뻣하게 앉아서 똑바로 앞을 응시하고 있었다. 마치 소송 절차가 본인과는 아무 관계가 없다는 듯, 이 사안 일체가 본인으로선 주목할 가치도 없다는 듯 말이다. 다만 결과적으로 그런 태도는, 아미나가 생각하기에는, 위엄을 보여주지는 못했다. 그러기는커녕 그는 무언가 규칙을 위반하고는 뉘우치기를 거부하며 질책을 받는 부루퉁한 십대처럼 보였다. 중이층 부스에 착석한 통역사는 대여섯 명쯤 되었고, 그들 중 누가 자기 통역사인지 그가 알 공산은 희박했다. 그녀는 전에는 한 번도 그가 통역사들을 관찰하는 모습을 눈치챈 적이 없었다. 그녀는 억지로 목소리를 흔들림 없이 유지하고 눈앞의 업무에 집중하려 했다. 그녀가 가장 원치 않았던 일은 정신이 산만해지는 것이었다. 그럼에도, 피고인의 시선이 앞면이 유리로 된 부스를 훑는 사이 피고인을 슬쩍 쳐다보는 것만은 참을 수가 없었다.

어쩌면 자신에게 와닿는 그녀의 시선을 느꼈는지, 그는 갑자기 멈칫하고는 그녀를 직시했고, 그러느라 의자에서 돌아앉았다. 아미나는 견디지 못하고 말을 더듬거렸고, 사과했고, 말하던 맥락을 거의 놓쳐버렸다. 그는 계속해서 그녀를 응시했고, 만족이 담긴 음침한 표정이 그 잘생긴 얼굴에 자리잡았다.

어쩌면 그녀에게 겁을 주는 데, 그녀를 더듬거리게 만드는 데 성공했기 때문이었는지도 모른다. 아미나는 단번에, 그들을 가르는 유리벽까지 통과해서, 그 남자의 의지의 총체를 느꼈다. 그녀는 몸서리를 치며 내려다보았다. 그러고는 통역을 재개하면서, 필기를 하는 것처럼 노트패드에 뭔가를 끄적였다. 그녀가 다시 고개를 들었을 때 그는 돌아앉아서 똑바로 앞을 바라보고 있었고, 표정은 누그러져 생각에 잠긴 듯했다.

그가 다시 그녀를 보는 일은 없었다. 그러나 그녀는 자기 목소리가 변했다는 것을 깨달았다. 자기도 모르게 겁을 먹었던 것이다. 그다음 그녀가 피고인이 자행한 극악무도한 행위를 장황하게 읊으라고 요구받았을 때 그녀의 목소리는 애원하는 어조를 띠었고, 이에 대한 반응으로 피고인은 엷은 미소를 지었다. 어쩐지 그녀는 자신이 이 남자에게 본인의 범죄를, 그녀가 고발하고 있는 게 아니라 단순히 재판소를 대신해 통역하고 있는 이 가증스러운 혐의를 직면하게 하고 있다는 발상에 마음이 불편해졌다. 전달자를 쏘지 마세요, 라고 그녀는 덧붙일 뻔했다. 그러다 다음 순간 기억해냈다. 이런 일이 정확히 피고인이 한 일이라는 것을, 심지어 범죄 목록에도 올라 있을지 모른다는 것을, 실제로 전달자를 쏘았다는 것을. 그 남자가 자신에게 아무 짓도 할 수 없다는 사실을 알았음에도, 아미나는 자신이 두려워하고 있다는 것을 부정할 수 없었다. 그는 두려움을 불어넣는 남자였다. 미동도 없이 앉아 있는 동안에도 권위를 내뿜었다.

그렇지만 그녀가 주로 느낀 것은 두려움이 아니라 죄책감이었다. 그녀는 피고인에게 죄책감을 느꼈다. 끔찍한 남자일 뿐만 아니라, 법정에서 나온 말을 적절하게 통역하고 그가 공정한 재판을 받도록 보장하기 위해 그녀 자신의 역할을 하는 것외에는 그녀가 책임질 일이 없는 사람인데도. 그녀는 그의 행복에 대해 아무런 책임이 없었다. 그런데 이 남자가 재판소에구금된 이래로 행복했을 것 같지가 않았다. 그는 완전히 도덕성이 전무한 남자였는데도, 그녀가 그를 향해 느낀 이 감상은본질적으로 도덕적이었다. 비논리적이었고 전혀 말이 되지 않았다. 그녀는 그 감상이, 끔찍한 폭력 행위를 저지르도록 수천명을 설득했던 그 남자의 사람을 끄는 힘 때문이라고 결론지었다. 거기다 그 남자에게는 요식적이거나 진부한 구석이 전혀 없었다. 이 사람은 어느 모로 보나 진정한 의미의 지도자라고 생각하면서 그녀는 마이크 쪽으로 몸을 수그린 채 멈칫하는 일 없이 꾸준하게, 계속해서 통역했다. 그는 그녀를 돌아보지 않았다. 그때 이후로 다시는 그러지 않았다. 그러나 그것은, 나중에 그녀가 회고하며 생각했을 때, 악과의 진정한 첫조우였다.

*

낮시간은 그럭저럭 특별한 일 없이 지나갔고, 곧 초저녁이 되어 나는 재판소를 나섰다. 비가 오고 있었고, 하늘을 유심히 올려다보면서 우산을 펼치는 사이 핸드폰이 울렸다. 또 야나였다. 내가 미처 입을 뗄 겨를도 없이, 그녀는 본인이 사는 건물에 막 도착했다고 말했다. 경찰 통제선이 있어, 그녀가 말했다.

우산을 때리는 빗소리가 시끄러워서 거의 귀가 먹을 지경인지라, 잘 들리지가 않았다. 다른 사람에게서 전화가 걸려오고 있었다. 나는 핸드폰을 내려서 아드리안의 이름을 보았다. 비는 이제 더욱 세차게 내렸다. 나는 계속해서 진동하는 전화기를 다시 귀에 댔다.

무슨 말이야?

옆길로 가면 나오는 그 샛길 말이야. 그 샛길 알아? 내가 트램에서 내려서 종종 그 길로 오거든. 그 길이 경찰 통제선으로 막혀 있더라. 간밤에 무슨 일이 벌어진 게 틀림없어.

전화기는 여전히 울리고 있었다. 나는 말했다. 야나, 내가 다른 전화가 와서—

안내문이고 뭐고 아무것도 없어. 그런데 길이 폐쇄되어 있다니까.

손에 든 전화기는 진동을 멈춘 뒤였다.

야나—

내가 다시 전화할게.

그녀가 전화를 끊었고, 내가 귀에서 내릴 겨를도 없이 전화기는 다시 웅웅거렸다. 메시지 하나는 부재중 전화가 한 통 있다는 내용이었고, 뒤이어 두번째 메시지는 아드리안에게서 온 것이었다. 나를 만나러 오는 길인데 십 분 늦을 거라고, 미리 사과하는 내용이었다.

# 3

아드리안과는 시내 레스토랑에서 만났다. 늦을 거라고 언질을 줬으면서도, 내가 도착했을 때 그는 테이블에서 기다리고 있었다. 헤이그로 이주하기 전까지 나는 네덜란드인의 특징으로 시간 엄수를 연관 지어본 적은 없었으나, 아드리안은 특히 지각을 하지 않았다. 그는 나를 보자 자리에서 일어섰고, 다시금 나는 그가 매우 잘생겼다고 생각하면서 이 사람이 나와 만나 저녁식사를 함께할 남자라는 데 행복한 놀라움을 느꼈다.

아드리안은 내가 헤이그에 머물고 싶은 이유, 아니 적어도 이유들 중 하나였다. 다만 이런 생각을 스스로도 인정하기가 부끄럽기는 했다―나는 나 자신을 그런 식으로, 남자 하나 때문에 결정을 내리는 여자로 생각하고 싶지 않았다. 이것저것이 여전히 시작 단계인데다 상황이 너무도 복잡할 때는 특히 그랬다. 우리는 고작 넉 달 전에 만났지만, 우리가 함께하는 방식에는 이미 일정량의 일상성이 존재했다. 그런 규칙성은 잠재적인 의미를 많이 품고 있었고 해석하기가 어려웠다. 때로는 그것이 우리 사이의 어떤 고유한 편안함, 우리의 많은 차이점을 대체하는 어떤 깊은 친숙함의 표현이라고 생각되었다. 그러나 또 때로는 그것이 습관의 산물로, 그가 여자와 함께하는 다른 방법을 모르기 때문으로 보이기도 했다.

'습관'으로 보인 이유는 아드리안이 이전에 결혼해 아이들이 있기 때문이었는데, 다만 상황은 들리는 것보다는 덜 삭막한 동시에 한층 어려웠다. 그는 일 년 전에 아내가 떠나고 남겨진 터였다. 아내는 다른 남자를 만난다고 그를 떠났고, 지금 새로운 남자와 편안하게 안착한 곳은 헤이그나 로테르담이나 심지어 암스테르담도 아닌 리스본이었다. 그녀는 이 나라를 아예 떠나버리면서 궂은 날씨와 결혼생활로부터 벗어났고, 떠나고 한 달 뒤에 아이들을 불러들였다. 그녀가 데려가지도 남겨두지도 않은 아이들에 대한 협의는 일 년이 지난 지금까지도 완전히 명쾌하게 정리되지 않았다.

우리가 처음 만나고 오래지 않아 나는 이 사실을 알게 되었다. 아드리안과 함께 어느 파티에 갔는데, 당시는 우리 사이에 어떤 것도 분명히 이야기되지 않은 단계였기에 그가 나를 사람들에게 소개했을 때 그 이면에는 어떠한 의도도 없었다. 나는 아직 그의 '여자친구'나 '썸녀'나 심지어 딱히 그와 성관계를 하고 있던 사람도 아니었다. 어쩌면 그 명백한 중립성 탓이었는지, 어떤 남자—매력적이지 않다고는 할 수 없고, 아드리안과 나이도 전반적인 기질도 비슷한데, 그만큼 잘생기지는 않았지만 전적으로 외모가 괜찮기는 해서, 그 남자가 다가오는 걸 보았을 때 조금도 언짢지 않았다—가 나를 한쪽으로 데려가 아드리안과 알고 지낸 지 얼마나 되었느냐고 물었을 때는 특별히 거북하다거나 의미심장하게 다가오지 않았다.

그 질문에 저의가 있는 것처럼 들리지도 않았다. 추측하건대 우리가 함께 들어서는 것을 보았으리라. 그렇게 오래 알진 않았어요, 나는 대답했다. 그는 이 대답을 예상했다는 듯 고개를 끄덕였다. 그러자 나는 아드리안이 매번 다른 여자를 끼고 파티에 정기적으로 모습을 비췄고, 그중 누구도 두번째로 함께 파티에 나타날 만큼 오래가지 못했던 건 아닌지 궁금해졌다. 당시 나는 그에 관해 상대적으로 거의 알지 못했던 것이다. 우리는 도시 전체의 문화기금 창립식 파티에서, 세련되고 화려한 사람들이 가득한 커다란 아트리움 위를 가로지르는 다리에 서 있었다. 아래에서는 웨이터들이 인파를 뚫고 돌아다니면서 기이하리만치 정밀하게 만들어진 카나페를 서빙했다. 나는 한 웨이터를 눈으로 좇았는데, 그는 아트리움을 이리저리 누비며 작은 그릴드치즈샌드위치들이 든 쟁반을 나르다가, 신중하게 그을린 그 삼각형을 파티객들이 집어올릴 때마다 잠깐씩 멈추었다. 그가 어느 키 큰 남자를 지나쳤고, 잠시 뒤 나는 그 남자가 아드리안이라는 것을 깨달았다.

그렇게 되다니 정말 놀랍죠. 내 옆에 선 남자가 말했다. 나는 정신이 팔린 채 그가 무슨 말을 하는지 안다는 양 고개를 끄덕였다. 아드리안은 내 쪽을 등진 어느 여자와 대화에 심취해 있었다. 내가 지켜보는 사이 그 여자가 허공에 손을 휘저었다. 아드리안은 여자가 한 말을 잘 듣지 못했다는 듯 더욱 가까이 몸을 수그리며 여자의 얼굴을 향해 잘생긴 얼굴을 기울였다. 잠시 후, 여자가 웃으면서 고개를 뒤로 획 젖히며 목을 드러냈다.

제가 그녀와 상당히 잘 알고 지냈거든요. 남자가 말했다. 나는 내 옆의 남자를 올려다보았다. 헤어 제품을 상당량 사용한 탓에 머리카락이 번들거리는 물결처럼 뻣뻣하게 서 있었다. 분명 본인의 머리숱이 풍성하다는 것을 강조하려는 마음이었을 것이다. 그 나이대의 많은 남성이 이미 머리카락을 일부 또는 전부 잃기 시작했으니 말이다. 그러나 그 효과는 약간 우스꽝스러웠다. 그는 인생의 전성기에 있는 정력 넘치는 남자처럼 보이기는커녕 아직 본인 외모를 어떻게 관리할지 터득하지 못한 치기스럽고 경험이 부족한 십대 소년처럼 보였다. 그 둘은 잉꼬부부였어요, 그는 계속 말했다. 심지어 대학 때 만났을 거예요. 여러 해 동안 점점 서로를 닮게 된 거죠―둘 다 키도 아주 크고 외모도 아주 준수하고, 결국 둘 다 성공했고 세련돼 졌거든요. 그렇게 말하는 남자의 잘생긴 것에 가까운 얼굴에 조소가 스쳐지나갔다. 결혼생활 안에서 정말로 무슨 일이 벌 어지는지는 밖에서는 절대 모르는 법이죠.

완전히 흔하디흔한 말이었지만 나는 깜짝 놀랐다. 그 시점 에 나는 아드리안이 결혼했다거나 결혼한 적이 있었다는 것은 알지도 못했다. 내가 남자를 돌아보자 그는 나의 작은 관심에, 아니면 나의 놀란 표정에 흐뭇해져서는 의기양양하게 미소를 지었다. 심지어 결혼생활 안에서도, 그는 고무되어 말을 이어 갔다. 본인 결혼생활에 관해 정말로 뭘 알기나 할까요? 어느 날 모르는 사람하고 살고 있다는 걸 깨닫는 거지. 아드리안에 게는 그런 식이었을 게 틀림없어요. 아내가 너무도 끔찍한 방 식으로 떠나버렸으니까. 주말에 리스본으로 떠났다가 영영 돌 아오지 않았거든요. 아이들한테는 뭐라고 말해야 할지, 그녀 가 돌아올지 말지조차 알지 못했다니까요. 아이들이 십대거든 요. 그런 일을 맞닥뜨리기에는 최악의 나이죠.

나는 고개를 끄덕였다. 청소년기는 그런 방해가 없어도 충 분히 어려운데, 그런 배신에 아이들이 어떻게 반응할지 짐작 밖에는 못하겠다고 기계적으로 대꾸했다. 듣자 하니 그녀가 아드리안에게 메일을 보냈다더라고요, 그 남자는 말을 이었다. 최소한 전화는 했을 법도 한데, 그렇게 생각하지 않아요? 나는 동의할 수밖에 없었다. 메일을 보낸 데에는 잔인한 구석이 있었다. 사안의 심각성을 감안하면 너무도 편리한 소통 방식이었다. 그녀가 이기적이고 자아도취적인 사람이라는 걸 알 수 있었다. 그래도 가비는 언제나 아드리안한테 엄청 솔직했어요, 그 남자가 말했다. 그건 또 대단한 일이죠, 안 그래요?

그 일이 벌어진 게 언젠데요? 나는 물었다. 그 남자는 어깨를 으쓱했다. 일 년도 안 됐어요. 한겨울에 떠났거든요. 어쩌면 궂은 날씨에 진절머리가 났는지도 모르죠. 나는 아트리움의 유리벽 바깥을 내다보았다. 그날 밤도 역시 비가 내리고 있었다. 핸드폰을 꺼내 리스본의 날씨를 찾아보았다. 훈훈한 21도에 화창했다. 남자는 광택이 흐르는 자기 머리카락을 의식적으로 만진 다음 나더러 한 잔 더 마시겠느냐고 물었다. 우리 아래편에서 아드리안은 여전히 그 여자에게 말을 하고 있었다. 여자가 뭔가 재미있는 말을 한 게 틀림없었다. 아드리안이 웃으면서 계속 시선을 여자에게 고정하고 있었기 때문이다. 멀리서도 그가 여자에게 관심이 있다는 게 보였다. 갑자기 나는 아드리안이 나와 함께 파티에 와놓고서 저 여자를 데리고 떠나리라는 분명한 감각, 너무도 생생해 예감과도 같은 느낌에 사로잡혔다. 여자가 돌아서며 자기 잔을 지나가는 웨이터의 쟁반에 올려놓았다. 쏜살같은 한순간 나는 그녀의 옆얼굴을 보았다. 이목구비는 작지만 두드러졌고 얼굴은 명쾌함으로 꽉 차 있었다. 리스본에서의 겨울이라니 보나마나 멋지겠죠, 남자가 말했다.

나는 양해를 구하고 자리를 떴다. 그의 존재를 더는 참아줄 수가 없었다. 그 남자는 놀란 모양이었다. 어쩌면 나와의 관계에 무슨 진전이라도 이루고 있다고 생각했는지도 몰랐다. 나는 다리를 건너 계단을 내려가서 아래쪽 파티장에 다시 합류했다. 그리고 아드리안을 향해 나아갔다. 그가 고개를 들더니, 즉각 팔을 뻗어 나를 멈춰 세웠다. 어디 있었어요, 그가 묻고는 대화를 나누던 여자에게로 돌아섰다. 여자가 한 손을 내밀어 자기소개를 했는데, 그 태도가 친근하면서도 약간 호기심 어린 투였다. 우리가 이야기하는 사이 아드리안이 아무렇지 않게 내 목덜미에 손을 올렸다. 그녀는 곧 다른 곳으로 갔는데, 조금의 여운도 남기지 않았다. 아드리안이 내게 돌아설 무렵 나는 그 여자에 대해, 그에게 명백히 눈곱만큼의 의미밖에 없는데다 그저 잡담을 나누었을 뿐인 사람에 대해 내가 그렇게나 위협을 느꼈다는 사실이 기이하게 느껴졌다.

그러나 나 역시도 다리 위의 남자와 그저 잡담을 나누었을 뿐이었고, 내가 아드리안과 떨어져 있었던 시간은 십 분, 아니 아마 이십 분이 넘지 않았을 것이다. 그럼에도, 그 짧은 사이에 그는 완전히 변해 있었다. 나는 아드리안과 그 잘생긴 외모를 바라보았다. 그는 어떤 식으로도 누군가를 떠나보낸 인물, 개인적인 상처를 보듬고 있는 사람처럼 보이지 않았다. 그렇지만 그는 아내로부터 가장 잔인하고 가장 치욕스러운 방식으로 버림받았던 것이다. 이제 그는 파티에서 귓속말의 대상인 인물, 본인의 가장 내밀한 참사가 악의적인 심심풀이 가십의 소재가 된 남자였다. 그는 파티장을 둘러보았는데, 그 태도가 약간 불안해 보였다. 그렇게 그를 지켜보는 동안, 이전에는 보지 못했던 등고선들이 그의 얼굴에 나타났다. 좋아졌건 나빠졌건, 그는 이제 내 상상 속에서 한층 복잡한 인물이 되었다.

그가 내게 신선한 공기를 좀 쐬고 싶냐고 물었고, 자신은 담배를 한 대 피우고 싶다고, 슬프게도 다시 담배를 피우기 시작했다고 말했다. 그는 말하면서 나를 보지 않았고, 나는 그의 표정으로 미루어보아 떨쳐내려고 분투했을 게 명백한 습관을 재개하게 된 게 무엇 때문이었는지 묻지 않았다. 그는 내 팔꿈치를 잡고 아트리움을 따라 늘어선 수많은 지붕 덮인 발코니들 중 하나로 나를 이끌었다. 빗줄기가 약해지지 않은 터라 발코니는 텅 비어 있었다. 아드리안이 담배 한 개비를 꺼냈다. 그가 담뱃불을 붙이려는데 발코니 유리문이 다시 열리더니, 다리 위의 그 남자가 나타났다. 아드리안이 고개를 들었고, 분명 그 남자를 알아보았음에도 바로 인사를 건네지 않았다. 이 젊은 여자분과 슬쩍 빠져나가는 게 너일 것 같았지. 그 남자가 말했다. 아드리안은 대꾸하지 않았다. 손가락 사이에서 잠시 더 담배를 가지고 놀다가 마치 나중에 피우려고 아껴두려는 듯 정장 재킷의 가슴주머니에 쓱 넣었다. 어쩌면 이 남자 앞에서 담배를 피우는 모습을 보이고 싶지 않은지도 몰랐다.

아드리안은 잠자코 다리 위에 있던 남자를 바라보았고, 남자는 이제 살짝 어쩔 줄 몰라하는 것 같았다. 본인부터 공격적으로 인사해놓고서 아드리안의 대응이 차가우니까 기겁해버린 것이다. 둘이 서로 아는 사이예요? 결국 아드리안이 질문을 던졌다. 무심한 태도였다. 그가 말한 방식으로 미루어, 전부터 안면이 있었다고 추정하지는 않은 듯했다. 오히려 소개해주는 일을 대단치 않은 것으로 만들고 싶어하는 쪽에 가까웠다. 마치 이렇게 말하려는 듯이. 이쪽은 알 가치가 있는 남자가 아니고, 정식으로 소개해줄 만한 사람도 아니에요.

그 남자는 늑대 같은 웃음을 지어 보였다. 경악스럽게도, 남자는 손을 뻗어 내 허리에 자기 팔을 둘렀다. 우리는 제일가는 친구지, 남자가 말했다. 그러고는 나를 쳐다보지 않은 채 아드리안에게 시선을 던졌고, 아드리안은 갑자기 재킷 주머니 속으로 손을 넣어 결국 그 담배 개비를 꺼냈다. 겹겹의 옷이 사이에 있는데도 그 남자의 손길은 축축하고 어쩐지 끈적했다. 남자의 손바닥이나 손가락에서 땀이 나고 있었든 아니든 그런 피부의 성질 때문이 아니라, 내 허리를 그러안은 그 행동의 특성이 이런 인상을 준 것이었다. 꼭 오징어나 문어 같은 두족류 동물에게 포옹을 받은 느낌이었다.

아드리안은 입술로 담배를 가져갔다. 눈을 가늘게 뜨며 갑자기 경계하는 표정으로 우리를 쳐다보았다. 어쩌면 그 남자가 나의 전 남자친구라고 상상했는지도 몰랐다. 비록 그 시점에는 그런 일이 가능할 만큼 내가 헤이그에 충분히 오래 있었던 것도 아니었지만 말이다. 차라리 우리가 가벼운 성적인 만남을 나누었을, 하루이틀 밤을 같이 보냈을 가능성이 있다는 것이 더 그럴듯했다. 성관계에 관한 그 남자의 전적이 거의 순전히 그런 자잘한 사건들로 이루어져 있으리라는 게 쉬이 상상이 갔다. 남자는 더 세게 나를 그러안았고, 팔로 내 허리를 꽉 감은 채 이제 내 치마의 천을 사이에 두고 엄지손가락으로 스타킹의 허리 밴드를 문질렀다. 느리고 규칙적인 그 움직임은 외설적인 동시에 아무 근거도 없었던 것이, 남자는 사실상 내게 모르는 사람이었다. 나는 남자의 이름조차 몰랐다. 아드리안이 담뱃불을 붙이려고 고개를 숙이자 나는 몸을 빼냈다. 좀전에 위쪽 다리에서 얘기 좀 했어요, 내가 말했다. 내가 화장실을 찾다가 길을 잃어서.

아드리안이 담배 연기를 내뿜었고, 연기의 고리가 그의 얼굴 주위로 피어올랐다. 그는 연기를 걷으려는 듯 한 손을 휘저었다. 저는 그쪽 이름조차 몰라요, 나는 그 남자에게 말했다. 자기소개를 안 하셨던 것 같은데요, 그냥 아드리안의 친구라고만 하셨잖아요. 남자가 눈살을 찌푸렸다. 내가 떨어져 섰을 때 남자는 주머니에 양손을 찔러넣었는데 그래서 지금 더더욱 심술부리는 십대처럼, 현장에서 딱 걸린 사람처럼 보였다. 아드리안은 남자를 지켜보고 있었다. 그는 아무 말도 하지 않았고 그 남자 역시 내게 자기소개를 하지 않았다. 저는 개비의 친구였어요, 마침내 그 잘생긴 남자가 말했다. 아니 그렇다기보다는, 원래는 개비의 친구였죠.

아드리안은 여전히 아무 말도 하지 않았고, 나를 바라보지도 않았다. 그 순간에 나는 마치 아예 그 자리에 없는 사람 같았다. 아드리안에게뿐만 아니라, 아드리안의 시선을 마주하기 위해 돌아선 그 남자에게도. 두 남자는 서로를 빤히 쳐다보았다. 나는 그제야 그들 사이에 모종의 적대적인 역사가 있다는 것을, 그 남자가 내게 접근했던 것이 나 자체가 목적이 아니라, 그보다는 내가 아드리안과 엮였기 때문이었다는 것을 이해했다. 그 엮임이 무엇이리라고 파악했을지, 나는 몰랐다. 친구? 아드리안이 한참 침묵한 끝에 말했다. 그래, 그렇게 표현할 수도 있겠네. 헤어스프레이를 뿌린 머리카락 아래로 얼굴이 시뻘게진 남자는 불편해 보였는데, 그렇게 직접적인 반응을 예상치 못한 듯했다. 오래전에요, 남자는 설득력 없게 말했다. 개비랑 나는 어릴 적부터 아는 사이예요.

최근에 개비하고 얘기해봤겠다? 아드리안이 물었다. 적어도 나는 그가 질문을 한 거라고 생각했다. 그의 목소리로 미루어서는 질문인지 진술인지 구분하기 어려웠지만, 이러나저러나 나는 그것이 저의가 있으면서도 어쩌면 공격적인 말이었다고 이해했다. 남자는 얼굴이 더욱 시뻘게져서는 갈망을 품고 어깨 너머로 파티장을 돌아보았다. 발코니로 나온 게 실수였다고 생각하는 게 틀림없었다. 우리와 합류했을 때 남자는 우위에 있는, 아니 우위에 있다고 믿는 자의 분위기를 풍겼으나, 지금은 그야말로 이 상황에서 어떻게 하면 빨리 탈출할 수 있을지 고민하고 있는 것처럼 보였다.

아드리안이 이내 나를 향해 돌아섰다. 케이스는 내 아내의 친한 친구예요. 그것이 그가 처음으로 개비에 대해, 혹은 자신이 결혼했다는, 아니 했었다는 사실을 언급한 때였다. 사실은, 그가 말을 이었다. 개비와 내가 결혼하기 전에 둘이 연인 사이였어요. 그게 여러 해 전 일이었는데도 우리가 결혼생활을 한 몇 년 동안 둘이 매우 가까운 사이로, 정말이지 매우 가까운 사이로 계속 남았던 거죠. 나는 매우 가까운 사이로, 정말이지 매우 가까운 사이로라는 구절에 눈을 깜빡였다. 그렇게 암시하는 것은 상스러우면서 아드리안답지도 않았다. 그는 말을 이었다. 케이스가 지금 이 순간에도 개비하고 연락하고 있다는 확신이 드네요. 나는 그녀가 뭘 하고 있는지, 무슨 생각인 건지, 아니 정확히 어디 있는지조차 아는 게 없다시피 한데요.

제발, 아드리안, 그 남자가 끼어들면서 양손을 퍼덕이며 머리카락 위로 올렸다. 이 일에서 나는 완전히 네 편이야. 몇 달 동안 나도 개비하고 얘기한 적이 없어. 개비가 떠난 이래로는 얘기 못했다고. 어쩌다 개비가 이런저런 메일을 보내기는 하지만 의미 있는 내용은 전혀 없어, 정말이야.

아드리안은 남자를 잠시 빤히 본 다음 내게로 다시 돌아섰다. 둘은 거의 매일 밤 전화를 붙들고 있었어요, 그가 가차없이 말을 이었다. 그는 이제 거의 수다스러워져서, 마치 내가 그의 결혼생활의 세부 사항을 전부 잘 알고 있다는 양 말했는데 실상 그는 내게 아무것도 말한 적이 없었다. 그 순간까지도, 그에게 아내가 있다는 사실이나, 심지어 아이들이 있다는 사실조차도. 나는 아드리안이 나한테가 아니라 케이스에게 말하고 있다는 것을, 나는 오로지 그의 말들이 통과해 가는 매개체일 따름이라는 것을 그런대로 이해했다. 또한 나의 존재 덕분에 아드리안이 케이스에게 그렇게 직접적으로 말할 수 있다는 것 역시 이해했다. 마치 그가 몇 년간 말하고 싶었지만 어쩌면 결혼생활의 기본적 예의를 지키기 위해, 아내와 이 남자 사이에 오래 지속된 우정을 존중하기 위해 자제하느라 말하지 못했던 것들을 내뱉고 있는 듯했다.

단순히 상담 상대야, 케이스가 힘없이 말했다. 그것도 정말로 내 뜻과는 반대되는 일이고. 개비가 언제나 나한테 전화를 걸었단 말이야, 언제나 그녀가 부추긴 거라고. 나는 메시지나 부재중 전화에 답할 때가 아니면 절대로 전화를 걸지 않았어. 왜 그 많은 여자 친구들 중 한 명이 아니라 나였는지는 나도 알 길이 없지. 게다가 밤낮으로 때를 가리지도 않았고. 나도 정말로 그런 친밀함이 달갑지 않았어. 가끔은 상당히 짜증났다고. 나도 나름대로 개인적인 골칫거리들이 있잖아, 알다시피. 케이스가 아드리안을 향해 호소하는 몸짓을 해 보였지만 아드리안은 계속 돌처럼 굳은 표정이었다. 하지만 나는 그가 그 남자의 시련과 고난에 관해 알고 싶지 않은 것까지도 상세히 알았으리라는 점을 의심치 않았다. 아마도 케이스는 그들 가정에, 예전에 그들이 가정을 이루었던 그곳에 종종 저녁식사를 하러 오던 손님, 그들 부부가 정기적으로 교유한 독신남 친구였으리라.

개비는 늘 섬세하지 못했지, 케이스는 말하고서 어깨를 살짝 으쓱하며 아드리안을 바라보았다. 마치 이렇게 말하려는 듯했다. 당연히 네가 제일 잘 알 테지. 그런데 그 몇 달 동안에는 정말로 깜짝 놀랄 지경이었어. 그렇다보니 나도 저녁이 통째로 비어 있거나, 넉넉잡아 한두 시간, 가끔은 더 여유가 있지 않으면 개비의 전화를 안 받았다고. 그녀의 말을 멈추게 하기가 불가능했어. 내 친구가 막 찾아왔다든가 마감이 있다든가 하고 말해도 그녀 귀에는 그런 핑계가 안 들리더라고. 자기하고 자기 골칫거리보다 더 흥미로운 일이나 사람이 있을 가능성을 받아들일 수가 없었던 거야. 당연한 게, 개비는 사람들이 자기 얘기를 들어주는 상황에 매우 익숙했잖아. 그녀에게 어떤 결점이 있었든 인정해야 할 건 그녀가 매력적인 여성이었다는 거야—아니 지금도 매력적인 여성이지, 개비가 죽었거나 뭐 그런 것도 아니고, 계속 우리와 함께 있으니까.

개비는 언제나 자기 멋대로였어, 아드리안은 짜증을 내며 말했다. 케이스는 한순간 그를 응시했다가 고개를 끄덕였다. 그 점에 관해서는 명백히 이견이 있을 수가 없었던 것이다. 그러고 나서 케이스는 양해를 구하고 자리를 떴다. 달리 할말이 없는 듯했다. 아드리안은 담배를 한 대 더 피우면서 그에게 퉁명스럽게 까닥였다. 우리는 그 직후에 파티장을 나왔다. 딱히 그래 보이진 않겠지만, 우리가 아드리안의 차로 걸어가는 사이 그가 말했다. 케이스는 매우 성공한 피고측 변호사예요. 이 나라에서 최고로 손꼽히는 변호사죠.

나는 그럴 수도 있겠다고, 내가 생각하기에 많은 피고측 변호사들의 공통적 특징인 도덕적 유연성을 그가 지니고 있다고 말했다. 아드리안은 고개를 저었다. 따지고 보면 그게 도덕적 유연성하고 관련이 있는 건지 그렇게 확신하지 못하겠네요,

그가 말했다. 확실히 첫눈에 보이는 것보다는 관련이 덜하겠죠. 모든 사람은 법정에서 공정한 변호를 받을 자격이 있어요. 가장 패륜적인 범죄자라도, 심지어 입에 담을 수도 없는 범죄를, 상상을 초월하고 묘사하기만 해도 우리 대다수가 귀를 막고 얼굴을 돌리게 될 그런 행위를 저지른 사람조차도요. 피고 측 변호사는 그런 겁약함에 의지할 도리가 없죠. 그는 그 행위들의 기록을 귀기울여 들어야 할 뿐만 아니라 세심히 연구해야 해요. 그들의 대기에 서식하며 그 대기를 들이마셔야만 한다고요. 나머지 우리는 견디지 못하는 바로 그 대기 속에 피고 측 변호사는 들어가 살아야만 하는 거죠.

아드리안은 눈살을 찌푸렸다. 하지만 한편으로 케이스는 한 개인으로서는 옹졸하고 근본적으로 경솔해요. 그것이 인격이나 천성에 있는 그런 역설들 중 하나죠. 나는 고개를 끄덕였고, 그렇게 우리는 한동안 침묵 속에서 걸었다. 그의 자동차에 다다르자, 나는 멈춰 선 다음 돌아서 그를 마주보았다. 길은 텅 비었고 비는 그쳐 있었다. 결혼하셨군요, 내가 말했다.

네, 그는 단박에 대꾸했다. 하지만 얼마나 더 오래 결혼한 상태일지는 모르겠어요. 그래도 괜찮습니까?

그 말 자체는 무뚝뚝할 정도로 담백했지만, 또한 굽히거나 피하려 하지 않는 말이기도 했다. 나는 그때 떠나버릴 수도, 이 이상 더는 얽히지 말자고 선택할 수도 있었다. 그러나 나는 그의 솔직함에, 대답하기 어려운 그 담백한 질문에 무장해제 되어버렸다. 담백해 보이는 것은 담백함 자체와 같은 것이 아니라는 것을, 그때도 나는 인지하고 있었다. 나의 망설임을 의식한 듯, 그는 내 손을 자기 입술로 가져가 손바닥과 손가락에 키스했다. 나는 그의 입이 내 피부에 닿는 감촉에 몸을 떨었다. 그가 차문을 열어주었고 나는 차에 탔다.

그것이 내가 아드리안과 보낸 첫날밤이었다. 그는 더는 가타부타 말이 없이 파티장에서 본인 집까지 나를 태워갔다. 그 순간 우리 사이에 무언가 합의가 이루어진 것이다. 그는 상당히 커다란 타운하우스의 꼭대기 층에 자리한 아파트에, 남자 한 명이 살기에는 너무 커다란 집에 살았다. 잠긴 문을 열고 안으로 들어가자마자 나는 개비의 증거를 보았다. 현관 옷걸이에 걸린 그녀의 코트, 문가의 비드 포슈*에 놓인 금팔찌. 이런 물건들이 놓인 광경이 신경에 거슬려 얼굴이 상기되었는데, 다만 그것들이 아드리안 쪽에서 그녀가 돌아오기를 조금이라도 갈망해서라기보다는 그저 방치해둬서 아파트에 남아 있다는 느낌이 들기도 했다. 그는 나를 안으로 데려가서 코트를 받아주는 동안 그것들을 알아차리지도 못하는 것 같았다.

아드리안은 나를 거실로 안내한 다음, 뭐라도 마실 것을 가

---

* vide poche. '빈 주머니'라는 뜻의 프랑스어로, 열쇠나 잔돈 등의 소지품을 놓아두기 위한 작은 그릇.

져오겠다고 말하고는 주방으로 사라졌다. 나는 넓고 쾌적한 실내를 둘러보았다. 우아한 잡동사니들이 있는 그 아파트에는 허세 부리는 구석이 없었다. 책장에는 장서들이 꽉꽉 들어차 있었지만 자잘한 물건과 기념품도 여럿 놓여 있었다. 한 책꽂이에는 아드리안과 더불어 아내와 두 아이가 담긴 사진이 든 액자가 놓여 있었는데, 케이스는 과장한 게 아니었다. 그들은 빼어난 가족을 이루었다. 실제로 개비는 아름다웠다. 내가 상상할 수 있는 것보다도 아름다웠다. 다만 그녀의 입가와 카메라를 향한 솔직담백한 시선에 거만함이 슬쩍 담기기는 했다. 나는 십 년 전쯤 찍었을 것이 틀림없는 그 사진을 계속해서 뜯어보았다. 케이스는 아이들이 십대라고 말했는데, 사진 속 아이들은 기껏해야 네다섯 살도 안 되어 보였다. 그러나 아드리안은 세월에도 산전수전에도 나이를 먹지 않았는지, 사진 속 남자와 썩 달라 보이지 않았다. 머리는 희끗희끗해졌고 이제 이마와 입가에는 주름이 좀 생겼지만, 전반적인 외양은 변함없었다.

그리고 나는 아드리안이 그대로인 것과 꼭 마찬가지로, 개비 역시 아름다움이 쇠하지 않은 채 사진 속 모습 그대로, 십 년 전에 그랬듯이 지금도 대단해 보일 것이 틀림없다고 생각했다. 내가 여전히 사진 앞에 서 있는데 아드리안이 돌아왔다. 그는 내 뒤에 서서 아이들은 지금 아내와 함께 포르투갈에 있다고 말했다. 그런데 어쩌면 벌써 알고 있겠네요, 그가 말한 다음 입을 다물었다. 나는 돌아서서 그를 마주보았고, 그러고 더는 개비나 아이들이나 사진에 관해 생각하지 않았다. 그가 나를 자기 쪽으로 끌어당겼고 나 역시 그를 향해 손을 뻗었다. 뒤이은 몇 주 동안, 아드리안의 아내 소유의 물품 중 일부가 사려 깊게도 사라졌다. 한 번에 전부는 아니고 하나씩 하나씩. 그 사진은, 그러나, 남아 있었다.

# 4

나는 레스토랑 테이블 너머로 아드리안을 보았다. 와인 리
스트가 그의 앞에 펼쳐져 있었고, 그는 의견을 묻는 듯 리스트
를 내 쪽으로 기울였다. 나는 오늘 힘든 하루였다고 말했다.
병으로 하나 주문하자 그럼, 그가 말하고는 웨이터에게 신호
를 주었다. 뭐 먹을지 정했지? 나는 고개를 끄덕였다. 메뉴판
을 흘긋 봤을 뿐이지만 우리는 이전에 여러 번 이 레스토랑에
서 식사를 했던 것이다.

웨이터가 우리의 주문을 받은 뒤 아드리안은 테이블 너머로
다시 나를 바라보았다. 야나 씨는 어떻게 지내? 아드리안은 아
직 야나를 만난 적이 없었다―그들은 그 주 주말에 처음으로
만날 터였고, 야나는 정확히 그 목적으로 우리를 저녁식사에

초대한 것이었다. 나는 그를 야나에게 소개하는 것을 망설여왔다. 비록 우리가 적어도 간접적으로는 그녀를 통해서, 내가 헤이그에 도착하고 얼마 되지 않았을 때 퀸스트뮈쉠*의 개막식에서 만났다는 사실에도 불구하고 말이다. 야나가 나를 그 행사에 초청했는데, 한 무리의 사람들에게 소개를 해주더니 다음 순간 다른 데로 휩쓸려가버렸다. 당연하게도 그녀는 나보다 훨씬 더 많은 사람을 알고 있었으니 말이다.

잔을 든 채 그 낯선 사람들 사이에 서서, 영어로 시작해놓고는 네덜란드어로 슬쩍 빠져버린 대화를 따라갈 수 없었던 것이 기억난다. 당시 나는 그 언어에 대해 여전히 아는 바가 너무 적었다. 나는 아드리안에게 주목했는데, 그가 여유로워 보였기 때문이기도 하고 우리 주위로 점점 빠르게 휘몰아치던 대화 속에서 그 역시 아무 말도 하지 않았기 때문이기도 했다. 나는 너무도 오래도록 잠자코 있었던지라 살며시 빠져나갈 수도 있지 않을까 생각하기 시작했다. 아무 말도 하지 않고 무리의 가장자리에 남아 있는 것도 이상했다. 그 순간 아드리안이 내게 한 잔 더 마시겠느냐고 물었다. 나는 그러겠다고 대답했고, 그가 내 손에서 빈 잔을 가져가다가 멈칫하더니 함께 가겠느냐고 물었다.

---

* Kunstmuseum Den Haag. 헤이그미술관을 말한다.

나는 그 무리에서 빠져나오게 되어 안도했다. 우리는 몬드리안 작품들로 가득찬 화랑을 통과해 걸었다. 그는 이 미술관과 소장품에 매우 애정이 있고, 이곳이 이 도시에서 가장 좋아하는 곳 중 하나라고 말했다. 그런데 개막식은 그가 보기에는 언제나 기이했다. 화랑을 꽉 채운 사람들이 서로 이야기만 하고 미술품은 깡그리 무시하니까. 물론 그도 바로 그 순간 똑같은 짓을 하고 있었으니, 남 말할 처지는 아니었다. 내가 웃자 그가 자기소개를 했다. 계속해서 화랑을 통과해 걸어가는 동안 나는 이 도시에 새로 왔고 이 미술관을 아직 모른다고 말했다. 그는 그렇다면 내가 행운아라고, 이제부터 발견할 멋진 것들이 많다고 말했다.

그 조우에서 딱히 그 이상의 대단한 것은 없었지만, 헤어진 다음에 그가 돌아와서 내 전화번호를 물었다. 그가 완전히 자연스러운 방식으로 그 요청을 했던 것이 기억난다. 인파를 헤치고 돌아오는 그의 모습을 보았을 때 덜컥하며 기쁨을 느꼈던 것도. 나는 그에게 전화번호를 알려주었고 그날 저녁에 그는 메시지를 하나 보냈다. 다시 만날 수 있느냐는 그의 물음에 나는 한 마디의 답신을 보냈다. 네. 그런 대답은 나답지 않은 것이었다. 그 간결함에서도, 또 그 모호하지 않은 성질에서도. 마치 그 사람이 보낸 메시지의 단순명쾌함에 영향을 받은 것 같았다. 내 생각에 그것은 새로운 관계가 주는 기대이자, 자신이 아닌 누군가가 되어볼 기회였다.

　야나에게 아드리안에 관해 말했을 때 그녀는 거의 당혹스러워 보였다. 혹은 그녀에게 슬며시 스민 다른 어떤 감정이었을 수도 있다―그 표정에서 나는 그녀가 나에 대해 가지고 있는 이미지가 바뀌는 것을 보았다. 그녀는 나를 그토록 빨리 남자와 맺어지는 유의 여자로 생각하지 않았던 것이다. 하지만 그것은 아주 짧은 순간이었고 곧 야나는 평소의 모습으로 돌아갔다. 그러고는 그의 이름을 묻더니, 모르는 사람이지만 꼭 만나길 고대하겠다고 했다. 그 목소리가 지나치게 밝은 것 같았다. 나는 이 관계가 그 정도로 발전할지 모르겠다고 말했다. 그러나 그후 몇 주가, 그리고 몇 달이 지나는 사이 이 관계는 정말로 그 정도로 발전하게 되었고, 그리하여 야나가 저녁식사를 제안했을 때는 거절하기가 불가능했다.

　지금, 내가 아드리안을 바라보고 그가 야나는 어떻게 지내는지 묻는 동안, 야나를 만난다는 계획이 그에게는 어떠한 생각이나 불안도 초래하지 않는 듯하다는 인상을 나는 받았다. 그것 역시도 우리 성격의 차이점을 분명히 보여주는 것이었다. 그런 일들이 내게는 절대로 그렇게 간단하지가 않았다. 나의 마음은 쳇바퀴를 돌았다. 두 사람을 서로 만나게 하는 게 걱정이 되었지만 이제 그의 여유로움 덕에 안심이 되었다. 야나는 잘 지내, 내가 말했다. 어젯밤에 저녁 먹으러 갔었거든.

뭔가 이상했어. 길거리에서 무슨 일이 벌어졌는지, 경찰도 있더라.

다친 사람이라도 있는 거야?

모르겠어.

그 순간 웨이터가 와인을 들고 왔고, 그런 다음에는 물병과 아뮈즈부슈* 한 접시를 가져왔다. 아드리안은 참을성 있는 찡그린 표정으로 얼굴을 굳힌 채 기다렸다. 그는 이제 이런 자잘한 친절을 견뎌내야 하는 의식으로만 겪을 뿐이었다. 드디어 웨이터가 자리를 뜨자, 아드리안은 마치 우리의 고독을 다시 분명히 하려는 듯 앞으로 몸을 숙여 내 손 위에 자기 손을 올렸다. 그 몸짓은 에로틱하기보다는 안심되는 것이었다. 친구나 심지어 아버지의 손길 같았는데, 다만 변하기 쉬운 의도에 따라 손바닥 뒤집듯 뒤집힐 수도 있긴 했다.

어찌됐든 간에, 그가 말했다. 제발 야나 씨 동네로 이사하지는 마.

그의 목소리는 걱정스러우면서도 약간 장난기가 있었는데, 마치 그 말들이 어떤 형태의 플러팅이나 유혹이라도 되는 듯했다. 나는 그의 집을, 그의 아내가 고른 가구를, 아이들 침실의 닫힌 문을 떠올렸다. 그 집은 전에 그의 부모님 소유였는

---

* amuse-bouches. '입맛을 돋우다'라는 뜻의 프랑스어로, 식당에서 기본 서비스로 나오는 전채요리.

데, 한 가구만 살기에는 너무 넓어서 아파트 두 채로 개조하느라 광범위하게 개보수되었음에도 불구하고, 그가 기나긴 어린 시절을 보낸 집으로 남아 있었다. 그런 안락함은 내게는 생경한 것이었다. 내가 어릴 적에 우리 가족은 너무도 자주 이사를 다녔기 때문에 내게는 유년기의 집이라고 여길 만한 하나의 장소가 없었다. 우리는 대개 도착했다가 곧 떠나곤 했다. 그 시절엔 온통 왔다갔다하기만 했다.

아드리안의 경우에는 그렇지 않았고, 바로 그런 이유로 그가 결혼생활의 물질적인 잔해에 크게 괴로움을 느끼지 않는 듯 보이는 거라고 나는 생각했다. 나라면 버림받은 그 순간 고통과 불쾌감 때문에 없애버렸을 그 모든 것에 말이다―개비가 구매한 의자, 책꽂이에 꽂힌 책들과 그들이 함께 고른 미술품까지. 그는 그 물건들과 거기 얽힌 지난날의 복잡성을 느끼지 못했다. 어디에 있든 자기 집에 있는 한 남자 외에 다른 무엇으로 보이는 법이 결코 없었다. 나는 미소를 짓고 답례로 그의 손을 꼭 쥐었다. 그 평정이야말로 내가 끌린 것이었지만, 동시에 나는 개비가 외국 영토를 점령이라도 하나 싶을 정도로 집안을 장식하고 자기 물건을 채워넣으며 품었던 결의를 조금은 더 이해하게 되었다. 그 행위에서는 실패한 결혼생활 너머가, 그리고 아드리안의 과거까지도 들여다보였다.

*

그날 밤늦게, 함께 그의 아파트로 가서 얼마 전까지만 해도 그의 부부 침대였으나 이제는 반박의 여지 없이 우리 침대가 된 그곳에서 까무룩 잠들었다가 깨어났다. 한밤중이었고 아드리안은 내 옆의 리넨 위에 기다란 팔다리의 맨살을 드러낸 채 곤히 잠들어 있었다. 나는 손을 뻗어 그를 건드렸지만 그는 꿈쩍도 하지 않았다. 그의 피부는 매끄럽고 가만했다. 잠시 뒤 나는 일어나 침실을 나오면서 살며시 방문을 닫았다. 복도의 암흑이 내 주위로 고였다. 나는 더듬거려 전등 스위치를 찾은 다음 주방으로 들어가 물 한 잔을 따랐다. 그리고 유유히, 창문 아래 길거리를 내다보았다. 거리는 거의 텅 비어 있었다. 멀리 길 끄트머리에서 한 남자와 한 여자의 윤곽이 보였다. 그들은 서로에게 기댄 채 걷고 있었는데, 약간 움직이다가 멈추고 또 약간 움직이다가 멈추었다. 어느 순간, 여자가 고개를 돌리더니 주위를 둘러보았다. 나는 앞으로 기대며 얼굴을 유리창에 대고 눌렀다.

남녀는 손을 맞잡고 서둘러 거리를 내려갔다. 다음 순간 그들은 사라지고 없었다. 그들의 행동거지가 은밀해진 것이 마치 자신들이 관찰당하고 있다는 걸 감지한 듯했고, 내가 창문에서 지켜보는 것을 알아차린 걸까 궁금해졌다. 어쩌면 그들은 어떤 불법적인 일, 아니면 자신들 관점에서 새삼 불법적으로 보이는 어떤 일에 연루되었는지도 몰랐다—우리가 관찰당하고 있다고 생각하느냐 않느냐에 따라 우리의 행동이 바뀐다는 것이 이해가 된다는 점에서 볼 때 말이다. 나는 창문에서 떨어져 거실로 들어갔다. 어느새 다시 개비와 아드리안과 아이들의 사진을 뚫어져라 응시하고 있었다—내가 아직 만나지도 못한, 또 내가 머릿속에 완전히 그려볼 수도 없는 아이들. 나는 아이들이 부모와 이곳에서 살았던 삶이 궁금해졌다. 이 방들을 어떻게 채웠는지, 너무도 멀리 떨어져서 완전히 다른 나라에 있는 지금 무엇을 그리워하고 있을지 말이다. 자신들의 아버지가 다른 여자를 만나고 있다는 걸 아는지, 만일 안다면 어떤 감정을 느낄지도 궁금해졌다. 분노일까, 경계일까, 무관심일까.

아이들을 만난다고 생각을 해보면 어떨지 감이 잘 오지 않았다. 그런 만남이 어떤 식으로 펼쳐질지 상상이 가지 않았다. 나와 이제 십대가 된 아이들이라니. 침실에서 소리가 나서 나는 사진에서 고개를 들었다. 아드리안이 침대에서 일어나는 소리가 들렸다. 짤막한 침묵 뒤 그가 나를 불렀다. 나 여기 있어, 나는 말하고는 책장에서 재빨리 떨어졌다. 잠이 안 와서. 그가 문가에 나타났다. 자기, 침대로 돌아와. 나는 그를 빤히 쳐다보았다. 그는 이전에는 그 특정한 애칭을 사용한 적이 없었다. 그의 목소리에 애정과 친근함이 담겨 있어서 단번에 이런 생각이 들었다. 개비에게도 저 말을 했을 게 틀림없어. 저 애칭은 개비의 것임이 틀림없어. 자기, 침대로 돌아와. 우려에서 비롯된 몸서리가 전신을 관통했다. 나는 그에게로 가까이 발을 내디뎠다. 그의 눈이 잠기운에 흐릿해서 한순간 나는 그가 깨어 있다고 확신하지 못했다. 나야, 나는 거의 이렇게 말할 뻔하며 입을 열었다.

그는 어설픈 손길로 내 어깨에 양손을 올렸고 나는 뻣뻣하게 굳었다. 몇시야? 그가 물었다. 목소리가 침착하면서도 인간미가 없어서, 마치 모르는 사람에게 얘기하고 있는 것만 같았다. 두시야, 내가 말했다. 그는 이 정보를 소화시키는 듯 고개를 끄덕였고, 눈은 다시 거의 감겨서 수면에 빠져들었다. 잠이 안 와서, 나는 덧붙였다. 당신을 깨울 마음은 없었는데. 그는 하품을 하더니 갑자기 앞으로 몸을 숙이고 내 목에, 그리고 입에 키스했다. 그의 양손은 내 등에서 아래로 미끄러져내려갔다. 침대로 돌아와, 그가 다시금 속삭였고, 그의 숨결이 내 귓가에 어렸다.

금방 갈게, 나는 말하며 몸을 빼냈다. 뭐하고 있는데, 그렇게 묻는 그의 목소리는 여전히 느릿하고 나른했다. 뭐 문제라도 있어? 나는 고개를 저었다. 그냥 잠이 안 와서, 나는 되풀이했다. 아무것도 아니야. 금방 갈게. 그는 고개를 끄덕이고 내게 다시 키스했다. 마치 우리가 함께 사는 부부인 양, 마치 이 것이 벌써 일상적인 일인 양―아내는 가끔 불면증을 겪는데, 반면에 나는 통나무처럼 통잠을 자거든. 나는 기차 객차에 서서도 잘 수 있다니까. 분명 아내는 엄청 짜증이 날 거야―어쩌면 그것은 그와 개비에게도 들어맞는 얘기였을지 몰랐다. 어쩌면 그는 결혼생활을 묘사하면서 바로 그렇게 말했을지도 몰랐다.

그는 거실에서 나갔고, 나는 그 모습을 지켜보았다. 그리고 그가 침대로 돌아갔다는 확신이 들자―스프링의 부드러운 삐걱거림, 매트리스 위에서 뒤척거리는 소리―책꽂이에 놓인 개비의 사진을 올려다보았다. 내가 간절하게 그녀를 과거 시제로 생각해 버릇했다는 것을 깨달았다. 마치 그녀와 그녀가 대표하는 모든 것이 확고히 억눌려 있다는 듯이. 비록 그것이 사실이 아니라는 것을, 그녀는 계속 우리와 함께 있다는 것을 알았음에도. 심지어 내 주위 사방에 있는 이 삶, 그녀가 이 아파트의 벽 안에서 누렸던 삶마저도 딱히 과거에 국한되어 있지 않았다. 고작 전화 한 통, 달랑 비행기표 한 장, 잠깐의 몽유병이면 현재로 덜컥 튀어나올 수 있었던 것이다.

나는 침실로 돌아갔다. 아드리안은 돌아누워 나를 마주보았다. 그는 전혀 자고 있지 않았다. 아까보다도 더 초롱초롱해 보였고, 나를 바라볼 때 이번에는 다른 사람이 아닌 나를 보고 있었다. 다 괜찮은 거야? 그가 머뭇거리며 물었다. 나는 침대로 들어갔다. 아무 문제 없어, 나는 말했다. 물 좀 마셨어, 기분이 훨씬 낫네. 그러자 그는 고개를 끄덕이고 나를 가까이 당겼고, 그의 몸은 따스했다. 다행이다. 금방 안심이 되었는지 벌써 잠이 오는 듯한 목소리였다. 잘 자, 나는 말했지만 그가 들었는지는 알 수 없었다. 그의 의식이 다시금 가로새어가고 있었다. 그의 팔은 내 가슴을 가로지르고 그의 고개는 내 어깨에 묵직하게 놓인 채로.

# 5

이튿날 아침 우리는 아파트에서 치즈와 빵으로 아침식사를 같이 먹었다. 아드리안이 커피를 내린다고 사용한 비싼 기계는 상당한 소음을 내더니 우유 거품이 산처럼 덮인 커피를 내놓았다. 그가 컵을 건네줄 때 나는 그 기계는 개비 때문에 산 거냐고 물었다. 달리 누구 때문이겠어? 그가 말했고 우리는 둘 다 웃었다.

그는 간밤의 일에 관해 아무 말도 하지 않았고, 그의 태도가 너무도 완벽히 자연스러워서 그런 일이 정말로 있었는지 의문스러울 정도였다. 식사를 하고 옷을 입고 난 후 아드리안이 나를 근처 버스 정류장까지 태워주었다. 그는 내게 키스를 하고 나중에 문자를 보내겠다고 했다. 차에서 내리는데 멀리 길 끝에 버스가 보였다. 나는 몸을 숙여 열린 창문을 통해 다시 작별인사를 했다. 그는 미소를 짓고 두번째로 내게 키스했다. 버스가 빠르게 다가오고 있었지만, 나는 잠시 서서 그의 차가 길모퉁이를 돌 때까지 지켜보았다.

다시 보슬비가 내리고 있었다. 나는 뛰어서 길을 건너 다른 승객들과 합류했다. 치켜든 우산 그림자 아래로 그들의 얼굴은 금욕적이었고 그 장면은 한 폭의 그림 같았다. 우리는 통근객들이 으레 드문드문 서 있는 모양 그대로, 질서정연하게 한 줄을 이루어 승차했다. 빈 좌석이 없었지만 상관없었다. 아드리안의 아파트에서 재판소까지는 몇 정류장밖에 되지 않았다. 버스에서 하차할 때 한줌의 시위자들이 바깥에 모여 있는 것이 보였다. 현재 재판에 회부된 서아프리카 어느 전직 대통령의 지지자들로, 재판소에서도 이 건은 크게 세간의 이목을 끄는 사건으로 꼽혔다. 건물로 들어가는데 시위자들 중 한 명이 작게 탄원하는 몸짓을 하며 내 양손에 전단을 꾹 쥐어주었다.

그 예의바르지만 끈질긴 요구 때문인지, 로비를 건너가는 동안 나는 그 종잇조각을 읽기 시작했다. 영어와 프랑스어로 된 글로 뒤덮여 있었는데, 어조가 공격적이었다. 전직 대통령을 체포하고 재판하는 것은 불법이나 다름없는 행위라고, 일체의 사안이 전혀 공정치 못하다고 그 종잇조각은 선언했다. 체포의 적법성에 이의를 제기할 기회도 얻지 못한 채 이쪽 적군 무리에서 다른 적군 무리로 그냥 넘겨지다니, 전직 대통령의 심정이 상상이 가는가! 이 서구 제국주의의 도구, 이 재판소, 바로 이것이야말로 신식민지주의의 진짜 민낯이다. 전직 대통령을 상대로 한 소송의 근거는 종잇장처럼 박약하고 미국 국무부와 프랑스 정부가 내세운 것으로, 정의라기보다 정책의 문제다. 흰 장갑이나 낀 남자들이 자행한 쿠데타이며, 재판소는 그저 허울일 뿐으로—

나는 읽기를 멈추고 종잇조각을 접어 가방에 집어넣었다. 그 주장은 나에게, 아니 재판소에서 일하는 그 누구에게도 생소한 것이 아니었다. 유감스럽게도 기록이 직설적으로 보여주었으니까. 반인도적 범죄가 전 세계적으로 증식하던 바로 그 순간에조차 재판소에서 주로 수사하고 체포한 대상은 아프리카 국가들이었던 것이다. 그 기록에 재판소의 관할권에 얽힌 복잡한 사정이나, 집행 수단이 제한적이라는 점이 반영되지 못한 것은 사실이었다. 그 기록이 재판소에서 서방 강대국들을 포함한 전 세계의 사태에 관해 실시한 수많은 예비 수사들을 포함하지 않은 것 또한 사실이었다. 그러나 모름지기 서술이라는 것은 복잡한 사정이 아니라 신념을 통해 설득력을 갖게 되기 마련이다. 엘리베이터를 탄 다음 사무실로 들어설 무렵 나는 동료들을 바라보며 궁금해졌다. 저들은 그런 전단을 처음 건네받았을 때 어떻게 느꼈을까, 어떤 반응을 보였을까.

책상 앞에 다다르고 거의 곧바로 베티나가 나와 면담을 하고 싶어한다는 말을 전해듣자 그 사안은 내 마음속에서 재빨리 밀려나버렸다. 나는 그 층을 서둘러 가로질러서 그녀의 사무실 유리문을 노크했다. 그녀는 고개를 들어 흘긋 보더니 내게 들어오라고 몸짓했다. 베티나의 공식 직함은 '언어 서비스 부서장'이었다. 그녀는 나를 면접하여 고용한 사람으로, 상당히 많은 직원을 관리 감독했다─통역사 열 명에 더해, 재판소의 여러 부처에 서비스를 제공하는 번역사들까지. 불친절한 사람은 아니었고, 심지어 본질적으로 따스한 사람일지도 몰랐다. 나로서는 알 수가 없었다. 그녀는 나의 직속상관일 뿐만 아니라 늘 상당한 중압감에 짓눌려 있기도 했다. 얼굴에는 자주 근심어리고 엄숙한 일그러진 미소가 떠올랐다. 그녀는 일이 틀어지기만을 기다리는 사람이었다.

이제 그녀는 컴퓨터 화면을 향해 계속해서 눈살을 찌푸리며 내게 어떻게 지내고 있느냐고 물었다. 잠시 머뭇거린 후 나는 잘 지낸다고 말했다. 그녀는 고개를 끄덕이고는 지체 없이, 이제부터 할 이야기는 기밀 사항이라고, 적어도 당분간은 그렇다고 말했다. 마침내 그녀가 나를 올려다보았다. 나는 여전히 그녀의 책상 앞에 서 있었다. 앉으세요, 그녀가 사과 조로 말했다. 나는 그녀의 시선에 눈을 맞추면서 그녀가 평소보다도 더 바빠서 절절매고 있음을 깨달았다.

그녀가 다시 말을 시작했다. 반인도적 범죄 네 건과 전쟁범죄 다섯 건을 죄목으로 기소된 악명 높은 지하디스트*를 재판소가 인도받는 데 성공했다. 해당 국가의 정부가 그날 일찍이 그를 인도했고, 우리가 이야기중이던 그때 그는 비행기를 타기 위해 압송되고 있었다. 이건 극비 사항입니다. 그녀는 다시금 말했다. 재판소 내에서도 오직 소수의 사람만 체포 사실을 알고 있어요. 영장이 고작 며칠 전에야 발부되었거든요. 이 정보를 동료들과 공유하지 않도록 꼭 부탁드리겠습니다. 사태가 일촉즉발이에요.

그녀는 생각을 가다듬는 듯이 말을 멈췄다. 피고인이 자정 직후 헤이그에 착륙할 것으로 예상하는데, 그때 구치소로 옮겨질 거예요. 당신이 출장을 가서 통역 서비스를 제공해주었으면 해요. 그 사람한테도 권리를 읊어줄 필요가 있고, 당연히 다른 사안도 있겠죠. 질문이나 요청 사항이 있거나 실질적인 사안 때문에 소통하고자 할지도 몰라요. 피고인이 구금되고 나면 심기를 예측하기가 매우 어려워요. 보통 충격을 받았거나 부정하는 상태에 있으니까.

우리는 피고인이 프랑스어를 할 거라고 예상해요, 그녀가 말을 이었다. 그게 그 사람 나라의 공식 언어니까 우리 쪽에서

---

* 이슬람 극단주의 무장조직원.

도 이해하는 데 문제가 있을 거라고 보지는 않아요. 그녀는 내게 파일 하나를 건넸다. 그건 오늘밤에는 필요 없을 거예요, 그러고는 사과 조로 말했다. 그래도 짬이 난다면 그 자료를 검토해보는 게 도움이 될 겁니다. 거기 너무 오래 있을 필요는 없었으면 좋겠네요, 피고인도 피로할 테니. 물론 모든 출장 비용은 경비 처리될 거예요. 필요하다면 택시를 타요. 그녀의 시선이 옮겨갔고, 태도에서는 어떤 흥분이 엿보였다. 손이 아주 살짝 떨리고 있었다.

다시 말하지만, 베티나의 말에 나는 그녀의 손에서 시선을 들었다. 다시 말하지만, 이건 극비 사항이고 동료들, 아니 실은 어느 누구에게도 언급하면 안 돼요. 재판소가 신중하게 진행하고 있거든요. 당신도 알다시피 조직 입장에서는 긴요한 시기인지라. 나는 고개를 끄덕였다. 체포한다는 것은 재판소가 참관인으로 가득차고, 생중계가 면밀하게 시청되고, 내뱉은 단어 하나하나가 평소보다 더 여러 번 경청되리라는 것을 의미함을 알고 있었다. 새벽 한시에는 거기 가 있어야 할 거예요, 베티나가 말하고는 본인 서류를 내려다본 다음 말했다. 그 사람이 어떤 사람일지 모르겠네? 그녀가 그 질문에 대답을 요구하는 것 같지는 않아서 나는 뒤돌아 나왔다.

조금 후, 나는 앞에 파일을 펼쳐둔 채 책상에 앉았다. 다른 이들의 시선이 살짝 의식되는 느낌이었다. 베티나의 말이, 비밀 유지에 대한 경고가 귓가에서 맴돌았던 것이다. 그러나 동료들은 본인들 일에 몰두해 있었고 나는 이 사태의 기초 사항을, 주요 날짜와 이름과 장소를 숙지하고 싶었다. 물론 베티나가 말했듯이, 이 정보마저도 그날 저녁의 목적을 위해서는, 짧은 조우에 지나지 않을 일을 위해서는 불필요할 공산이 크기는 했지만 말이다. 나는 파일을 읽기 시작했다. 피고인은 고작 오 년 전에 수도를 장악한 어느 이슬람 과격분파의 일원이었다가 이후 지도자가 되었다. 그 분파는 점령한 영토에서 즉각 샤리아법*을 시행해, 음악을 금지하고 여성들에게 부르카** 착용을 강제하고, 종교 재판소들을 세웠다. 그는 재판소에 의해 구금되는 겨우 두번째 지하디스트였고, 기소의 상당수는 여성 박해에 기반해 있었다―이번 경우에는 강제 결혼, 반복 강간, 또 소녀와 여성들의 성적 노예화였다. 고문에, 성릉聖陵 훼손을 포함한 종교 기반 박해에 대한 죄목도 있었다.

  파일에는 작은 메모가 포함되어 있었는데, 이 사건이 이제야 겨우 두번째로 성에 기반한 박해를 기소에 포함하는 사건이라는 점에서 유의미함에도 불구하고, 재판소가 아프리카 국가들에 편파적인 병폐가 있다는 여론이 커지는 상황에 대응하는 데 피고인의 국적이 도움이 되지 않으리라는 사실은 변함

---

* 인간의 올바른 생활 방식을 구체적으로 규정한 이슬람법.
** 코란의 가르침에 따라 여성의 온몸을 가리는 베일.

없다는 내용이었다. 나는 전단과 바깥의 시위자들을 생각했다. 파일에는 피고인의 사진 한 장이 첨부되어 있었다. 그는 거리에서, 자기 모습이 포착되고 있다는 걸 눈치챈 양 한쪽을 바라보고 있었는데, 몸은 움직이는 중이며 표정은 은밀했다. 얼굴은 헤드스카프로 일부 가려져 있었지만, 눈만은 유독 날카로웠다. 나머지 이목구비는 피로에 찌들어 달리 특별한 것이 없었다.

나는 퇴근 후 아파트로 돌아갔다. 초저녁에라도 잠을 청해볼까 생각했던 것이다. 구치소에 얼마나 오래 붙잡혀 있을지 알 수 없었다. 몇 분이 될 수도, 몇 시간이 될 수도 있었다. 베티나가 말했듯 피고인이 어떤 상태로 도착할지는 예측하기가 어려웠다. 충격이나 분노 상태에 있을지, 완전히 입을 다물고 있을지 아니면 질문과 비난과 맞비난을 쏟아낼지, 장거리 비행기에서 내린 사업가처럼 그냥 긴 여정으로 피곤해할지, 아니면 신체적으로 무너진 상태일지. 나는 저녁을 먹은 다음 침대에 웅크리고 누워 이불을 당겨 덮은 채 잠깐잠깐 휴식을 청했다. 정말로 잠을 잘 수가 없었다. 고작 초저녁이기도 했고 임박한 임무가 나를 짓누르기도 했다.

그렇게 누워 있는 동안, 바깥의 낮은 여전히 햇빛의 흔적을 실어나르고, 아파트 벽을 뚫고 이웃들의 소리가 들려오던 그때, 나를 가장 심란하게 한 것은 그 사진, 그 남자의 이미지였다. 내가 예상한 모습이 아니었다. 그의 얼굴은 조서에서 읽은 범죄의 규모에 부응하지 않았다. 그가 무죄라거나 유죄로 보였다는 것이 아니었다. 그의 얼굴에 깊이가 전혀 없다는 것에 가까웠다.

몇 시간 후면 나는 그 남자를 만날 것이고, 그러면 그 남자는 더는 하나의 이름과 한 장의 사진, 소송과 혐의의 목록이 아니라, 이 세상 속 한 명의 사람이 될 터였다. 그 일에 내가 대비가 되어 있는지 알 수 없었다. 헤아리기가 거의 불가능해 보였다—어느 지점에서 그는 어떤 경계선을 건넜고 인간성이 도려내졌을 것이다. 어쩌면 그 사진의 불확정성이 정확한 것이고, 사실상 앞으로 나를 찾아올 조우의 본질에 대비시켜준 것인지도 몰랐다. 나는 핸드폰을 확인해보았다. 메시지는 없었다. 나는 아드리안을 생각했다. 눈을 감고 다시 잠을 자려고 해보았다.

*

새벽 한시 조금 전에 구치소를 향해 출발했다. 택시가 연석에 차를 댈 때 길거리는 텅 비어 있었다. 내가 택시에 타 차문을 닫고 목적지를 알리자, 운전기사가 시선을 드는 것이 보였다. 나는 그 건물이 어디 있는지 아느냐고 물었고 그는 고개를 끄덕였다.

시내를 통과해 모래언덕 방향으로 차를 몰아가는 동안 그는 백미러로 계속해서 나를 관찰했는데, 마치 내 직무가 무엇인지 추측하는 듯했다. 아무래도 변호사, 판사, 재판소 공무원의 외양에 관한 그의 관념에 내가 부합하지 않은 것 같았다. 늦은 시간을 감안하면 아예 더 추악한 무언가를 상상했을지도 몰랐다. 내가 보수를 받는 매춘부이고 구치소에 구금된 남자들 중 한 명에게 봉사하러 가는 거라고 생각했는지도 몰랐다. 불가능한 일도 아니었다. 내가 입고 있는 옷을 내려다보았다. 나는 충분히 보수적으로, '비즈니스 캐주얼'이라고 주로 묘사되는 복장으로 차려입었다—그러나 매춘부들이 정확히 이런 식으로 차려입는다는 얘기를 들은 적이 있었다. 거리를 돌아다니지 않는 부류의 매춘부들, 절제된 옷차림을 하라는 상당한 압력을 받으며 명성과 권력이 있는 고객, 그 구치소에 유치되어 있을 법한 유의 남자들을 맞는 매춘부들 말이다. 나는 택시 뒷좌석에서 무게중심을 옮겨 앉으면서 치맛단을 더 끌어내렸다. 내가 의도치 않게 선정적으로 차려입었을까봐 걱정이 되었다. 저 남자 때문에 완전히 자의식 과잉이 되어버린 것이다.

따라서 재판소에서 너무 멀지 않은, 도시 끄트머리에 위치한 구치소에 도착했을 때 나는 안도했다. 밤의 어둠 속에서 그곳은 삼엄해 보였다. 높은 담벼락과 CCTV 카메라들이 있었다. 이름만 빼면 모든 면에서 감옥이었다. 내가 돈을 지불하자 택시 운전사가 자신이 기다리길 원하느냐고 물었다. 나는 얼굴을 붉히고는 얼마나 오래 있게 될지 모른다고, 돌아가고 싶을 때 택시를 부를 거라고 말했다. 그는 내게 명함을 건네며 자신이 밤새 일하고 있을 거라고 말했다. 그러한 선심은 외설스러우면서 약간 슬프게 느껴졌고, 나는 명함을 주머니 속에 넣으면서 손을 씻어야 할 것만 같은 기분이 되었다. 내가 버저를 누르는 동안 택시는 미적거렸는데, 다행히 문이 단박에 열렸다. 나는 중세풍의 정문 경비실을 통과했고, 그런 다음 보안을 통과했다. 가방을 압수당하고 여권 검사를 받았다.

명찰 하나를 건네받으며 기다리라는 말을 들었다. 교도관이 일렬로 늘어선 플라스틱 의자를 가리켰다. 나는 명찰을 재킷에 클립으로 달고 의자에 앉았다. 그 구역―접수처나 로비라고 하긴 부족하고 차라리 의자 몇 개가 줄지어 놓인 복도에 가까운―은 깨끗하고도 특색이 없었다. 아무 지방자치단체 건물에 들어가 기다렸어도 이와 다르지 않았을 것이다. 예를 들어 미국 차량관리국에서라도 말이다. 시간이 새벽 두시를 넘기고, 또 세시에 가까워지면서 그런 느낌은 더 커지기만 했고, 느리고 잔혹한 관료주의적 절차를 기다린다는 감각도 증폭되었다. 전에는 이런 상황에 처해본 적이 한 번도 없었는데도, 눈이 피곤으로 게슴츠레해질 무렵에는 마치 정확히 이런 상황에 처해본 적이 있었던 느낌이 들었다. 기다리는 행위에 관한 모든 것이 정황의 구체성을 지워버린 것이다. 누구를 기다리고 있는 건지 더는 기억나지도 않았다. 다만 영영 도착하지 않을지도 모를 사람을 기다리고 있다는, 그리고 내가 이 대기실을 영영 떠나지 못할지도 모른다는 생각만 들 뿐이었다.

세 시가 조금 지나서 뒤편의 문이 돌연 열렸다. 내가 자리에서 일어나자 제복을 입은 교도관이 따라오라는 표시를 했다. 갑자기 입안이 바짝 말랐다. 눈에 거슬릴 정도로 불이 환하게 밝혀진 복도를 지나고 출입구를 통과하면서 교도관은 카드를 갖다대거나 비밀번호를 입력했고, 그렇게 나아간 끝에 독방동으로 보이는 곳에 다다랐다. 문은 하나만 제외하고 모두 닫혀 있었는데, 그 문을 통해 재판소 공무원들이 보였다. 그들이 딱히 조용한 톤으로 이야기하지는 않아서 목소리가 복도를 따라 울려퍼졌고, 나는 틀림없이 잠을 방해받고 있을 다른 감방의 수용자들이 걱정되었다. 우리가 열린 감방에 다다르자 공무원들은 내게 깍듯이, 전문적인 시급성을 담은 무뚝뚝한 분위기로 인사를 건넸다. 내가 그들에게 인사한 다음, 아무도 말을 하지 않아 잠깐 정적이 흘렀다.

마침내, 공무원 중 한 명이 목청을 가다듬었다. 피고인을 비행기에서 내리도록 설득하는 데 얼마간 어려움이 있었다고 했다. 한동안 그가 좌석에서 일어나기를 거부했다는 것이다. 이제 도착해서 오고 있는 중이라고, 그 공무원이 덧붙였다. 나는 고개를 끄덕였다. 피고인이 어떻게 거부 의사를 표했을지 궁금해졌다. 유아차에서 나오길 거부하는 어린아이의 방식이었을지, 혹은 시위 현장을 포기하고 가길 거부하는 정치적 시위자의 방식이었을지. 아니 어쩌면 그냥 다리에 힘이 풀려버리는 바람에 일어서지 못하게 되었던 걸지도 몰랐다. 우리가 모여 있던 장소는 감방과 기숙사 방의 중간쯤으로, 싱글베드와 책상이 있고 한구석에 변기가 딸려 있었다. 벽에는 평면 텔레비전이 걸렸고, 방의 저쪽 벽에는 창살이 쳐진 커다란 창문이 나 있었다.

멀리서 독방동의 문이 열리는 소리가 들리자 우리는 당장에 돌아보았다. 그 환경의 잠정적인 성질과 피로에도 불구하고 방안에는 기대감의 파문이 퍼졌다. 문이 쾅 닫혔고, 그러고 나자 발을 질질 끌면서 복도를 따라 다른 감방들을 지나쳐 오는, 믿을 수 없을 정도로 느릿하게 느껴지는 소리가 들렸다. 다른 구금자들도 잠에서 깨 이 소리를 듣고 있으리라고, 어쩌면 자신들이 구치소에 도착했을 때를, 막연하고 그래서 더더욱 고통스러운 대기 상태의 시작을 떠올리고 있으리라고 나는 확신했다. 발소리가 점점 더 커지다가 멈췄고 이윽고 피고인이 감방의 문가에 모습을 드러냈다.

그는 교도관 두 명에 의해 호송되었다. 전통 로브를 입고 있었고, 아주 오래전에 찍혔을 리 없는 예의 그 사진에서보다 훨씬 더 나이들어 보여서, 나는 즉각적으로 설명할 수 없이 목이 죄어드는 느낌이 들었다. 그는 차례로 우리를 하나하나 노려보았다. 입을 오므린 채로 서 있었는데, 이 상황을 역겨워하는 것이 명백했다. 우리는 어수선하게 무리 지어 서 있었고, 마침내 재판소 공무원 한 명이 앞으로 발을 내디뎠다. 그의 표정은 어색했고 심지어 당혹스러워하는 모습이었다. 그가 망설이다가 나를 쳐다보기에 나는 피고인에게 더 가까이 다가갔다. 또한번 멈칫한 뒤 그 공무원이 드디어 말을 시작했는데, 사과 조에 확신이 없는 목소리였다. 피고인의 권리를 읽겠습니다.

나는 즉각 통역을 시작하면서, 피고인 쪽으로 몸을 기울여 그의 귀에 대고 나지막한 목소리로 말했다. 남자는 마치 모기나 무슨 다른 날벌레 때문에 짜증이 난 것처럼 머리를 홱 움직였다. 듣고 있다는 어떤 신호도 주지 않았다. 공무원이 잠시 말을 멈추고 얼마 뒤 나도 말을 마무리했고, 그러자 공무원이 피고인에게 질문이 있느냐고 물었다. 그 말을 통역하는데 피고인이 시끄럽게 한숨을 내쉬는 바람에 나는 말끝을 흐렸고, 말들은 공중에서 희미해졌다. 피고인은 아랍어로 빠르게 말하기 시작했고, 그렇게 말을 이으면서 이제 공무원을 화난 투로 쳐다보고 본인 주변의 방─그의 어조와 태도로 미루어 짐작건대, 어떤 면에서 수준 이하이거나 트집을 잡을 만한 게 명백한—을 향해 몸짓을 해댔다. 그러는 사이 내 안에서는 공황의 느낌이 치밀어올랐다. 나는 기대감에 차 나를 빤히 쳐다보고 있는 공무원을 바라보았다. 나는 고개를 저었고—나는 아랍어를 거의 몰랐다—다시 피고인을 돌아보았다.

결국 피고인이 나를 쳐다보며 물었다—프랑스어였는데, 더 듬거리긴 했으나 내 생각에는 유창했다. 왜 자신이 아랍어 통역사를 제공받지 않았느냐는 것이었다. 내가 사과하기 시작하자 그는 내 말을 끊으며—한 손을 올린 채 이제는 나를 쳐다보길 거부하는 모습이 마치 나를 보기만 해도 모욕적이라는 듯했는데, 어쩌면 내가 방안에서 유일한 여성이기 때문이거나 어쩌면 내 프랑스어 소리에 대단히 문제가 있었는지도 몰랐다—아랍어로 다시금 말하기 시작했고, 점점 더 목소리가 커져서 거의 호전적이었다. 재판소 공무원들이 난처해하며 이 상황에 대한 책임을 내게 지우기 시작하는 것이 보였다. 비록 명백히 내 잘못은 아닐지언정, 내가 배정받은 임무를 완수하지 못하고 있는 건 분명했던 것이다. 그 남자는 본인이 이해할 수 있는 언어로 권리를 고지받아야 했는데 그 언어를 나는 할 줄 모르는 듯했고, 그럼에도—달리 무엇을 할지 몰랐기 때문에, 또 이 상황이 내게 뭐라도 하라고 요구하는 듯했기 때문에—나는 나의 불쾌한 프랑스어로 그 글을 죽 읊었다. 그를 향해 이야기한 다음, 끝내 그에게 이해했느냐고 물었다.

이해했습니까? 나는 되풀이했다.

네, 그는 결국 프랑스어로 말했다.

돌연 그가 침대로 가서 앉았다. 그가 탈진한 것이 보였다. 그는 누워서 눈을 감더니 수 초 만에—거의 믿을 수 없을 정도로 몹시 빠르게—코를 골면서 침대에서 자고 있었다. 우리는 잠시 그를 쳐다보았고, 그런 다음 공무원들 중 한 명이 문쪽으로 고갯짓을 했다. 우리가 조용히 방에서 줄지어 나오자 교도관이 우리 뒤로 문을 닫았다. 공무원이 나를 쳐다보고는 말했다. 저희가 아랍어를 하시는 분을 요청할 겁니다. 나는 고개를 끄덕였다. 저 사람이 거의 불쌍해지려고 했다니까요, 그가 말하면서 고개를 저었다. 나는 동의하지 않았는데, 어떤 면에서는 우리가 조종당했다는 느낌이 어쩔 수 없이 들었던 것이다—비록 목적이 무엇인지는 말할 수 없었지만 말이다. 피고인은 그 작은 극적인 사건을 통해 아무것도 성취하지 못했고, 또 그에게는 당연히 본인이 선택한 언어에 종사하는 통역사를 제공받을 권리가 있었다.

그 공무원은 내게 가도 된다고 했다. 이제 시간이—그가 손목시계를 보았다—거의 새벽 네시였다. 나는 코트를 꿰어 입고서 제복 입은 교도관들 중 한 명을 따라 미로 같은 복도를 걸어 다시 보안을 통과했다. 교도관이 택시를 불렀고, 택시는 매우 금방 도착했다. 내가 차 안에 앉아 있는 사이 택시는 시내를 통과해 갔다. 바깥은 여전히 완전히 어둑하여, 동이 틀 기색도 없었다. 밤은 간단없이 보였다. 내가 사는 아파트에 도착해 운전기사에게 값을 치렀고, 기사는 내가 건물로 들어갈 때까지 기다려주었다. 이제 마침내 간신히 감지할 수 있을 만큼 하늘이 밝아오고 있었다. 태양은 한두 시간 안에 뜰 터였다. 나는 메시지를 확인했다. 아드리안이 얼마 전에 문자를 보내 내가 어쩌고 있는지 물었고, 그런 다음 문자를 또하나 보내 야나의 집에 무엇을 가져갈지, 와인 한 병 외에 무엇을 더 가져가면 될지 물었다. 나는 답장하지 않은 채로 누워서 까무룩 잠이 들고 말았다.

# 6

그날 아침 늦게 아드리안에게서 문자 메시지를 또하나 받았다. 그는 자기 아파트에서 길모퉁이를 돌면 있는 인도네시아 레스토랑에서 음식을 사 가면 야나가 요리하는 수고를 덜 수 있지 않을까 생각했다. 나는 메시지를 읽고 나서 침대 속에 다시 웅크렸다. 이런 문자 메시지들의 도착이, 그 일상적인 성질이 내게 필요한 줄도 몰랐던 안도감을 주었다. 전날 밤의 소란이 내가 파악한 것 이상으로 내게 영향을 끼친 것이다.

그후 정오에 일어났을 때까지도 그 감각은 여전히 나와 함께했다. 그날은 토요일이었고 재판소는 월요일에 발표를 할 공산이 높으니, 나는 적어도 조금 더 오랫동안 간밤의 사건을 말할 수가 없을 터였다. 침대에 누워서 나는 궁금해졌다. 그렇게 갑작스럽게 수면에 빠졌던 피고인이―그저 수면에 빠진 척한 것이 아니라 정말 수면에 빠졌던 거라면―어딘가로 압송되는 꿈을 꾸다가 깨어나, 자신이 이렇게나 낯설고 적대적인 곳에 있다는 사실에 깜짝 놀라진 않았을까. 자신이 잘못된 곳에 있는 잘못된 사람이라는 감각이 압도해오진 않았을까. 나는 그런 감각의 아류 버전을 스스로도 느꼈다는 것을 깨달았다. 감방 안에 서서 그의 말을 이해하지 못하고 내게 배정된 임무를 수행하지 못하던 그때에 말이다. 마치 내 신원에 무슨 착오가 생긴 상황에 처하기라도 한 느낌이었다.

나는 전화기를 집어들어 아드리안의 문자에 답장했다. 음식을 가져가다니 상냥한 생각이고 매우 고마워할 거라고, 야나에게 말해두겠다고 했다. 그는 거기서 보자고 바로 답장을 보냈다. 나는 그에게 야나의 아파트를 찾기 어려우면 전화하라고 했다. 그러나 설령 아드리안이 저녁식사 약속에 오다가 길을 잃었더라도, 더듬거리며 잘못된 길로 가거나 위험한 길로 빠졌더라도, 이쪽이 맞는 경로인지 아니면 잘못된 곳에서 꺾었는지 전화로 물어보았더라도, 막상 나는 도와줄 수가 없었을 것이다. 심지어 전화를 받지도 못했을 것이다. 기면증 환자처럼 까무룩 잠들어버렸으니까―소파에서, 허벅지에는 책 한 권을 올려두고, 고개는 뒤로 젖히고, 전화기는 옆방에 둬서 벨소리를 들을 수도 없는 채로. 만약 아드리안이 전화를 했다면 말이다. 그러나 저녁 여덟시에서 몇 분이 지나 깨어났을 때, 내 전화기에는 부재중 전화나 메시지가 없었고 바깥은 벌써 어두워져 있었다. 거의 오후 내내 잠을 잔 것이었다.

서둘러 옷을 입고 아드리안과 야나 둘 다에게 조금 늦는다고 문자를 보냈다. 이제 날은 어두워, 거리는 밤마실의 기대감으로 가득차 있었다. 나는 택시를 잡아탔다. 벌써 반시간은 늦었는데 아드리안은 당연히 제시간에 왔을 터였다. 운전기사가 꽉꽉 들어찬 차들의 흐름 속으로 비집고 들어가는 동안―차들이 평소보다 더 빽빽하거나 또는 그렇게 보였는데, 아마도 나의 갈급증 때문이었을 것이다. 의도한 것보다 한층 불편하고 친밀한 상황에 야나와 아드리안이 떠밀렸다는 것을 나는 인지하고 있었다―나는 앞으로 몸을 기울여 창문을 내다보았다. 이 속도로 가면 야나의 집에 도착하기까지 적어도 이십 분은 걸릴 것이었다.

교통 상황은 나아지지 않았다. 내가 야나의 아파트에 도착했을 무렵에는 거의 아홉시였고, 아드리안은 그곳에서 한 시간을 보낸 참이었다. 늦었네, 야나가 문을 열어주며 말했다. 그녀의 어조는 탓하는 것과는 거리가 멀었고, 미소를 짓고 있었다. 평소와 달리 편안해 보였다. 나는 그녀의 외양에 아연실색했다. 너무 달라 보여서 거의 알아보지 못할 뻔했다. 그녀는 평소보다 오래 문 앞에 머물렀는데, 마치 내가 들어가는 걸 막으려는 듯했다. 한순간 나는 그녀가 내게 무슨 할말이라도 있는 건가 싶기까지 했다. 그녀의 뒤쪽으로, 아드리안이 와인 한 잔을 손에 든 채 주방에 서 있는 것이 보였다. 그는 호기심어린 표정을 하고 우리를 지켜보고 있었다. 나는 야나가 그에게 무슨 말을 하고 있었던 건지 궁금해졌다.

그녀가 마침내, 들어와, 하고 말했다. 그러고는 마지못한 듯이 물러섰다. 나는 코트를 벗고 가방을 내려두면서 다시 아드리안을 바라보았다. 내가 어리둥절한 표정을 지었으나 그는 눈치채지 못했거나 아니면 무시하기로 했는지, 와인잔을 들고 앞으로 다가와 내게 키스했는데 그 태도가 매우 자연스러웠다. 나는 야나가 지켜보고 있다는 게 의식되어 마지막 순간에 그에게 뺨을 비스듬히 갖다대며 내 입을 다른 쪽으로 돌렸고, 그래서 그의 키스는 어색하게 내려앉았다. 내 피부가 달아오르는 것이 느껴졌다. 늦어서 미안해. 아드리안은 어깨를 으쓱하고서 상관없다고 말했다. 그는 즐거워 보였는데, 기이하게 방어적으로 느껴지는 태도로 내 주위를 맴돌아 나는 다시금 이렇게 늦지 말 걸 싶어졌다.

둘이서 어쩌고 있었어, 나는 물었다. 그들은 서로를 바라보고서 미소 지었다. 나는 아드리안이 아니라 야나를 쳐다보았다. 그녀는 립스틱을 바르고 눈화장을 했는데, 평소에는 귀찮아서 하지 않는 것이었다. 그저 내가 그런 식으로 그녀의 입술과 눈에 색이 칠해지고 윤곽이 그어진 모습을, 그녀의 이목구비가 그토록 강조된 모습을 보는 게 익숙지 않았는지도 몰랐다. 뒤늦게야 나는 야나가 아드리안을 위해 화장을 했을 공산이 크다는 것을 깨달았다. 확실히 나를 위해서 한 것은 아니었다. 그러자 나는 남자로 존재한다는 건 어떤 것일지, 실제 본질보다 한층 선명한 이런 의도가 있는 이목구비에 너무도 자주 둘러싸인다는 건 어떤 것일지 궁금해졌다.

나는 야나를, 그런 다음에는 다시 아드리안을 바라보았다. 그들 사이에 어떤 친밀함이 자리를 잡은 것이 보였다. 놀라운 일은 아니었다. 아닌 게 아니라 내가 처음부터 예측했어야 했던 일이었다. 둘 다 서글서글하고 심지어 매력적인 사람들이었으니까. 나는 이것이 야나의 설명할 수 없는 변신의 이유임이 틀림없다고 생각했다. 궁극적으로 그 변신은 립스틱과 마스카라로 설명할 수 있는 일이 아니었다. 그것은 한층 무형적인 전환이 신체적으로 발현된 것일 뿐이었다. 갑자기 두 사람이 커플이라 해도 말이 된다는 생각이 들었다. 개비도 아마 야나처럼 자신감 있고 솔직 담백한 여성, 아드리안의 거울상 같은 사람이었을 것이다. 커플들이란 종종 그런 식이었다, 애초에 닮은 점이 없는 경우에조차. 경계하는 태도로, 나는 야나와 아드리안이 이제는 필요하다 싶은 수준보다 훨씬 오래도록 계속해서 서로를 바라보는 광경을 지켜보았다. 야나는 바보처럼 선웃음을 치고 있었다. 적어도 내 눈에는 그렇게 비쳤다.

질투심이 치밀었다. 우리야 잘하고 있었지, 아드리안이 말했고, 그의 목소리는 태연했다. 그는 돌아서 나를 바라보았는데, 시선은 따스했고 미소를 짓고 있었다. 숨길 게 있는 사람처럼 보이지 않았다. 야나가 닦달하며 나를 심문했지만 나는 괜찮아, 살아남았거든. 이 문장을 나에게 말한 것임에도, 또 아드리안이 그 상냥하고 투명한 시선으로 계속 나를 바라보았음에도, 내게는 그의 말이 야나와 아드리안 사이의 공모를 추가로 보여주는 증거로 느껴졌다. 야나는 여전히 그를 바라보고 있었고, 이제는 너무 크게 웃으면서 머리카락을 과장되게 넘겼는데, 내게는 친숙하지 않은 몸짓이었다. 마치 그녀가 이 자리를 위해 자신을 완전히 다시 만들어버린 듯했다.

안 그랬거든요! 야나가 추파를 던지듯 외쳤다. 그런 적 없어. 질문 몇 개 한 게 다잖아요. 내가 워낙 친구를 싸고도는 사람이라. 얘한텐 여기 아무도 없는 거 아시잖아요―어쩐지 내가 이 도시나 이 나라에, 심지어 이 공간에 속하지 않은 것처럼 느껴지게 하는 말이었다. 그녀가 내 어깨에 한 팔을 둘렀는데, 확실히 애정어린 몸짓이었으나 기이하고 그녀답지 않다는 인상을 주었다. 평소에는 신체 접촉으로 감정 표현을 하는 일이 없었으니까. 그녀가 내 어깨를 꼭 쥐었고, 그 포옹은 파티에서 케이스와 만났던 일을, 아드리안이 결혼했다는 것을 처음으로 알게 되었던 때를 상기시켰다. 틀림없이 내가 불편해 보였거나, 아니면 아드리안 스스로 두 포옹 사이의 유사점을 보았는지도 모르겠다. 아드리안이 이내 살짝 눈살을 찌푸렸고 잠시 뒤 야나가 팔을 내렸기 때문이다. 나는 목청을 가다듬고는 우리 식사해야 하지 않겠느냐고 물었다. 야나가 돌연 돌아서며 말했다. 아드리안이 인도네시아 음식을 포장해 왔더라고, 어느 식당인지는 모르겠지만.

그녀는 이미 식탁을 차려두었다. 천으로 된 냅킨과 테이블 매트와 양초가 놓여 있었다. 식사하자, 야나가 말했다. 음식은 오븐 속에 있어. 따뜻하게 해놓느라고. 네가 얼마나 늦을지 몰라서. 나는 그들 중 누구도 내가 늦게 도착한 데 대해 설명을 요구하지 않았음을 깨달았다. 야나가 오븐에서 음식이 담긴 은박지 용기들을 꺼내기 시작했다. 내가 거들겠다고 하자 그녀는 고개를 저었고, 우리에게 앉으라고 말했다.

아드리안과 나는 침묵 속에서 식탁 옆에 서서, 명멸하는 촛불들을 응시하고 있었다―야나인지 아드리안인지 누군가 수고스럽게도 촛불을 켜놓았던 것이다. 일은 어때, 어떻게 지냈어? 야나가 소리쳤다. 그녀는 오븐에서 음식을 다시 꺼내면서 상당한 소음을 내며 문을 쾅쾅 열었다 닫고 그릇들을 달그락거렸다. 그럭저럭 괜찮아, 나는 소리쳐 대꾸했는데, 그 대답은 거의 인상을 남기지 못한 듯했다. 나는 한편으로 안도했다. 그

체포 사건을 언급하지 않으면서 일에 대해 말하기는 어려웠을 것이다. 에둘러서 말하더라도 그 일이 내 생각 속에 너무도 크게 드리운 터라, 그 일을 언급하지 않는 것이 오히려 그들을 눈치채게 만들 것이었다.

주방에서 더 많은 소음이 들렸고, 아드리안을 흘긋 바라본 다음 나는 야나에게 가서 말했다. 거들게 해줘. 그래서 우리는 함께 음식이 담긴 접시들을 식탁으로 나르기 시작했다. 음식은 맛있어 보였고 야나는 잽싸게 아드리안의 메뉴 선택을 칭찬했다. 저라면 절대로 이렇게 잘 주문하지 못했을 거예요, 그녀가 말했다. 그것은 이상하고 살짝 어리석은 칭찬이었고, 거의 확실히 거짓말이었다. 야나는 요리하고 외식하는 것을 정말 좋아했거니와 어쨌든 그게 딱히 무슨 발군의 성취는 아니지 않은가, 음식을 포장 주문하는 게 말이다. 야나가 자기 와인잔을 들어올리고 말했다. 음, 여기 우리가 다 모였네요. 그녀는 여전히 미소 짓고 있었고 목소리는 긴장으로 떨렸다. 아드리안은 자기 잔을 올리면서 고개를 끄덕였다. 그리고 야나에게 집에 초대해주어 감사하다고 했다. 우리 셋 중에서 진정으로 편안해 보이는 사람은 아드리안뿐이었다.

잠깐 동안 야나와 나는 둘 다 그가 음식을 덜어주는 것을 지켜보았다. 우리는 남자의 능력에 감탄하는 여성으로 전환되었는데, 터무니없고 끔찍한 상황이었다. 그는 그저 우리 접시에 국수와 밥과 고깃덩이를 분배해주고 있을 뿐인데도, 어느새 나는 감사하는 눈으로 그를 지켜보고 있었던 것이다. 어쩌면 야나의 경탄을 의식한 탓일지도 몰랐다. 나는 야나가 현재 흥분한 이유가 아드리안을 향한 본인의 끌림 때문이라는 것을 매우 잘 알았다. 그녀는 경쟁하려 드는 경우가 있었고 이 상황에서 우위를 확보할 필요성도 느꼈을 터였다. 어쨌든 애초에 그녀가 저녁식사를 제안함으로써 이 상황이 시작되었으니까.

아드리안의 경우 그는 뭐든지 생각하거나 느낄 수 있었다. 그가 야나를, 좀더 확실히 말하면 이 상황 전체를 어떻게 생각하는지 나는 알 수 없었다. 어쩌면 저녁식사에 오겠다고 동의한 것이 실수였다고 생각했을지도 몰랐다. 오로지 우리 셋뿐이었고, 말하자면 야나가 그를 한번 볼 수 있게끔 마련된 자리임이 명백했으니까. 한편으로, 야나는 아드리안의 결혼과 별거라는 주제를 피하려고 신중을 기하고 있었다. 그녀는 아드리안에게 그의 일, 그가 거주하는 지역에 관해 몇 가지 물었는데, 그녀가 이미 답을 알고 있는 무해한 질문들이었다. 그녀는 잠재적으로 낯 뜨거워질지 모를 영역 가까이로는 감히 발을 들여놓지 않았다.

이 활동 일체에는 무익하고 거짓된 분위기가 서렸다. 아드리안은 야나가 그의 직업과 어디 사는지에 관해서뿐 아니라, 개비와 결혼했던 것과 결혼 문제가 해결되지 않은 상태라는 것도 전부 알고 있다는 사실을 완벽히 인지하고 있는 것이 틀림없었다. 그렇다고 야나의 대화에 덧씌워진 솜씨 좋은 허울이, 야나가 알고 있음을 아드리안이 안다는 것을 야나 역시도 안다는 사실을 숨기지도 못했다. 부정된 앎의 상태가 방안에서 반향했다. 그럼에도 우리 행동이 유난히 이상해 보이지는 않았다. 사람들은 늘 이렇게 의식적으로 또 무의식적으로 부정직성을 품고 행동하니까. 아니 어쩌면 이 부정직성은 한층 구체적인 것이었을지도 몰랐다. 나는 퍼뜩 생각했다. 어쩌면 이 부정직성은 그들이 내게 비밀로 하고 있는 무언가, 그들 사이에 있었던 어떤 언쟁이나 합의 안에 있는 걸지도 모른다고. 그리고 나니 아드리안이 도착한 그 순간에 그들이 이미 결판을 지어둔 것일지 궁금해졌다. 어쩌면 야나는 그를 집에 들이고는 이렇게 말했을지 모른다. 저기요, 둘 사이가 어떤지 알고 싶어요, 당신 꿍꿍이가 정확히 뭔지 알고 싶단 말이에요.

그녀는 그런 일을 하고도 남았다―아드리안과 마찬가지로 야나는 대단히 직설적인 태도를 취할 수 있었다. 이제 야나는 아드리안을 향해 장난스럽게 말했다. 젊은 여자가 이 지역에 사는 걸 탐탁잖게 여긴다는 거 알아요―나는 깜짝 놀라 고개를 들었다. 나는 야나에게 그런 말을 한 적이 없었다. 그럼에도 그녀는 그에 관한 평가에서, 또 그가 이 동네를 어떻게 느낄지에 관해서 틀리지 않았다. 그 자신은 과연 알아차렸을지 의심스러운 아드리안의 보수적인 면을 그녀는 직감했던 것이다. 그리고 그 말도 맞아요, 야나가 말을 이었다. 이 도시의 다른 지역들만큼 안전하진 못하죠. 바로 요전날에도 사건이 하나 있었으니까. 어떤 남자가 노상강도를 당했거든요, 우리 아파트 정문 바로 밖에서.

아드리안은 야나에게 전적으로 관심을 기울이려는 듯 포크를 접시에 내려놓았다.

요전날 밤에, 내가 여기 있었을 때? 내 물음에 그녀는 고개를 끄덕였다.

그 남자는 입원해 있어. 야나는 잠시 뜸을 들였다. 우리 중 한 명이 당했을 수도 있어요, 당신이었을 수도 있고. 그녀가 아드리안을 똑바로 쳐다보면서 말했다. 아닌 게 아니라 그 사람도 당신과 다르지 않더라고요. 내가 그 사람을 찾아봤거든요. 부유하고, 전문직이었어요. 아마도 저녁을 먹으러 친구들을 방문한다고 이 지역에 왔을 거예요. 거의 정확히, 지금 당신하고 마찬가지로.

그런데 어떻게 아는 거야? 나는 물었다. 경찰이 이름을 공개했거든, 야나가 말했다. 한 기사에 이름이 나와 있었어. 그렇게 많은 정보는 없었지만, 일단 이름을 알면, 인터넷이 그렇잖아, 모든 정보를 찾을 수가 있지. 그 사람은 서적 판매상인데, 안톤 더레이크라는 남자야. 구시가에 매우 성공적인 사업체를 소유하고 있어. 그 사람도 어쩌면 시내에서 당신이 사는 지역에 살지도 모르겠네요, 그녀가 아드리안에게 말했다. 주제가 갑자기 매우 심각해졌음에도 불구하고, 그녀의 유혹은 무딘 공격성의 형태를 띠며 끈질기게 계속되었다. 병원 침대에 누워 있는 사람이 하마터면 아드리안이었을 수도 있다고 가설을 세우는 것이 딱히 친절한 짓은 아니었으니까.

그래, 그녀가 말을 이었다. 그 사람은 아마 친구들을 방문하는 길이었을 거야. 디너파티에 가고 있었던 거지. 다만 영영 도착하지 못했지만 말이야. 그 사람 친구들이 얼마나 오래 기다리다가 자리에 앉아 식사했을 거라 생각해? 한 시간? 한 시간 반? 그녀는 말을 멈추었는데, 그들이 조금 전에도 내가 도착하기를 기다리고 있었던 것을, 자리에 앉아 저녁을 들 뻔했다는 것을 떠올리는 듯했다. 평범한 부침이 있는 평범한 삶을 살고 있던 어느 날, 그 삶이 갈기갈기 찢겨버리고 다시는 완전히 안전하다는 느낌을 결코 받을 수 없게 되는 거죠. 어깨 너머로 등뒤를 건너다보면서 하루하루를 보내게 되는 거예요. 세상에 대한 이해도 변해버리죠. 세상을 적개심으로 가득찬, 깨지기 쉬운 곳으로 보게 되는 거예요.

야나는 포크를 집어들어 음식을 먹기 시작했다. 아직 음식을 거의 건드리지도 않았으니 분명 배가 고플 터였다. 아드리안은 그것이 폭력이 기능하는 방식이자 폭력이 사회에 지장을 주는 데 매우 효과적인 이유라고, 그것이 테러리즘이 효과를 내는 이유라고 말했다. 야나는 음식을 삼키면서 포크를 내려놓고 와인잔으로 손을 뻗었다. 그럼요, 그녀가 불쑥 말했다.

그래도, 뭔가가 잘못되었던 게 틀림없어요, 아드리안이 말했다. 노리는 게 돈뿐이라면 사람을 구타할 이유가 없잖아요. 어떤 사람이 폭력으로 위협하면, 지갑이랑 핸드폰을 요구하면, 그걸 주면 되는 거예요, 우리 모두 그건 알잖아요.

그렇죠, 하지만 일이 잘못되기도 하니까요, 야나가 말했다. 아무리 강심장인 범죄자라도 공황에 빠져서 본인이 의도한 것보다 더 나가버릴 수 있잖아요. 사람의 몸이란 예상하는 것보다 회복력이 있으면서도 부서지기 쉬우니까. 심지어 폭력에 인이 박인 사람도 깜짝 놀라는 경우가 있는 거죠. 아니면 그 범죄자가 아마추어여서 자기 힘을 과소평가했던 걸 수도 있고. 아니면 악의가 있어서 행동에 옮긴 걸지도 모르고요. 불가능한 일은 아니잖아요? 야나는 어깨를 으쓱했다. 어떤 면에서 보면 의도는 중요하지 않아요. 가해자가—아니면 추측하건대 가해자들이, 한 명보다 많았을지도 모르잖아요—행동에 옮긴 게 악의가 있어서였든 공황에 빠져서였든, 결과는 똑같으니까 말이에요. 그 가엾은 남자는 아직도 입원해 있고 아시다시피 그런 지 며칠은 됐으니, 분명 심하게 상해를 입었을 거라는 생각밖에는 안 드네요.

누가 그랬는지 잡았대? 내가 물었다.

분명히 경찰에서 다 잘하고 있을 거야, 그녀가 말했다. 어쩌면 벌써 용의자를 확보했는지도 모르지. 그 블록에는 CCTV 카메라들이 있거든. 요새 안 잡히고 지나가는 게 어디어. 나는 언제나 카메라들이 싫었거든, 감시받고 있다는 걸 보여주는 것 같아서. 그래도 이제는 그 카메라들 덕분에 좀더 안전한 느낌이 드는 것 같아. 아마도 이러면서 사람들이 보수적으로 변해가는 건가봐. 그녀의 목소리가 전보다 살짝 평온해졌다. 좋든 싫든 집주인이 되면 세상 만물에 관한 인식이 바뀌더라고. 심지어 아주 작은 아파트라도 충분히 그렇게 만들 수 있다니까. 오염되지 않기가 어려워. 이론적인 삶이랑 실제 삶은 다르니까.

그녀는 마치 집을 소유함으로써 자신이 완전히 환골탈태한 것처럼, 자기 아파트의 흙벽에 묻혀 그녀의 삶이 굳어져버린 것처럼 말했다. 그러나 나는 이것이 사실이 아니라는 것을, 야 나의 상황은 여전히 임시적이고 우리를 둘러싼 안정성은 그저 겉모습일 뿐이라는 것을 알았다. 그것은 필시, 나는 깨달았다, 아드리안이 집으로 돌아와 텅 빈 아파트를 발견했을 때 느꼈을 감정임이 틀림없었다. 나는 식탁 건너편의 그를 응시했다. 그것은 필시 그가 아이들을 불러모아 앉혔을 때, 그들의 어머니가 떠났다고 말하기 위해 단어들을 탐색했을 때 느꼈을 감정임이 틀림없었다. 모든 확실성은 예고 없이 무너질 수 있다. 아무도 또 아무것도 이 규칙에서 벗어날 수 없었다, 아드리안 조차도.

# 7

한참 동안 야나는 말이 없었다. 그녀의 얼굴은 피로와 걱정으로 주름이 졌고, 그녀가 밤중에 안절부절못하면서 창문을 빤히 내다보고 문이 잠긴 걸 확인하려고 침대에서 나오는 광경이 그려졌다. 지금 그녀의 태도에는 교태라고는 흔적도 없었고, 아주 조금이라도 작위적인 모습이 없었다. 그녀는 완전히 내면세계에 정신이 팔린 듯했다.

아마도 일 분이 오롯이 지났을 즈음 야나가 고개를 들고 미소를 지었다. 대화가 어쩌다 울적해져버렸담. 제 잘못이네요. 그러고는 와인병에 손을 뻗더니 자신의 잔에 한 잔 더 따랐고, 그런 다음 내 잔과 아드리안의 잔도 모두 채워주었다. 나는 고개를 저으며 말했다. 걱정하는 것도 당연하지. 또는 그런 취지의 말을, 별 의미 없는 말을 했다. 대화 주제는 너무도 무해해 보였고 그저 단순한 잡담이었지만, 그럼에도 우리를 각자의 사적 영역으로 격리시켰다. 마치 우리 사이에 더는 할말이 없다고 상호 합의라도 한 것처럼.

우리 뭔가 다른 얘기 해요, 응? 야나가 아드리안과 내게 미소 지었는데, 꼭 상황이 이전과 정확히 똑같다고 우리를 안심시키려는 듯했다. 얼마 지나지 않아 아드리안이 핸드폰을 보더니 슬슬 가야겠다고, 차를 부르겠다고 말했다. 나는 그에게 차를 몰고 오지 않았느냐고 기계적으로 물었고, 그는 고개를 저었다. 잠시 뒤 그의 핸드폰이 띵 하고 울렸다. 차가 도착해 있었고 우리는 일어섰다. 야나는 우리를 문까지 따라와서는, 몇 주 후에 열리는 전시가 있다고, 우리 둘 다 오길 바란다고 다시 한번 일러주었다. 내가 고개를 끄덕이자 그녀는 재빨리 내게 포옹한 다음 그때 우리를 보길 기다리고 있겠다고 말했다.

*

택시 뒷좌석에 앉아 있는 동안 아드리안이 내 손을 잡고 말했다. 일주일간 어디 좀 가 있을 거야. 더 오래 걸릴 수도 있고.

출장? 나는 물었다. 내 목소리에는 생기가 없었다. 전날 밤

일로 지쳐 있었고 저녁식사 자리도 소모적이었으니까. 아드리안의 통보에 실망했지만 내 정신은 다른 곳에, 재판소에서의 또 길거리에서의 폭력 이야기에 팔려 있었다. 그 이야기들은 내가 차창을 통해 보고 있는 이 도시의 사용역을 바꾸었다. 나는 안톤 더레이크를, 그리고 그가 최근에 바로 이 길을 걸었던 것을 생각했다. 아드리안은 한동안 말이 없다가 목청을 가다듬고 말했다. 아니, 개비와 아이들을 보러 리스본에 가는 거야. 그는 내 손을 잠깐 더 잡고 있다가 조용히 말했다. 그 사람한테 이혼하자고 하려고.

나는 이제 고개를 돌려 아드리안을 마주보았다. 어둠 속에서 그의 이목구비는 머뭇거리는 듯하더니 이내 고통으로 무방비한 빛을 띠었다. 나는 허를 찔렸다. 나의 고양감—왜냐하면 그의 말을 듣자마자 내가 느낀 것이 그것이었으니까, 내 전신을 고동치며 훑던, 예상 밖의 통제되지 않은 고양감—과 그의 명백한 불행 사이의 거리감은 압도적이었다. 그가 마지못해 이런 결정을 내린 것일까 궁금해졌다. 충족되지 않는 희망과 망설임을 몇 달간 거친 다음에 취한 조치, 그가 내게는 비밀로 했던 내면의 옥신각신이었을까. 아드리안은 반신반의하는 내 마음을 의식한 듯 미소 지었다. 가는 게 기대되지는 않아, 그가 말했다. 그래도 우리가 논의해야 할 게 몇 가지 있거든, 전화로 하거나 메일로 할 수는 없고, 만나서 해치워야만 하는 일

말이야.

나는 고개를 끄덕이며, 그저 언제 떠나느냐고만 물었다. 내일, 그가 말했다. 며칠 전에야 이렇게 다녀오자고 결정했거든. 비행기편이 일러. 새벽 다섯시에 아파트에서 출발할 거야. 차는 예약해뒀고? 내가 물었다. 그는 그 질문을 무시하고는 다시 내 손을 잡았다. 내가 떠나 있는 동안 당신이 내 아파트에 머물고 싶어하지 않을까 생각했어, 그가 말했다. 당신도 아침에 통근 시간이 짧아질 거고, 당신이 거기 있다고 상상하면 나도 행복해질 테니까. 그는 말을 멈췄다. 당신을 두고 가고 싶지 않아. 우리가 서로를 아주 오래 안 건 아니지만, 내가 돌아왔을 때 당신이 기다려주리라는 걸 알고 싶어.

기다릴게, 내가 말했다. 그는 내 양손을 붙들고 키스했다. 당시에는 왜 그가 그런 확언을 필요로 했는지, 또는 일주일간 떠나 있는 일에 왜 그렇게 목적을 공표할 필요가 있었는지 의문이 들지 않았다. 좋다, 그가 속삭였고, 이제 어떤 사안이 그의 마음속에서 해결되어 안도했다는 게 보였다. 우리는 집까지 침묵 속에서 차를 타고 갔고, 아파트로 들어갈 때 그는 한번 더 물었다. 그래서 머물러줄 거지? 내가 고개를 끄덕이자 그는 다시 안도한 표정을 지었다. 그가 나를 위해서 열쇠를 두고 가겠다고 했다. 일주일이면 될 거야, 아니 어쩌면 조금 더 걸릴지도. 그는 말했고, 그가 우리 둘 모두를 안심시키려 하고 있다는 생각이 들었다.

이튿날 아침 일찍 출발한다는 점에서 그는 본인이 한 말을 지켰다. 나는 특대형 침대에서 몇 시간 뒤에 깨어났다. 그 아파트에 혼자 있는 것은 처음이었다. 일어나서 복도로 나갔다. 복도를 따라 늘어선 문들 뒤편에는 침묵뿐이었다. 혹시 아드리안이 마음을 바꿨을지도 모른다고, 의도적으로든 실수로든 그 제안을 철회해 결국 열쇠는 없을지도 모른다고 잠시 생각했다. 그러나 그는 잊지 않았다. 주방에 들어서자마자 내가 본 것은 조리대 위에 놓인 열쇠 한 뭉치였다. 그 옆에 놓인 메모에는 이렇게 적혀 있었다. 내가 떠나 있을 동안 여기 있는 당신을 상상할게.

나는 주방에 서서 그 메모를 두 번 읽었다. 열쇠를 집어들면서 기쁨의 전율을 느꼈다. 나는 그 터무니없는 기계를 사용해 커피를 만들기로 했다. 찬장을 들여다보고 컵을 하나 찾아내 우유를 따르고 물을 더했다. 그 기계는 삐걱거리고 윙윙대더니 커피와 우유를 분출해내기 시작했다. 조리대에 앉아 커피를 마시면서, 나는 이 아파트가 이중 유리창과 단열이라는 기적 덕분에 바깥의 삶의 흐름과 얼마나 동떨어져 있는지를 깨달았다. 혼자 있으니 고요함이 다른 의미를 띠어, 황량하고 거의 부담스럽기까지 했다. 갑자기 불안해진 나는 커피잔을 내려놓았다. 내게는 열쇠들이 있었다. 원하는 대로 이 집에 드나들 수 있고, 이 집을 내 집처럼 대하라는 말도 들었다.

옷을 입고 거리로 나가 길을 걸었다. 이 지역은 대중교통이
잘 갖춰져 있어서 잠깐 사이 나는 구시가 방향으로 달리는 트
램에 타고 있었다. 물론 전에도 여러 번 트램을 탔지만, 어쩐
지 이번 여정은 미묘하게 다르게 느껴졌다. 이 도시는 내 눈앞
에서 빈번히 변화했는데 이제 나는 이전에는 아무리 추구해도
느끼지 못했던 어떤 애착을 느꼈다. 마치 닻이 내려진 듯했다.
나는 마우리츠하위스미술관에서 그리 멀지 않은 곳에서 내렸
고, 붐비는 보행자들과 관광객들 속에 잠시 서 있었다. 내키는
대로 길거리를 걸어다니면서, 이 도시를 이런 식으로, 이런 여
유와 자유를 품고서 거닌 게 꽤 오랜만이라는 것을 깨달았다.

한참을 걷다가 가죽 장정된 장서들이 창가에 놓인 책방을
지나쳤다. 갑자기 야나의 말이 기억났다. 그 사람은 서적 판매상
인데, 안톤 더레이크라는 남자야. 구시가에 매우 성공적인 사업체를
소유하고 있어. 갑작스러운 충동에 이끌려 나는 다시 빙 돌아서
책방에 들어갔다. 구시가에는 책방이 그리 많지 않으니 이곳
이 바로 그곳일 가능성이 적어도 약간은 있었다. 내가 들어가
자마자 젊은 여자가 고개를 들더니 모호하지만 불친절하지는
않은 미소를 지었다. 나는 고개를 끄덕인 다음 책꽂이들을 살
펴보는 척했다. 내가 느릿느릿 책 제목들을 정독했고 가게는
텅 비어 있었는데도—야나가 생각했던 것만큼 그리 성공적인

사업체는 아니라는 우려가 들기 시작했다―그 젊은 여자는 내게 다가오거나 말을 걸지 않았다.

결국 나는 시선을 계속 책꽂이에 둔 채 데스크로 갔고, 여자는 자신이 도울 일이 있는지 물었다. 나는 고개를 젓고는 그저 둘러보고 있다고, 이 가게 사장이냐고 물었다. 그녀는 웃었는데, 시끄럽고 상스러운 웃음소리였다. 전혀 아니에요, 그녀가 말하고는 미소 지었다. 나는 그녀에게 이 가게에서 얼마나 오래 일했느냐고 물었다. 삼 년요, 그녀가 말했다. 나쁜 일자리는 아니라고 했다. 썩 흥미롭기도 하고 손님들도 다채롭다고―고서적은 특정 유형의 고객을 끌어모았다. 비록 고서적만 취급하는 건 아니었지만 말이다. 그들은 온갖 종류의 물건을 팔았다. 그런 다음 그녀는 말이 없어졌고 나는 대화를 이어가고 싶었던 까닭에, 이 도시의 역사서를 찾고 있다고, 선물하기 좋은 걸 찾고 있다고 말했다.

그녀는 일어나서 여러 권의 책을 찾아왔고, 책들을 펼쳐 아름다운 지도와 접이식 전면 삽화를 보여주었다. 내가 그 책들을 뜯어보는 동안 그녀는 가격대가 100유로부터 상당히 높은 금액까지 다양하다고 말했다. 이 장서들이 언제 출판되었는지 묻자 대개 19세기라고 했다. 나는 모로코가죽으로 제본된 표지를 만져보았다. 아름다운 책들이었다. 내 수중의 여윳돈보다 큰 액수였지만, 나는 그중 한 권을 사겠다고 말했다. 아드리안에게 줘야겠다 싶었다.

그녀가 물건을 계산하는 동안 나는 사장이 누구인지 물었다. 그녀는 이 질문에 놀란 듯했고 나는 그냥 이 책방이 상당히 개성적이어서 물은 것뿐이라고 말했다. 입에 발린 말이었지만 사실이 아닌 것도 아니었던 것이, 가게에서 그 배후에 있는 사람의 흔적이 느껴졌다. 그녀는 안톤 더레이크라는 남자가 사장이라고 말했다. 재빨리, 나는 그가 자주 가게에 나오느냐고 물었고 그녀는 보통은 그렇지만 불행히도 출타중이라고, 정확히 언제 돌아올지는 알 수 없다고 했다. 그녀가 불편해한다는 생각이 들었지만 그럼에도 나는 물을 수밖에 없었다. 심각한 일은 아니죠, 설마? 잠깐의 침묵 뒤에 그녀가 고개를 저었다. 전혀 그런 일 아니라고, 일이 주 안에 다시 찾아오면 그를 만날 수 있을 거라고 했다. 일이 주요, 그녀는 되풀이했다, 아니 어쩌면 삼 주요. 불쑥 그녀가 포장된 책을 내밀었다. 나는 책을 받아들고는 그녀에게 도와줘서 고맙다고 인사했다.

손에 꾸러미를 든 채 가게에서 나왔다. 왜 내가 기어코 안으로 들어갔는지, 아니 왜 더레이크에 관해 그렇게 많은 질문을 했는지 정말로 알 수가 없었다. 일이 주요, 그녀는 말했다, 아니 어쩌면 삼 주요. 그리고 그 말에 나는 막연히 안도감을 느꼈다. 아파트로 돌아가 포장을 풀어 책을 양손에 쥐었다. 이 책이 여기, 이 공간에 있는 걸 보자니 이상했다. 나는 책을 커피테이블에 두었다가 다시 집어들어서 거실에 있는 책꽂이 중 하나로 옮겼다. 결국 그게 온전히 딱 맞지 않는 물건이라는 게 보였다. 눈에 띄었고 이질적으로 보였다. 화려하게 장식된 제본 표지에 손때 묻은 가장자리도. 결국 그 책이 누구를 위한 것이었는지 알 수 없어졌다. 나는 소파에 앉았다. 아드리안이 그리웠고, 짧은 순간 그 거대한 아파트에서 오도 가도 못하게 된 기분이 들었다. 마치 혼자 남겨진 듯했다.

나는 잠을 설쳤고, 이튿날 아침 잠에서 깼을 땐 더는 주말이 아니고 평소보다도 늦은 시간이었다. 내 아파트로 돌아가서 옷을 갈아입을 수는 없는 상황이라, 샤워를 한 다음 삼일째 똑같은 옷을 입었다. 충동적으로, 나는 침실에 있는 옷장들 중 하나의 문을 열어보았다. 안쪽에는 다림질된 셔츠와 정장이 엄청나게 늘어서 있었는데, 상식적으로 남자 한 명이 입을 수 있는 양보다 많았다. 그렇게 지나치게 많다는 점에서 그것들이 내게 드러내주는 것이 있었다. 이렇게 많은 셔츠가 이렇게 꼼꼼하게 배열되어 있다니. 나는 청소부가 이 집에 정기적으로 온다는 사실을 알고 있었는데, 그저 청소부가 아니라 가정부로, 장을 봐 오고 찬장이 비면 다시 채워주는 사람이자, 의심의 여지 없이 드라이클리닝된 옷을 가져오고 비닐 커버를 벗겨낸 다음 셔츠들을 옷장에 두는 사람이었다. 나는 이 여자와 한 번, 아파트 밖에서 우연히 만난 적이 있었고, 나를 무시하는 눈길로 샅샅이 뜯어보던 그 태도로 보건대, 그녀는 개비가 떠나기 오래전부터 이 가족에게 고용된 사람이었다.

나는 아파트를 정돈하지 않고 나선 다음—아파트에 가정부가 어느 날 오는 것일까? 아드리안은 메모에 써두지 않았다—문을 잠갔고, 열쇠들을 신중하게 가방에 넣었다. 길모퉁이를 돌아 버스에 탔고, 버스는 이내 해변에 다다르더니 구릉진 모래언덕들과 나란히 달려 재판소 방향으로 나아갔다. 십 분쯤 뒤 버스가 사흘 밤 전에 방문했던 구치소를 지나갔다. 재판소에서 일한 그 몇 달 내내 나는 원칙적으로만 구치소를 인식하고 있었을 뿐, 그곳을 이 도시의 맥락이나 지리 안에서 그려본 적은 한 번도 없었다. 그곳은 재판소 로비에 있는 안내판에 전시된 사진들, 내가 고작 며칠 전 밤에 보았던 그곳의 잔혹한 실상을 전달하지 못하는 그 사진들만큼이나 추상적으로 남아 있었다—재판소 자체의 햇빛이 가득한 투명함과는 완전히 대조되어 캄캄하게 담이 둘린 채 서 있는, 그 자체의 밀도에 의해 경계가 지어진 건물로 말이다.

환한 대낮에 보니 구치소는 야밤에 보는 것보다는 덜 불길했고, 그곳이 길가에 존재한다는 사실에는 거의 무미건조한 구석마저 있었다. 버스는 구치소 앞에서 정차하지 않았고 나는 차창을 통해 오로지 스치듯이 그 건물의 담벼락과 윤곽을 보았다. 그곳은 그저 당신이 거주하는 풍경 속에 존재할 뿐 절대로 정말 눈치채는 법이 없는, 또 그 목적을 절대로 알지 못하는 그런 건물들 중 또하나일 뿐이었다. 우리 주변에는 감옥은 물론 그보다 훨씬 나쁜 곳도 있다. 뉴욕에는 북적거리는 푸드코트 위에 블랙 사이트*가 하나 있는데, 창문은 검게 칠해져 있고 방들은 방음 처리가 되어 비명을 질러도 아래에 앉아 있는 사람들에게 절대로 들리지 않았다. 샌드위치를 먹고 카푸치노를 홀짝이는 사람들은 바로 위에서 무슨 일이 벌어지고 있는지 감을 잡지 못했고, 그들이 사는 세상에 관해서도 감을 잡지 못했다.

그러나 우리 중 누구도 우리가 사는 세상을 정말로 볼 수는 없는 법이다―이 세상은 제 범속함(구치소의 땅딸막한 담벼락, 일상적인 노선을 따라 달리는 버스)과 제 극단성(그 감방과 감방 안의 그 남자) 사이의 모순에 현상대로 자리하고 있으니, 우리는 오로지 이 세상을 잠깐 보고 난 다음에는 설사 볼 일이 있다손 쳐도 오래도록 다시 보지 못하는 것이다. 당신이 목격한 바를, 소름 끼치는 광경이나 말할 수 없는 것을 말하는 목소리를 잊는 것은 놀랄 만큼 쉽다. 이 세상에 존재하기 위해 우리는 잊어야만 하고 실제로 잊는다. 알지만 모르는 상태에서 우리는 살아가는 것이다.

---

\* 미국 정부에서 운영하는 비밀 구금 시설.

이런 연유로 나는 환한 대낮에 다시 구치소를 볼 수 있었고, 그런 다음 얼마 뒤 버스에서 하차해 재판소로 들어가 언제나처럼, 그야말로 아무것도 달라지지 않았다는 듯이 경호원들에게 인사할 수 있었다. 저마다 명찰을 대어 읽히고 금속탐지기를 통과해 보안 검문소를 지나는 수많은 몸뚱이들 속으로 슬며시 들어가기는 쉬웠고, 안뜰을 가로지른 다음 건물 안으로 걸어가는 것 또한 쉬웠다.

그러나 그때, 내가 건물 입구에 다다랐을 때, 아미나가 문가에 서 있는 것이 보였다. 그녀는 내게 손짓하고는 내가 다다르기 거의 직전에, 마치 내가 가청 거리에 들어오기만을 기다리고 있었다는 듯 말했다. 위에서 당신을 제1재판부로 인사이동한답니다. 나는 놀라서 그녀를 바라보았다. 제가 휴가를 떠나면 당신이 제 대타가 될 거예요. 그녀는 내 팔을 잡고 살포시 꼭 쥐었다. 이거 좋은 일 맞죠, 그렇죠? 내가 묻자 그녀는 고개를 끄덕였다. 네, 매우 좋은 징조죠. 그래서 나는 화답으로 그녀의 손을 꼭 쥐었다. 이리 와요, 그녀가 말했다. 그리고 우리는 함께 건물로 들어갔다.

# 8

엘리베이터 안에서 아미나는 벽에 기대어 숨을 돌렸다. 안쪽의 아기가 폐를 세게 밀치는 탓에 이제 쉽게 숨이 찼다. 그녀는 나를 바라보더니, 어머니가 세네갈에서 곧 도착할 예정이라고, 자신은 몇 주만 있으면 출산휴가를 떠날 거라고 말했다. 엘리베이터에서 내려 부스를 향해 가면서 그녀는 내게 이 사건을 잘 아느냐고 물었고 나는 고개를 끄덕였다. 세부 사항이 재판소 전체에 잘 알려져 있었던 것이다. 그 재판은 여러 달 동안 진행중이었고 굉장한 의의가 있었다. 이 재판소에서 전직 국가 원수가 재판에 회부된 것은 처음이었고 소송 절차는 전 세계 언론에 상당한 소동을 초래한 터였다.

그리고 당연히, 몇 달이고 피고인을 대신해 재판소에서 집회를 열면서 그 전단들을 배포하고 팻말을 들어올리고 있는 시위자들의 문제도 있었다. 자리에 앉으면서 아미나는 내가 사태에 익숙해지도록 이번주 내내 부스에서 함께 일하게 될 거라고 말해주었다. 그리고 내게 파일 하나를 건넸다. 이해하는 데 아무 문제 없을 거예요, 그녀가 말했다. 여태까지 사용된 언어가 간단명료했으니까. 그녀가 고갯짓한 파일은 이제 내 앞의 책상에 있었고, 나는 파일을 펼쳐보았다. 사건 개요에 따르면, 분란을 일으킨 대선에 뒤이어 네다섯 달이라는 비교적 한정된 기간 동안 상황은 매우 빠르게 전개되었다. 선거관리위원회와 외부 참관인들은 이번 대선에서 피고인의 반대파가 승리했다는 판정을 내렸다. 또한 대통령의 임기가 헌법상 십 년으로 제한되어 있고 피고인은 이미 그 임기를 마쳤음에도 불구하고, 정권을 이양하기를 거부했다. 그러더니 그는 모종의 조작에 가담해 정적의 득표수가 강세를 보인 지역에서 투표를 무효화시켰고, 군대에 국경을 봉쇄하라고 명했으며, 모든 외국 언론을 차단했다.

　그후 피고인은―재판이 곧 개정할 터라, 나는 파일을 한층 서둘러 훑기 시작하면서 한쪽 눈은 아래의 법정에 줄지어 들어서고 있는 공무원들에게 두고 있었다―용병군을 조직하고 인종 청소 절차를 시작했으며, 그로써 암살단과 집단 매장지가 생겨났다. UN은 평화유지군을 보냈다. 아프리카연합은 피고인에게 하야하라고 촉구했으나, 그는 일절 뉘우치는 기색이 없었다. 그의 정적이 보복했고 내전이 뒤따랐다. 결과적으로, 프랑스와 UN의 공습이 있었고, 뒤이어 반대파 세력과 UN이 피고인을 체포해 가택 연금했다. 이것이 분란을 일으킨 대선으로부터 약 다섯 달 후의 일이었다. 만일 평화유지군이 나타나지 않았더라면 피고인은 처형당했으리라고 추정되지만, UN에서는 피고인이 국제재판소에서 재판에 회부되어야 한다고 다소 힘주어 주장했다. 그리하여 지금 이곳에 그가 있게 되었고 몇 년간 재판을 기다린 것이다.

나는 자료를 덮어서 한쪽에 두었다. 그 아래에는 전직 대통령의 커다란 사진이 있었다. 그는 먼 곳을 응시하고 있었는데, 한쪽 팔을 든 채 입을 벌린 모습이 연설이라도 하고 있는 듯했다. 그의 뒤편으로 사람들도 보였는데, 모습이 흐릿해서 뚜렷한 사람 형체라기보다는 색깔들의 누적이었다. 그는 분란을 일으킨 대선 전의 마지막 나날 중 어느 집회에서 얘기하고 있었던 걸지도 몰랐다. 비싼 정장과 넥타이 차림이었고 사진 속에서조차 그의 몸은 원기와 긴장감으로 뻣뻣했다. 배경에 있는 커다란 플래카드들과 배너들을 알아볼 수 있었다.

아미나가 방청석을 가리켰다. 역시 중이층에 위치한 방청석은 통역사 부스에 인접해 있었다. 안에는 수많은 참관인들이 있었다. 전직 대통령의 지지자들이에요, 아미나가 말했다. 둘째 열에서 나는 재판소 바깥에서 내게 전단을 주었던 남자를 보았다. 그는 다른 지지자 여럿과 이야기하고 있었는데, 얼굴은 이전처럼 취약해 보였다. 감정이 는질는질 뒤죽박죽된 그 얼굴에 나는 전직 대통령이 헤이그행 비행기에 탑승하면서 지지자들에게 전달한 메시지가 떠올랐다. 울지 마시오, 강건하시오—이후 신문 헤드라인을 가로질러 대문짝만하게 새겨진, 어쩌면 지금도 방청석에 앉은 그의 지지자들이 속삭이고 있을 슬로건이었다.

오늘 언론에서도 좀 왔어요, 아미나가 말을 이었다. 피고측에서 새로운 변호인이 나올 건데 그 추가된 사람이 듣자 하니 뭔가 중요한 인물이라나봐요. 그녀는 방청석 한쪽 구역을 차지한 무리 쪽으로 고개를 까닥였다. 이 재판은 상당히 볼만해요, 그녀가 속삭였다. 일반적인 재판 이상으로 말이에요. 부스라는 유리한 위치에서 우리는 아래쪽의 법정을 관찰할 수 있었는데, 한쪽으로는 소추측이, 또다른 쪽으로는 피고측이, 앞쪽에는 판사들이, 또 뒤쪽에는 증인석이 있었다. 지상층에 있는 거의 모든 사람이 컴퓨터 모니터 주위에 모여 있거나 커다란 바인더를 횈휙 넘기며 긴급한 활동에 몰두해 있는 듯했다. 나는 아미나를 흘긋 쳐다보았지만 그녀의 주의는 이제 본인 노트에 쏠려 있었다. 아까 엘리베이터에서 그녀는 내게 익숙해질 기회를 주기 위해 오늘 통역의 대부분을 자신이 하겠다고 말했다.

나는 다시 아래를 내려다보았다. 지상층에서 어떤 움직임이 있었고 피고측 변호인이 도착해 법정의 왼쪽을 차지하는 것이 보였다. 그들은 법복을 차려입었는데, 주니어 어소시에이트 변호사*들에게 고개를 까닥이며 다소 신중한 태도를 보였다. 나는 그 세 남자를 주시했다. 그들을 보고 있자니 무언가 심란해졌다. 나는 그들이 서류를 내려놓고 본인들 주위를 서성거리는 조수들과 대화하는 것을 지켜보았다. 얼마간 응시한 뒤에야 세 남자 중 한 명이 파티에서 만난 그 남자, 개비의 친구인 케이스라는 것을 경악하며 깨달았다.

나는 혹시나 그 사람이 내가 부스에 있는 것을 볼까봐 재빨리 몸을 뒤로 젖혀 의자에 기대앉았다. 물론 그럴 가능성은 낮았다. 한순간 내가 잘못 본 건가 하는 의문이 들었다. 아드리안이 그 사람에 대해 피고측 변호사, 이 나라에서 최고로 손꼽히는 변호사라고 말한 걸 기억하기는 했지만, 그의 외모가 너무 그럴싸해 보이질 않았던 것이다. 나는 다시 시선을 내려, 파티에서 그랬던 것 못지않게 이곳 법정에서도 한껏 매만져놓은 그 남자의 광택이 흐르는 숱 많은 머리를 쳐다보았다. 한편으로는 법복을 입은 그 남자를 그날 밤 내가 만났던 남자와 일치

* 로펌에 소속되어 상급 변호사들과 팀을 꾸려 활약하는 일 년 차 변호사.

시킬 수가 없었다. 다른 한편으로는 의심의 여지 없이 똑같은 사람이기도 했다. 사람이 아니라 맥락이 그의 존재를 이토록 불가해하게 만든 것이었다. 그 본인은 정확히 똑같은 상태였으니까. 내가 지켜보는 동안 그는 예의 그 우스꽝스러운 동작을, 머리칼에 손을 올리는 것 같은 가지각색의 고압적인 몸짓을 했다.

그러나 지금의 맥락에서 그 몸짓은 신비롭게도 엄숙성을 얻었다. 주니어 어소시에이트 변호사들은 물론이고 다른 변호사들도 현란하게 파닥거리는 그의 손짓에 응해 비꼬거나 조롱하는 기색 없이 고개를 끄덕였다. 아드리안이 그가 피고측 변호사라고 말해주었을 때 나는 그가 화이트칼라 범죄자들, 세금 사기라든가 기업 배임죄의 가해자들을 변호했으리라 상상했는데, 단순히 그가 너무 옹졸한 인간처럼 보였기 때문이었다. 물론, 그가 과실치사나 강도로 기소된 사람들, 예를 들어 안톤 더레이크의 폭행범을 대변하는 것도 매한가지로 가능하다는 것을 알기는 했다―한층 심각한 성격의 범죄, 개인적인 수준으로 남아 있는 순간에도 사소하다고는 묘사될 수 없는 범죄 말이다.

그러나 이런 규모의 범죄, 역사적으로 유의미한 범죄의 피고측 변호사라니, 그가 여기 이 법정에 모습을 드러내다니― 이것은 전적으로 너무도 어울리지 않았다. 그는 이런 사안을 논의할 엄숙한 마음은커녕 필요한 주장을 할 집중력조차 없을 것처럼 보였던 것이다. 한 사람이 피상적이고 교활하면서 동시에 출중한 변호사나 정치가일 수는 없다고 생각한 건 아니었다―상당한 사회적 명성을 가졌으면서도 사생활에서는 그야말로 비난받을 만한 남자들과 여자들이 수두룩했으니까. 그보다는 이 재판소에 있는 남자들과 여자들이 그를 진지하게 받아들이는 것이 믿기지 않았던 것에 가까웠다. 그들이 이 남자를, 극도로 얄팍한 구조로 이루어진 남자를, 매우 중차대한 이런 사안과 관련해 신뢰한다는 것이 놀라웠다.

그럼에도 아래쪽 광경을 관찰하는 동안 그가 팀 안에서 꽤 권위가 있는 위치에 있다는 게 보였다. 그가 지시를 내리면 그들은 주의깊게, 심지어 열성을 기울여 들었다. 그의 말에 목매는 듯 보였다. 그가 단순히 존경만 받는 게 아니라 흠모와 심지어 경외마저 받고 있다는 것이 명백했다. 법정 건너편 소추측에서는 그를 경계하듯 주시하고 있었다. 그가 인정사정없고 교활한 것으로 이름 높다는 것이 상상이 갔고, 그것이 아드리안이 그를 그토록 미심쩍게 대했던 또다른 이유였는지 의문이 들었다. 전문적으로 속일 수 있는 그의 능력 때문에 말이다.

케이스가 이 재판소에 나타날 공산이 높다든가 심지어 그럴 자격이 된다고 아드리안이 언급하지 않은 게 이상하다는 생각이 들었다. 그러다 아드리안이 내가 하는 일에 관해 아는 바가 매우 적으며, 또 그와 함께하지 않는 내 삶의 부분들에 대해서 그가 온전히 상상하지 못했겠다는 생각도 들었다. 사실 케이스가 나의 일상생활에 대해 훨씬 더 폭넓게 이해할 터였다. 그러니 만일 그 파티에서 내가 어쩌다가 재판소에서 일한다는 말을 뱉었더라면 우리가 완전히 다른 대화를 했으리라는 것도, 그랬다면 그가 내가 이제 막 들어선 세상에 관해 상당히 잘 아는 지적이고 정보에 밝은 남자로 비쳤으리라는 것도 가능했다. 그랬다면 나는 그의 접근에 한층 개방적인 태도를 보였을지도 몰랐다. 그의 번호를 받았거나 심지어 그날 밤 아드리안 대신 그와 함께 그의 집에 갔을지도 몰랐다.

이 생각이 마음을 어지럽혔다—우리의 정체성이 이토록 변하기 쉽고, 따라서 우리 인생길도 그렇다는 생각이. 유리를 통해 그를 빤히 내려다보는 사이, 일어난 일의 대안이 될 다른 버전들이 나타나 우리 사이의 공기를 채우는 듯했다. 갑자기 케이스가 자세를 똑바로 하고서 법정의 옆문 쪽으로 돌아섰는데, 얼굴을 활짝 펴며 내가 파티에서 봐서 너무도 잘 기억하는 그 늑대 같은 웃음을 씩 지었다. 그는 양팔을 벌리며 인사를 했고, 나는 목을 빼고 전직 대통령이 입장하는 것을 보았다. 전직 대통령은 잘 쉬고 잘 단장한 모습이었다. 남색 정장을 차려입었는데, 그가 아직 대통령이었을 적에 입었을 법한, 사진에서 그가 입고 있던 유의 옷이었다. 어떻게 저 정장을 손에 넣었을지 잠깐 궁금해졌다. 그의 법무팀이 준비해준 것인지, 기성복인지, 아니면 며칠 전 밤에 내가 그랬듯 재단사가 한밤중에 구치소를 방문하도록 주선한 것인지 말이다. 그의 행동거지는 침착하고 심지어 조용조용했음에도, 재판소의 기운이 그를 향해, 그라는 유명 인사의 블랙홀을 향해 구부러졌다는 것을 그가 의식하고 있다고 나는 확신했다.

케이스는 여전히 그의 앞쪽에 양팔을 활짝 벌린 채로 서 있었지만, 그 자세는 시들해지기 시작했다. 전직 대통령이 그를 그러고 있게 내버려두었던 것이다. 확신이 없는 표정이 그의 얼굴을 스쳤고, 나는 갑자기 동정심을 느꼈다. 격식을 차리고 소원한 태도이긴 했지만 전직 대통령이 고개를 끄덕였다. 이에 케이스는 얼마간 허세를 되찾는 듯했고, 마치 오랜 친구라도 되는 양 전직 대통령을 열광적으로 껴안았다. 전직 대통령은 이런 애정 공세를 견뎌냈다. 이에 힘입어 케이스는 한 손을 그의 어깨에 올린 채 그를 좌석으로 안내했다. 나는 그가 어떻게든 전직 대통령과 신체 접촉을 유지하려 하는 것을 보았다. 그의 자기중심주의를 넘어서서, 그 몸짓은 피고인이 여타 사람들과 같은 사람임을, 시민사회 안에 존재할 수 있고 친구도 가족도 있는 사람임을, 또한 우리가 그로부터 보호받을 필요가 없음을 선언하기 위해 하는 계산된 것이라는 생각이 들었다.

그가 두렵지 않다는 것을 증명하려는 듯이 말이다. 나는 그것이, 혹여나 그것이 가능하다면, 사실일지 궁금했다. 내 눈에 케이스는 기이하지만 근본적으로는 평범한 사람으로, 평범한 사람의 편견과 전제를 가진 것으로 비쳤다. 그러나 만일 케이스가 전직 대통령을 아주 조금도 두려워하지 않는 것이 사실이라면, 특히나 기소된 범죄들에 대해 그가 익히 알고 있으리라는 점으로 보건대, 그렇다면 그는 비상한 사람으로, 상당히 용기 있거나 인지 부조화에 빠진 사람일 것이다. 내가 지켜보는 동안, 전직 대통령은 고개를 끄덕였고 케이스는 계속해서 얘기하면서 다변증으로 인해 줄줄 흘러나오는 말이라고밖에 설명할 수 없는 언어를 쏟아냈다. 그가 무슨 이야기를 하고 있을지 상상해보려 했다. 어쩌면 기술적인 설명일지 몰랐다. 그러나 그때 나는 그가 무엇을 얘기하고 있든 아마도 상관없을 거라는 생각이 들었다. 전체적인 핵심은 팬터마임, 연극이었으니까. 이 작은 공연을 통해 케이스는 피고인을 평범한 사람으로 만들고 있었던 것이다. 이 재판소와 카메라의 눈앞에서, 세상의 눈앞에서.

저 사람이 새로 온 변호인이에요, 아미나가 목소리를 낮게 깔고 말했다. 아래쪽에서 전직 대통령이 갑자기 양손을 들었는데, 마치 이제 됐다고 말하려는 듯했다. 케이스는 즉각 뒤로 물러섰다. 그가 물리쳐졌다는 것이 명백했다. 수많은 사람들이 한때 그랬듯 그는 전직 대통령에게 고용된 상태였다. 이제

122

그 고용 집단은 법정에서 피고인 주위에 모인 개개인들로 줄어들었고, 케이스는 최근에 들어온 사람에 속했다. 그가 조심하는 태도를 유지하는 게 현명하겠다고 나는 생각했다. 그 두 남자 사이의 짧은 설왕설래 속에서 나는 전직 대통령의 심부에 있는 강력한 변덕성을 보았던 것이다. 그것이 지배하고 겁을 주는 그의 능력의 원천임에 의심의 여지가 없었다. 전직 대통령은 넥타이를 고쳐 맸는데, 거만한 동시에 언짢은 표정이었다. 케이스는 책상 뒤쪽의 자기 자리로 돌아갔고, 잠시 후 법정 앞에 있는 문이 열리며 판사들이 입장했다.

모두 자리에서 일어나주십시오. 지금부터 제1재판부를 개정합니다. 케이스는 다른 사람들과 나란히 일어서서 턱을 들고 눈을 가늘게 떴다. 다시 한번 그의 가슴이 법복 아래에서 부풀어오르는 듯했다. 내 옆에서 아미나가 통역을 시작했는데, 양손은 앞쪽 책상에 놓고 손가락 사이에는 펜을 끼우고 있었다. 태도가 매우 침착해서 거의 평온해 보일 정도였다. 모두 자리에 앉아주십시오. 신중하게, 아미나는 블라우스 소매에서 실밥 한 오라기를 제거하고서 재판장의 발언을 말했다. 즉각 증인에게 발언권을 주겠습니다.

우둥퉁한 중년 남성이 법정으로 들어와 증인석으로 갔다. 그가 조심스레 몸을 의자로 내리는데, 얼굴에 은밀하면서도 쭈뼛거리는 표정이 떠올랐다. 일어나주시겠습니까. 부탁드립니다. 예―일어나서 생년월일과 현재 직업을 말씀해주시겠습니까. 남자는 겨우겨우 발을 딛고 섰다. 전직 대통령은 다시 넥타이를 고쳐 맸다. 그때 나는 이것이 위협하려는 몸짓이라기보다는 긴장하면 나오는 버릇이 아닐까 생각했다. 그의 눈에서 언뜻 근심이 스치는 것을 본 것 같았던 것이다. 아니면 그렇게 기대한 것인지도 몰랐다. 감사합니다. 자리에 앉아주세요. 예, 감사합니다. 시작하십시오. 아미나는 말을 멈췄다. 증인은 마이크 쪽으로 수그려 판사를 바라보았다.

좋은 오후입니다, 재판장님. 아미나는 천천히 말하면서 각 음절을 명료히 발음했다. 그녀가 증인의 말을 들으며 그의 발화 패턴에 적응하고 있다는 것을 알 수 있었다. 발언권을 주셔서 감사합니다. 제 힘이 닿는 대로 최대한 질문에 대답하도록 노력하겠습니다. 도움이 되고 싶습니다. 아미나가 속도를 높였다. 이제 그녀는 신속하게 말하면서 때때로 숨을 내쉬기 위해 말을 멈췄다. 소추측 심문으로 돌아가기에 앞서, 제가 몇 마디 덧붙여도 되겠습니까? 아미나의 이마에 주름이 졌다. 앞쪽에서 재판장이 피곤한 듯 고개를 끄덕였다. 이런 온갖 연극을 할 필요가 없습니다. 제 동료이자 친구가 새빨간 거짓 주장으로 우리 나라에서 몰려나고 여기 끌려온 지 거의 오 년이 되었습니다. 이런 숨바꼭질 게임은 재판소의 명성에도 좋지 않습니다. 고국에서는 이 사건을 정치적 납치 행위에 불과한 것으로 보고 있습니다. 그가 고개를 저었다. 고국에서는 사람들이 이렇게 말합니다. 왜 현재의 대통령, 이 불법 대통령을 체포해 가지 않는 거냐?

방청석의 남녀가 환호하기 시작했는데, 그들의 목소리는 유리벽을 통과할 만큼 컸다. 어떤 여자는 공중에다 주먹을 쳐올린 다음 손뼉을 쳤다. 곧이어 방청석의 그쪽 구역 전체가 그 동작을 따라 하고 있었다. 언론인들의 관심이 전직 대통령의 지지자들 쪽으로 돌아가는 것이 보였다. 이 장면은 좋은 기삿감이 될 터였다. 방청석 통로에 배치된 경비원들은 이런 아수라장을 멈추기는커녕 억누르기에도 무력해 보였다. 저 아래쪽에서 전직 대통령은 지지자들에게 한 손을 들어올리면서 미소를 짓고 있었다.

정숙하세요. 정숙해주길 요청합니다.

재판장이 고개를 저었다.

피고인은 지지자들을 통제해주십시오.

전직 대통령의 시선은 방청석에 고정되어 있었다. 법정에 들어선 이래 처음으로, 그의 얼굴은 무방비 상태로, 거의 취약해 보였다―그 얼굴에는 일말의 승리감도, 속임수도, 전략도 없었다. 그는 본인이 얻은 불굴의 인망에 직면하여 명백히 감정적이 되어 있었다. 피고인에게 지지자들을 통제할 것을 요청합니다, 그러지 않을 경우 지지자들을 방청석에서 퇴정시키겠습니다. 다시 말하지만, 요청 사항입니다. 천천히, 마지못해, 그는 양손을 들어올려 자기 지지자들에게 착석하라고 몸짓했다. 그들은 즉시 조용해지면서 순순히 본인들 좌석으로 털썩 주저앉았고, 시선은 계속 전직 대통령에게 두고 있었다. 그는 고개를 끄덕였는데, 거의 스스로를 향한 끄덕임인 듯했다.

재판장은 안경 너머로 그를 빤히 쳐다보았고 그녀의 표정은 엄중했다. 이 재판소의 방청객에게 요구되는 특정한 예법 기준이 존재한다는 것을 일깨워드릴까요. 방청객들이 그 기준을 지키지 못할 시, 재판소에서 즉각 퇴정되고 이 재판소 구내의 출입이 앞으로 금지될 겁니다. 전직 대통령은 눈도 깜빡이지 않고 판사를 응시했다. 잠시 뒤 재판장은 말을 이었는데, 이제 증인에게 말을 걸었다. 증인에게 말씀드리자면. 소추측의 질문에 대답하는 것으로만 발언을 제한하길 요청합니다. 이미 일정이 지체되고 있어요. 증인은 고개를 끄덕였고, 소추측이 심문을 시작하자 기운이 법정에서 흘러나가는 듯했다.

이어진 구십 분 동안 소추측은 두서없는 동시에 극도로 구체적인 사안들에 대해 증인을 심문했고, 그 시간 동안 소추측과 증인 모두 좌절하고 지쳐가는 듯했다. 판사들은 다양한 지점에서 개입했는데, 대개는 증인이고 소추측이고 매한가지로 심문하는 단어와 문장을 좀더 간결하게 할 것을 촉구하기 위해서였다. 일정이 지체되고 있다고 한 게 정말이었다는 것이 명백했다. 재판의 후반부에는 내가 통역하기 시작했다. 나는 평소보다 더 긴장했는데, 중요한 재판이고 통역 오류 하나만으로 상당한 결과를 초래할 수도 있기 때문이기도 했지만, 케이스가 어떻게든 내 목소리를 알아챌까봐 두려워서이기도 했다. 그럴 공산이 아무리 낮더라도 말이다─나는 스스로에게 일깨웠다. 우리는 딱 한 번 만났고 거의 대화를 나누지 않았다고.

그럼에도 앞으로 몸을 숙여 마이크에 대고 말할 때 내 목소리는 귀에 들릴 정도로 떨렸고, 그래서 재판소의 구성원 여럿이 놀라서 올려다보았다. 옆에서 아미나가 긴장하는 게 느껴졌다. 나는 그런대로 금방 평정을 찾았고 모두가 안도했다. 아니 적어도 손을 뻗어 안심시키듯 내 손을 꼭 쥐어준 아미나는 안도했다. 케이스는 내 목소리에 반응하지 않았다. 심지어 처음의 떨림에도 말이다. 그럼에도 나는 재판이 끝나고 재판장이 기립하자 안심이 되었다.

거의 곧바로, 법정은 움직임으로 들끓었다. 그 순간까지 증인과 소추관에게 집중되어 있던 관심은 이제 원자화되어 법정 전체로 흩어졌다. 세 명의 판사가 나가기도 전에 사람들은 몸을 수그려 서류를 그러모으고 서로 머리를 맞대고는 대화하고 있었다. 전직 대통령은 옆에 경호원을 둔 채 법정 끄트머리에 남아 있었다. 그는 마치 무언가를 기다리듯, 혹시 누가 와서 그에게 얘기하기를 기다리듯 서 있었다. 나는 케이스를 찾아보았다. 놀랍게도 그와 동료들은 출구를 향해 재빠르게 나아가고 있었다.

나는 전직 대통령을 다시 돌아보았다. 문틈 사이로 사라지는 자기 변호인단을 지켜보는 동안 그의 얼굴은 뼛속까지 당혹스러운 표정이었다. 그의 시선이 옮겨간 방청석 역시도 비어가고 있었다. 그의 표정이 굳어졌다. 경호원이 그를 향해 몸을 숙이자 그는 고개를 끄덕였다. 그의 어깨가 구부정해졌고 그러자 그는 갑자기 훨씬 나이들어 보였다. 그렇게 꼿꼿한 자세로, 여전히 대통령다운 몸가짐으로 법정에 출두하기 위해서는, 남은 카리스마를 결집시키기 위해서는 필시 커다란 노력이 들었을 것임을 나는 깨달았다. 왜냐하면 세상 사람들이 믿는 바와는 반대로, 카리스마란 선천적인 것이 아니라 거듭해서 강화해야 하는 것이기 때문이다. 전직 대통령의 공연―그런 모든 행동이 결국 공연이었으므로―은 그를 고갈된 상태로 만들었고, 이제 그는 고개를 숙인 채 출구를 향해 발을 질질 끌고 나아갔다.

아미나가 나를 바라보았다. 잘했어요, 그녀가 말했다. 그리고 내게 따스하게 미소 지었다. 차 한잔 하러 카페테리아에 가려고요. 그녀가 일어서며 양손으로 등허리를 짚고는 얼굴을 찌푸렸다. 나는 그녀에게 괜찮냐고 물은 다음, 나도 같이 가겠다고, 커피가 필요한 참이라고 말했다. 비교적 수월한 건이었어요. 아래층으로 내려가면서 그녀가 말을 이었다. 방청석에서 그렇게 눈에 띄게 굴었어도 말이에요. 언제나 무슨 일이 생기거든요. 로비는 학교 단체 관람객과 방청객으로 가득차 있었고, 그곳을 가로질러가는 동안 나는 아미나에게 새로 온 피고측 변호인을 한 번 만난 적이 있다고 말했다. 그녀는 얼떨떨해하며 나를 돌아보았다. 어디서요? 여기서? 카페테리아에서 줄을 서면서 나는 말했다. 아뇨. 파티에서, 우연히요. 아, 그녀가 말했다. 그러니까 두 사람이 서로 교류가 있다거나 그런 건 아니군요. 문제가 될까요? 내가 물었다. 그녀는 멈칫했다. 아니, 그럴 것 같지는 않아요. 그래도 조심해요. 다들 말하길 그 사람이 자기 일에 정말 수완이 좋대요. 우리는 줄의 앞쪽에 다다랐고, 그녀는 말했다. 이건 내가 살게요. 뭐가 좋아요?

# 9

　며칠 뒤 나는 피고측과의 회의에 소환되었다. 그날은 금요일이었고, 재판소가 개정하지 않는 날 중 하루였다. 나는 아미나와 함께 사무실에 있었는데 베티나의 조수가 급히 다가왔다. 그녀가 질겁한 표정을 짓고 있었기에, 나는 무슨 일이라도 났느냐고 물었다. 심각한 일은 아니고요, 그녀가 말했다. 걱정하지 마세요. 그냥 피고측에서 통역사가 한 명 필요한데, 당신을 딱 찍어서 요청했을 뿐이에요. 나는 깜짝 놀랐다. 왜요? 내가 물었다. 왜 저죠? 그녀는 고개를 저었다. 그녀도 몰랐지만, 베티나가 그 요청을 수용하라고 말했다고 했다. 언젠데요? 내가 물었다. 지금요, 그녀가 말했다. 지금 바로 가셔야 해요.

　나는 소지품을 챙겨서 코트를 꿰어 입었다. 아드리안이 떠난 지 일주일이, 혼자서 아파트에 머문 지 일주일이 되었다. 매일 밤 나는 집으로 돌아가 이층으로 가는 계단을 올라가서 잠금쇠에 열쇠를 밀어넣고 문을 열었다. 그리고 안으로 들어가 코트를 걸 때마다, 욱신거리는 행복감이 너무도 확연히 느껴져 섬뜩할 정도였다. 딱 한 번 내가 사는 아파트로 돌아가 옷가방 하나를 싸서 아드리안의 집으로 가져왔다. 막연하게, 나는 그곳에서 내가 행복할 수 있음을 간파했다. 그곳의 복잡한 문제들, 예를 들어 책꽂이에 여전히 놓여 있는 개비의 사진 같은 문제에도 불구하고 말이다.

아드리안 본인으로 말하자면, 그는 떠난 다음날 메시지를 보내 나더러 아파트에 있느냐고, 또 모든 게 괜찮냐고 물었다. 나는 아파트에 있고 매우 행복하다는 내용의 답문을 보냈다. 그는 기쁘다고, 또 리스본은 날이 덥다고 다시 답장을 보냈다. 즉각 나는 아드리안이 아이들 그리고 개비와 함께 있다가 내 문자가 와서 핸드폰이 진동하는 모습을 상상했다. 그들이 야외 카페에 앉아 있는 동안 은밀하게 화면을 확인하는 그가 그려졌다. 한가하게 몸을 돌려 이렇게 묻는 개비도. 누군데 그래? 그 생각에 어쩐지 수치스러운 기분이 들었다. 그러나 그 기분이 그의 메시지를, 이런저런 사건을 자세하게 알리거나 나를 향한 그의 감정의 온기를 표현하는 뒤이은 문자들과 메일들을 기다리는 것을 막지는 못했다. 그런 작은 서신이 내가 아파트에 닻을 내리고 있게 해주었는데, 다만 왜 그가 절대로 전화기를 집어들어 전화하질 않는지 궁금했던 것 역시 사실이었다.

그는 돌아올 날짜에 대해 아무 언급도 하지도 않았다. 일주일이면 될 거야, 아니 어쩌면 조금 더 걸릴지도. 그 일주일은 이제 지난 터였다. 나는 재판소를 나와 빗속을 걸어 가장 가까운 버스 정류장에서 구치소로 가는 버스를 탔고, 구치소에서 가방을 경비원에게 양도하고서 어느 회의실로 인도되었다. 안내원을 따라 계단을 올라가 복도를 지났고, 그녀가 한 금속 문 앞에서 멈춰 서더니 밖에 배치되어 앉아 있는 경비원에게 고갯짓했다. 그가 일어서서 노크했다. 들어오세요, 어떤 목소리가 거의 즉각 말했고, 그러자 그 경비원은 문을 열고 내게 들어가라고 몸짓했다.

나는 무슨 르네상스시대의 타블로* 같은 형식성을 띤 장면과 맞닥뜨렸다. 여러 남자가 서류로 뒤덮인 회의실 탁자에 앉아 있는 한편, 전직 대통령은 한쪽에 서 있었다. 내가 문가에 서자 그의 시선이 나를 향했다. 법무팀 전체가, 적어도 그들 중 상당수가 자리한 듯했고, 케이스도 예외가 아니었다. 그는 내가 들어오는 것을 지켜보았는데, 표정에 아무것도 내비치지

---

* 역사적인 장면 등을 배우들이 정지된 모습으로 보여주는 것.

않았고 알아본 기색도 없었다. CCTV 카메라가 구석에 달려 있어, 그 광택어린 눈으로 모든 것을 기록하고 있었다. 내 뒤로 문이 닫혔다.

내가 잘못 소환된 건가 의문이 드는 기나긴 한순간이 흘렀다. 그들은 이미 회의에 딱 자리를 잡고 있는 터라 이 방에서 아무도 정말로 나를 필요로 하지 않는다는 게 명백해 보였던 것이다. 그리고 그 기나긴 한순간 뒤 전직 대통령이 입을 뗐다. 와줘서 고맙습니다, 그가 프랑스어로 말했다. 나는 탁자에 앉은 남자들 중 한 명이 전직 대통령의 건너편 또다른 쪽에 서 있는 케이스를 올려다보는 것을 보았다. 변호사들 중 한 명이 목청을 가다듬고는 내게 앉으라고 청했다. 그는 물 한 잔을 따라주었다. 물잔에 손을 뻗으며 내 얼굴이 상기되었음을 깨달았다. 나는 한 모금 마셨다. 유리잔을 내리자, 케이스가 여전히 나를 쳐다보고 있는 게 보였다. 그의 표정은 중립적이었고 나는 재빨리 얼굴을 돌렸다.

천천히, 전직 대통령이 다가와서 내 옆의 의자에 앉았다. 폴로셔츠와 슬랙스 차림에 밤색 스웨터를 목에 둘러 묶은 모습이 무슨 컨트리클럽에라도 있는 것 같았다. 그는 공모하듯이 내게로 몸을 숙이더니, 케이스를 향해 고갯짓을 하며 말했다. 저 사람 프랑스어가 형편없어요, 본인 생각보다 훨씬 심각해. 나는 대꾸하지 않았다. 그는 목청을 가다듬고는 방 전체를 향해 말했다. 계속합시다. 변호사들 중 하나가 시작했다. 영국인들이 상류층의 말투라고 부르는 말투였고, 너무 빠르지도 않았다. 그런 점에서 통역하기가 수월했다. 명심해야 할 것은 재판이 몇 달, 몇 년 동안 계속될지도 모른다는 점입니다. 이런 사건에서는 법정의 서술이 다르게 기능합니다. 단순히 설득력 있는 이야기를 하는 것과는 다릅니다. 나는 전직 대통령 옆에 앉아서 그의 귀에 대고 말하며 리걸패드와 펜으로 손을 뻗었다. 그는 의자 등받이에 몸을 기댔는데, 내가 한 말의 발원지인 그 변호사에게 시선을 둔 채였다.

판사들 본인들부터가 몇 년이 지나는 동안 하나의 이야기가 어떻게 변화를 거듭하는지 인지하고 있다는 것을 기억하세요—재판은 한쪽에서 다른 쪽으로 옮겨가고, 이야기는 바뀌고, 기억은 믿을 만한 게 못 됩니다. 이런 전환의 양상을 제지하는 것은 불가능합니다. 유리한 고지는 막판에 탄력이 붙는 쪽으로 쉽게 넘어갈 수 있습니다. 변호사는 잠시 뜸을 들였다. 그렇기 때문에 보호 장치가 준비되어서 위험과 기회를 동시에 주는 겁니다. 매 하루가 끝나면 기록이 생성되니까요. 그런 기록들이 수집되어 총체적으로 재판에 지극히 중요한 것이 됩니다.

그는 방을 둘러보았다. 비록 재판이 진행되는 며칠, 몇 주, 몇 달에 걸쳐 설득력 있는 서술을 지어내려 하는 것이 우리의 본능이기는 하나, 우리가 하루 단위로 벌어지는 일을 주시하지 않는다면 이기지 못할 겁니다. 전략과 전술이 필수적입니다. 그러니만큼 비록―그리고 여기서 그는 전직 대통령을 똑바로 바라보았다―큰 그림에 집중하는 것이 중차대한 일이기는 하나, 비록 우리가 법정 담장 바깥에서 말해지는 이야기에 집중하고 싶기도 하나, 우리는 이런 매일의 기록을 명심한 채로 나아가야만 합니다. 우리가 승리하느냐 패배하느냐가 그 기록에 달려 있으니까요. 가장 최근에 나온 우리 쪽 증인의 그―뭐랄까, 연극에 달려 있는 게 아니라요. 그건 개인적인 입장에서는 통쾌했을지언정, 우리 사건을 위해서는 기여한 바가 없었습니다.

그는 목청을 가다듬고 파일 하나를 집어들면서 내가 말을 마치기를 기다렸다. 내 옆에서 전직 대통령은 완벽히 가만했다. 나는 그의 피부의 질감, 이목구비의 독특한 요소를 관찰할 만큼 그와 가까웠다. 그가 그날 아침 사용했을 게 틀림없는 비누의 향도 맡았다. 내가 그의 귀에 대고 가능한 한 빠르고 신중하게 말하는 동안 그는 움직이지 않았다. 나는 방안의 모든 사람이 기다리고 있음을 인식하고 있었다. 이런 통역 방식이 부스에서 하는 일과 얼마나 다른지 생각했다. 부스에서 우리는 대중을 위해서, 기록을 위해서 또렷이 말하고 모든 단어를 명료히 발음하도록 요구받았다. 여기서 나는 중얼중얼 속삭이며 얘기했다. 이런 식의 소통에는 뭔가 음흉한 구석이 있었다. 나는 재빨리 말을 마치고 침묵했다.

전직 대통령이 어떤 심정인지는 파악할 수 없었다. 그가 변호사의 다소 전문적이고 확실히 반직관적인 조언을 받아들였는지, 아니 심지어 이해하기는 했는지 말이다. 법정은 첫눈에도, 심지어 다시 봐도 서술로 설득을 하라고 설계된 장소로 보였던 것이다. 전직 대통령은 가타부타 아무런 암시를 주지 않았고, 잠시 뒤 그 변호사가 말을 이었다. 뒤따른 것은 또 한번의 고도로 전문적인 논의였고, 그 내용은 아무리 잘 봐줘도 모호했기 때문에 일 분 일 분 늘어지는 동안 나는 실제로 무엇이 논의되고 있는지 놓치기 시작했다.

이런 상황에 도움이 되지 않았던 사실은, 통역이 극심히 혼미해지는 경우가 있다는 것이다. 행위의 상세 내용에 너무 몰두한 나머지, 처음에는 통역 대상이, 그다음에는 자기 자신이 하고 있는 말에 최대한 충실성을 유지하려 애쓰는 데 너무 매몰된 나머지, 문장 자체의 의미를 파악하지 못하는 경우가 있다. 그렇게 말 그대로 본인이 무슨 말을 하고 있는지를 모르게 되는 것이다. 언어는 제 의미를 잃는다. 이런 일이 지금 내게, 이 회의실에서 벌어지고 있었다. 나는 아무것도 투과시키지 않는 듯하고 아무것도 빠져나가지 않을 정도로 논의의 내용을 단단히 감싼 그 난해한 법률 용어를 해독하는 눈앞의 임무에 열중해 있었다. 그럼에도—내가 속기로 뒤덮인, 내 앞에 놓인 종이 묶음을 빤히 내려다보는 사이—무언가가 실제로 새어나오기는 했다. 나는 이제 거의 이십 분간 말하고 있던 단어들을 보았다. 국경 침입, 집단 매장지, 무장 청년.

물잔에 손을 뻗었다. 이제 주니어 어소시에이트 변호사 중 한 명이 얘기하고 있었다―내가 물잔의 물을 다 마시고 한 잔 더 따라 다시 마시는 동안, 견고한 언어의 장벽이 내 쪽으로 질주해왔고, 나는 물잔을 내려놓았다. 어디까지 했는지 놓친 터였다. 무슨 실마리라도 찾겠다는 듯 다시 메모장을 내려다보았다. 어소시에이트 변호사가 퍼뜩 말을 멈추었다. 전직 대통령이 몸을 돌려 나를 쳐다보았다. 괜찮나요, 어소시에이트 변호사가 날카롭게 물었다. 그냥 잠깐 시간이 필요해서요, 내가 말했다. 다시 말씀해주실 수―그 어소시에이트 변호사가 성마르게 대꾸했다, 네, 네, 당연하죠. 얼마나 앞에서부터요? 그는 팔짱을 낀 채로 나를 지켜보고 있던 케이스와 흘긋 눈빛을 교환했다. 케이스는 그동안 내내 말이 없었다. 이제야 그가 갑자기 입을 열었다. 잠깐 쉬죠. 오 분간? 그러자 다른 이들이 즉각 일어섰는데 마치 그들 역시도 잠시 멈출 구실만을 기다렸던 듯했다.

놀랍게도, 전직 대통령 역시 일어나서 다른 이들과 함께 밖으로 향했다. 그는 완전히 자유 상태에 있는 듯했다. 나는 그가 걸어가는 모습을 지켜보았다. 나도, 어쩌면 다른 이들보다도 더 바깥바람이 좀 필요했지만, 계속 자리에 앉아 있었다. 방이 거의 텅 비었을 때 케이스가 여전히 방안에 있다는 걸 깨달았다. 그 혼자 뒤에 남았던 것이다. 그는 다가와서 내 앞에 섰다. 촉박한 통보에도 여기 와주신 걸 알고 있어요, 감사합니다. 그가 말했다. 나는 고개를 끄덕이며 경계했다. 그의 어조는 가늠이 되지 않았고 고집스럽게 모호했다. 그의 행동거지가 스스럼없는 것은 사실이었으나, 그 행동거지에서든 그가 한 말 어디에서든 나를 알아보았다는 명확한 징후는 없었다. 나는 얼마든지 그에게 질문할 수 있었고 심지어 스스로 그 얘기를 꺼낼 수도 있었겠지만, 상황이 중립적인 것과는 거리가 멀었다. 케이스가 상당한 권력을 지닌 위치에 있었다. 컴플레인이 하나만 들어와도 나의 계약은, 해지되지는 않더라도, 확실히 연장되지 않을 터였다.

저 사람이 당신을 좋아하네요, 케이스가 갑자기 말했다. 당신이 있으면 마음이 진정된다고 여기는 것 같아요. 나는 움찔하지 않으려 애썼다. 케이스가 나를 면밀히 관찰하고 있다는 걸 인지했다. 각양각색의 말들이 다시 뇌리를 스쳤다―가해자, 민간 지역 돌파, 인종 청소. 하지만 당신이 여기 있는 게 우리에게 유용한 이유는 그게 전부가 아니에요, 케이스가 말을 이었다. 그는 팔짱을 끼고서 바닥을 응시했다. 당신의 반응이 해당 증거와 증언의 감정적 효과가 과연 어떨지 우리가 이해하는 데 도움이 됩니다. 우리는 다소 지나치게 무뎌져 있어요. 그는 한 손으로 탁자 위에 흩어져 있는 서류들을 향해 손짓했다. 우

138

리가 세부적인 법 조항들에 관여해야만 하는 바로 그 순간에도, 감정적인 요소를 기억하는 게 중요하거든요. 당신의 반응은 이런 사건을 둘러싼 감정들이 얼마나 변덕스럽게 변하는지를 잘 일깨워줍니다.

그는 감정들이라는 단어를 가볍지만 명확한 경멸을 담아 발음했다. 그리고 나를 바라보았다. 있죠, 그가 말을 이었고, 이제 그의 입술에는 희미한 미소가 떠올라 있었다. 당신 얼굴이 엄청 낯이 익은데, 우리 만난 적 있나요? 내가 말이 없는 사이에 그는 더 가까이 다가왔다. 그는 회의실 탁자 가장자리에 앉았는데, 다리는 내 쪽을 향했고 그의 몸은 고작 몇 인치 떨어져 있었다. 정확히 이런 행동을 그가 몇 번이나 해봤을지 궁금해졌다. 그런 행동의 인상은 뻔뻔한 동시에 비인격적이었다. 그가 나를 기억하지 못한다는, 또 그가 수백 명의 여성에게 같은 식으로 접근했을 거라는 확신이 점점 들었다. 우리 만난 적 있나요? 바깥 복도에서 소음이 들려와 나는 뒤돌아보았다. 목소리들은 가까워지다가 다시 희미해졌다. 그냥 몇 사람이 복도를 지나가는 것뿐이었다.

그러나 그걸로 충분했다. 케이스는 불쑥 일어서더니 회의실 탁자 반대편으로 다시 걸어갔다. 그의 행동거지는 바뀌어 있었다. 그는 눈살을 찌푸리며 서류를 홱홱 넘겼다. 나도 일어서려는데 그가 탁자를 건너다보며 갑자기 말했다. 아드리안은 자주 봐요? 그 말 자체도 그가 그 말을 발음한 방식에도 특별한 것이 없었는데, 다만 그 태연한 태도는 어쩌면 과장된 듯했다. 그러나 나는 올려다보기도 전에 그의 시선에서 악의의 작은 파편을 발견할 것임을 알았고, 우리의 눈이 마주쳤을 때 그것은 거기 있었다. 언제나 거기 있었던 게 틀림없었다. 그 순간 다른 사람들이 줄지어 들어왔고, 내가 답할 겨를도 없이 케이스는 다시 자기 서류로 고개를 홱 내렸다. 살짝 짜증이 난 소리를 내더니 고개를 들고서 날카롭게 말했다, 들어와주세요. 일이 지체되고 있어요. 더는 시간을 낭비하지 말자고요.

전직 대통령이 내 옆에 앉았다. 그가 내게 고개를 끄덕여서 나도 그에게 고개를 끄덕였다. 전직 대통령은 한숨을 짓고는 한 손으로 얼굴을 문질렀다. 그는 몸을 돌려 나를 보며 평온하고 듣기 좋은 프랑스어로 물었다, 이런 거 전부 괜찮아요? 그는 탁자를 향해, 어쩌면 방안 전체를 향해 몸짓했다. 그의 시선은 나의 리걸패드와 그 지면에 휘갈겨적은 말들에, 글씨체와 속기를 감안하면 그가 도저히 알아봤을 리 없지만 그 내용은 전부 너무도 잘 알고 있는 말들에 내려앉았다. 그는 멋쩍다는 듯이 얼굴을 찌푸렸고, 그런 다음에는 양손으로 기이하게 호소하는 손짓을 했다. 상당하죠, 나도 알아요. 실제보다 훨씬 나빠 보여요, 그 표현에는 뉘앙스가 없으니까. 그는 눈살을 찌푸렸는데, 시선은 여전히 리걸패드에 있었다. 너무도 광범위

한 이유로 벌인, 너무도 광범위한 행위를 가리키는 한 단어 ─
가해자 ─ 에 말이다.

그는 고개를 젓고서 한숨지었다. 물론, 당신한테 이런 얘기를 할 필요는 없지, 그가 말을 이었다. 이건 당신의 장사 도구잖아요, 당신은 말을 다루는 사람이니까. 방안의 다른 사람들은 조용히 얘기하거나 서류를 훑어보고 있었다. 그는 내가 답하기를 기다렸다. 나는 망설이다가 말했다. 제 일은 언어 사이의 간극을 가능한 한 작게 만드는 것입니다. 이것은 내가 하고자 희망했던 힐책이 아니었다. 발언으로서 그것은 거의 아무것도 말해주지 않을 정도로 추상적이었다. 그럼에도 그것은 사실이었다. 나는 그가 행한 것의 의미를, 그가 너무도 불충분하다고 여긴 이 단어들의 의미를 애매하게 만들지 않을 것이었다. 내 일은 언어 사이에 탈출로가 없도록 단속하는 거였다.

전직 대통령은 가만히 있었다. 내가 계속 말하기를 기다리고 있는 듯 보였다. 그러나 나는 더는 아무 말도 하지 않으려 했고, 끝내 전직 대통령은 케이스를 바라보며 마지못해, 지친 기색으로 말했다. 자. 계속할까요? 그리고 마침내 나는 이해했다. 그는 지루했던 것이다. 그는 본인이 저지른 범죄를 열거하는 것이 지루했다. 이제 그를 자유롭게 해줄지도 모를 법률상의 전략을 짜는 일이 지루했다. 그가 탁자에 둘러앉은 변호사들을 살펴보았다. 내가 거의 의심하지 않았던 그의 유죄성이 물리적으로 현시된 것이 그 변호사들이기에 그는 그들을 참을 수가 없었다. 그가 한 행위들의 특이점을 두고 그를 을러대는 이 남자들, 그는 그들에게서 벗어나고 싶었던 것이다. 자신의 유죄 상태에서 벗어나고 싶은 것과 마찬가지로.

이 때문에 그는 내가 있으면 마음이 진정된다고 여겼다. 그가 나의 통역을 필요로 했기 때문이 아니라, 심지어 내가 머리를 식힐 오락거리였기 때문도 아니라, 그 기나긴 시간 동안 자리해줄 누군가, 더는 그 어떤 탈출구도 있을 리 없는 그의 과거 행위들을 굳이 검열하지 않을 누군가를 희망했기 때문이었다. 그리고 내가 깨달았던 것은, 그에게 나는 순수한 도구, 의지나 판단이 없는 사람, 그가 탈출해 들어갈 수 있는 무의식의 구역, 그가 현재 견딜 수 있는 유일한 동석자라는 사실이었다—그것, 그것이 그가 나의 존재를 요청한 이유였고, 그것이 내가 거기 있었던 이유였다. 나는 일어나서 방을 떠나고 싶었고, 뭔가 착오가 있었다고 설명하고 싶었다. 그렇게 하는 내 모습을 그려보았다. 그러나 그것은 오로지 내 머릿속에만 있었다. 실제로 벌어진 일이 아니었다. 실제로 일어난 일은 내가 자리에 그대로 있었다는 것, 전직 대통령을 위해 통역했다는 것, 그 방에서 그 남자들과 함께, 그들이 더는 나를 원하지 않을 때까지 거기 남아 있었다는 것이었다.

# 10

마우리츠하위스미술관에서 열린 야나의 개막식에는 평소보다 더 많은 인파가 몰렸는데, 아마도 그 전시의 주제, 진지하면서도 동시에 농담조인 주제 때문인 듯했다. 야나는 더 많은 관람객을 유치하라는, 영구 소장품을 재구성해서 한층 젊고 폭넓은 관객층의 관심을 끌 방도를 찾으라는 압박에 관해 종종 이야기했었다.

이 지시를 염두에 두고 야나는 현 전시를 구상한 것인데, '슬로 푸드'라는 제목이 붙었고 이 미술관에서는 처음으로 음식 정물화에 집중한 전시였다. 야나는 이 콘셉트와 특히 제목이 속임수 같은 것이라고, 그녀가 주관한 처음 두 전시와는 완전히 딴판이라고 고백했다. 그러나 자신도 그 발상에서 훌륭한 점을 상당히 찾았다고 주장했다. 황금시대 회화에서 뚜렷하게 보이는 테마고, 엄연한 하나의 장르야, 그녀가 말했다. 비록 '치즈, 아몬드와 프레첼이 있는 정물화' 같은 제목이 제프 쿤스*의 조형물을 떠올리게 하지만 말이야. 그 자체로 흥미로울 것 같단 말이지. 계층과 소비와 과시 문화에 관해서야 이야깃거리가 상당하거든.

나는 미술관 로비에 모인 사람들이 디자이너 브랜드로 차려입고서 스마트폰으로 과시하듯 놀고 있는 모습을 바라보았다. 그들은 와인을 마시면서 요한 마우리츠**의 흉상 주위에 서 있었다. 그가 대서양을 횡단해 노예무역을 하고 네덜란드령 브라질을 확장함으로써 쌓은 거금으로 이 미술관을 건립했다고 야나는 내가 이전에 방문했을 때 그 역사를 말해주었다. 그녀는 그 흉상을 내렸으면 했다. 그 흉상이 노예 상인이자 식민주의자를 찬양할 뿐만 아니라, 심지어 좋은 미술품도 아니었던 것이다. 나는 동의할 수밖에 없었다. 바르톨로뫼스 에허르스***가 표현한 마우리츠는 군턱에다 오므린 입술에 장식적인 옷까지 더해져, 특히나 젠체하는 모습이라고 생각되었던 것이다.

---

* 미국 현대미술가. 장난감 등 대량 생산품을 주제로 한 네오팝아트를 다룬다.
** 17세기 네덜란드령 브라질의 총독. 마우리츠하위스미술관은 원래 그의 자택이었으나, 1822년부터 미술관으로 운영되었다.
*** 플랑드르 출신의 17세기 조각가로, 마우리츠의 의뢰를 받아 그의 대리석 흉상을 조각했다.

그는 한 손을 가슴 앞에 가로질러 올린 채 허공을 응시하고 있었다. 흉상은 관람객들로 둘러싸여 있었음에도 아무도 거기에 신경쓰지 않는 듯했다. 그 역사는 존재했지만 관심을 받지는 못하는 것이다. 내가 지켜보는 사이, 정장 차림의 한 남자가 하품을 하면서 그 흉상에 쓱 스치듯 닿고는 느릿느릿 다시 자세를 바로 했다.

위층으로 올라갔더니 야나가 전시실 저편에서, 금발을 완벽하게 매만진 두 여성과 대화에 깊이 빠져 있었다. 그 여성들은 둘 다 정장과 하이힐 차림이었는데, 회사에서 바로 온 듯했다. 야나가 그들에게 기울인 관심의 성격으로 보아, 두 사람은 기부자인 모양이었다. 그녀는 고개를 열성적으로 끄덕였지만 미소는 뻣뻣하고 공허했다. 나는 방해하고 싶지 않아서 다음 전시실로 들어갔는데, 영구 소장품이 전시되어 있었다. 그곳은 텅 비어 있었고, 내가 방해받지 않고 거닐면서 전시실을 지나가는 사이 인파의 소리는 물러났다.

마우리츠하위스미술관의 전시실들은 규모가 작았다. 관람객에게 웅장함을 경험하라고 강제하는 것 같은 어마어마한 크기의 몇몇 미술관 전시 공간과 비교하면 가정적으로까지 느껴졌다. 나는 내가 이 전시실들의 친밀함을 더 선호한다는 생각이 들었는데, 이곳이 그림들에 더 어울렸던 것이다. 단지 작품의 크기 때문이 아니라—몇 점은 종이 한 장보다 크지 않은 탓에, 멀리서는 제대로 경험할 수 없어서 가까이 다가가고 싶어지는 그런 유의 그림이었다―작품의 주제 때문이기도 했다. 야나의 전시에 있는 그림들과 달리 이 전시실의 캔버스에는 주로 인물들이, 남자와 여자와 아이 들이 주인공이었던 것이다.

그들이 인위적으로 자세를 취한 것은 분명했지만, 그 때문에 그림들의 친밀함이 손상되지는 않았다―사실 바로 그 자세를 취하는 행위가, 그 행위가 내포한 관계가, 이런 기괴한 친숙감을 자아낸 것이었다. 몇몇 경우에 그들은 명백히 화가를 위해 자세를 취해주고는 렌즈나 카메라의 눈이라고 생각되는 것을 응시하고 있었다. 물론 이 개념은 시대와 맞지 않았다. 그들은 어떤 장치가 아니라 화가 본인을 직접 응시하고 있었을 테니까. 이 발상은 거의 불가능하리만치 개인적이었고, 그와 같은 지속적인 인간의 응시라는 관념이 오늘날에는 경험의 영역 바깥에 있다는 것을 나는 깨달았다.

그런 이유로 그 그림들은 평소 사진에서는 보지 못하는 차원을 열어주었다. 그림들에서는 시간이 지나가는 무게가 느껴졌다. 그 때문에, 어스름 속에 있는 어린 소녀의 그림 앞에 서 있을 때, 그녀의 응시에는 방어적이면서도 동시에 취약한 무언가가 있다는 생각이 들었다. 그것은 어느 하나의 순간에 존재하는 모순이 아니었고, 그보다는 마치 화가가 두 가지 별도의 감정 상태, 두 가지 다른 기분을 느끼는 소녀를 포착해, 그 둘을 하나의 이미지에 간신히 담아낸 듯했다. 소녀가 화가 앞에 처음으로 앉은 시간과 마지막으로 모델을 서고는 목과 상체가 뻣뻣해진 채 자리에서 일어난 시간 사이, 그런 순간은 여러 번 캔버스에 포착되었을 것이다. 그렇게 겹쳐 그리는 것—사실상 시간을 흐리게 만드는 것, 혹은 동시성—은 어쩌면 궁극적으로 그림을 사진과 구별 지어주는 것일지도 몰랐다. 나는 그것이 현대 그림이 내게는 너무도 훨씬 얕아 보이는, 이런 작품들이 지닌 신비로운 깊이가 없어 보이는 이유가 아닐까 생각했다. 그도 그럴 것이 현재는 수많은 화가들이 사진을 기반으로 작업하니 말이다.

나는 다음 그림으로 옮겨갔다. 탁자 옆에 앉은 젊은 여자를 묘사했는데, 양초 하나에서 타오르는 불꽃이 얼굴을 밝히고 있었다—넓은 이마와 둥근 뺨은 금빛 속에 잠겨 있었고, 하얀 블라우스의 뻣뻣한 주름은 눈이 부실 정도였다. 그 화가가 명암을 표현한 방식은, 적어도 비전문가인 내 눈에는 특히나 빼어났다—나로서는 그 기법의 정확한 특징을 묘사할 수 없었고, 다만 마치 빛이 삼차원으로 연출되어 그림의 액자 바깥으로 뻗어나가서, 캔버스 자체가 그 빛의 원천으로 보일 정도였다. 한 남자가 그 젊은 여자 뒤에 서서, 태연하면서도 야비하게, 어쩐지 정이 안 가는 자세로 탁자에 기대어 있었다. 남자는 여자의 퍼스널 스페이스를 침해하는 듯 보였는데, 물론 그 젊은 여자가 퍼스널 스페이스라는 말을 떠올렸을 리는 없지만 말이다. 또 한번 시대와 맞지 않는 생각이었다.

나는 그림에 더 가까이 발을 내디뎠다. 젊은 여자—사실은 소녀인—는 자수 한 점을 작업하고 있었는데, 코사크해트*와 튜닉 차림의 젊은 남자가 관심을 보일 공산이 없어 보이는 소소한 집안일이었다. 남자는 그녀를 음흉하게 내려다보고 있었다. 그의 관심을 사로잡은 것은 명백하게 그 집안일이 아니라 젊은 여자 자체였다. 그녀는 흰옷 차림, 그는 검은옷 차림이었는데, 상징은 충분히 분명했지만 그 조우의 정확한 성격은 내게 불투명했다. 나는 표찰을 유심히 보았다—이런 그림의 제목은 주로 서술적이지 아주 시적인 경우는 결코 없었다. 현대 미술 작품 제목의 억지스러운 불분명함은 조금도 없었다. 그 작품의 제목은 '젊은 여자에게 돈을 건네는 남자'였다.

나는 그림을 다시 보았다. 이번에는 남자가 동그랗게 모아 쥔 한쪽 손의 손바닥에 동전들이 놓인 것이 보였다. 손바닥을 조심스럽게 내민 채 다른 손으로는 여자의 팔을 살며시 잡아 끌고 있었는데, 꼭 그녀를 집안일로부터 떼어놓고 그녀 앞에 제시한 것으로 주의를 돌리려는 듯했다. 화가가 힘과 저항의

---

* 러시아와 우크라이나 지역에 분포한 코사크족의 모자. 모피로 만들며 챙이 없다.

그 미묘함을 전하는 데 남다른 기술을 발휘했다는 것이 내 눈에 보였다—여자의 팔에 올라간 남자의 손이 잡아끄는 힘에, 그녀의 뻣뻣한 자세와 두려움에 커진 눈에 담긴 드라마를 말이다.

그러나 그림의 진정한 긴장감은 그 접촉의 순간을 표현해낸 완벽한 일관성에 있지 않았고, 그보다는 그 이미지의 심부에 존재하는 불일관성에 있었다. 그 그림을 아무리 오래 응시한들, 나는 얼굴과 양손을 제외하고는 온몸을 가린 젊은 여자의 완벽한 정숙함을, 그 남자가 행하는 음탕한 행동거지 및 제안과 조화시킬 수가 없었다. 그는 단순히 자수가 놓인 천을 구매하겠다고 제안한 것이었을까? 하지만 그렇다면 젊은 여자의 얼굴에는 왜 두려워하는 표정이 떠올랐을까? 왜 저 젊은 여자는 저토록 불안하고 의미심장하게 집중하고 있었느냐는 말이다. 마치 그렇게 집중하는 것이 그녀가 할 수 있는 유일한 거절의 표현인 것처럼?

나는 표찰을 다시 보았고, 놀랍게도 그 그림은 유딧 레이스터르라는 여성이 그린 것이었다. 그녀에 대해 한 번도 들어본 적이 없었지만, 황금시대에 여성이 인정받는 일이 드물었다는 사실은 알았다. 심지어 지금도 여성 화가가 남성 동료들의 위상에 다다르는 일은 드무니 말이다. 표찰에 따르면, 레이스터르는 1609년에 태어났다. 그 그림의 연대는 1631년으로 추정되니, 그림을 그렸을 때 그녀는 겨우 스물두 살이었다. 고작 이십대 초반의 사람이 그렸다니 기적적으로 보였다. 빼어난 점은 기교만이 아니라―하지만 기교 역시 비범했다. 그렇게 어린 나이에 그런 수준의 원숙함을 이룩하다니―바로 그 이미지 자체의 모호성이었다.

나는 캔버스로 되돌아갔고, 그제야 여자만이 이런 이미지를 만들어낼 수 있었으리라는 생각이 들었다. 이것은 유혹에 관한 그림이라기보다는 희롱과 위협에 관한 그림, 바로 지금도 이 세계 거의 어느 곳에서든 벌어지고 있을 수 있는 장면이었다. 그 그림은 어떤 분열을 중심으로 작용하며, 화합할 수 없는 두 개의 주관적인 입장을 대변했다. 이 장면을 정열과 유혹의 장면이라고 믿었던 남자, 그리고 공포와 치욕의 상태에 내던져진 여자. 그제야 나는 깨달았다. 그 분열이야말로 캔버스에 생동감을 불어넣는 진정한 불일관성이자, 레이스터르의 시선에 담긴 진정한 그림의 대상이라는 것을.

여기 있었구나. 나는 깜짝 놀라서 돌아보았다. 그림에 너무 몰두한 나머지 전시실 안에 발소리가 울리는 것도 듣지 못했던 것이다. 야나가 내 앞에 섰다. 한 달도 더 전에 아드리안과 함께 저녁식사를 하기 위해 만난 뒤로 우리는 보지 못했다. 그녀는 전시 준비로 여념이 없었는데, 내가 메시지를 여러 통 보냈음에도 아무런 소식이 없더니 마침내 전화를 걸어와서는 내게 개막식과 그 이후의 만찬까지 참석하라고 고집을 부렸다. 그러는 그녀의 태도는 언제나처럼 매력적이면서도 직설적이었다. 나는 그녀에게 가겠다고 말했다. 야나의 곁이 그리웠고 아드리안에 관해 그녀와 상의하고 싶었다. 지난 한 달 동안 상황이 뒤틀려, 나는 그의 부재의 형태와 의미가 변화하기 시작한 것을 느끼고 있었다.

설명이나 극히 짤막한 사과 이상의 그 어떤 것도 없이 한 주가 두 주로 늘어난 터였다. 그렇게 이미 마음이 취약해진 차에 케이스와 또다시 조우함으로써 나의 동요는 극심해졌다. 전직 대통령과의 첫 회의 이후 일주일도 지나지 않아서, 나는 피고 측과의 회의에 또 한번 소환되었다. 회의 자체는 사건 없이 지나갔지만, 내가 회의실을 나서자 케이스가 서둘러 복도로 나를 쫓아왔다. 내게 다다르자마자 그는 속도를 늦추어 걸었는데, 얼굴에는 가볍게 놀란 표정을 짓고 있었다. 마치 나를 우연히 발견했다는 듯, 우리가 방금 전까지 몇 시간 동안 함께 있지 않았다는 듯이. 본능적으로 나는 좀더 빠르게 걷기 시작했다. 그가 내 옆에서 보조를 맞추었고, 결국 나는 분통이 터져서 걸음을 멈추고 돌아서 그를 마주보았다.

그냥 어떻게 지내는지 묻고 싶었어요, 그가 말했다. 모욕을 당했다는 투라, 즉시 나는 내가 과민 반응한 듯한 기분이 들었다. 그는 부자연스럽게, 그러다 살짝 위협적으로 양손을 깍지

껐다. 이 상황이 당신한테 버겁겠구나 짐작이 가서.

괜찮아요, 나는 퉁명스럽게 말했다.

괜찮다고요? 뭐 어쩌면 당신 말이 맞을지도 모르겠네요. 그가 잠시 말을 멈췄는데, 눈으로는 내 얼굴을 탐욕스럽게 살폈다. 아드리안이 성공할 것 같지 않거든요. 개비가 새로운 남자한테 정말 푹 빠져 있어서.

가슴을 세게 한 방 맞은 느낌이었다. 이해가 가지 않는데요, 내가 말했다.

뭘 이해해요? 내가 말한 그대로인데. 그놈은 개비를 되찾지 못할 거라고요.

하지만 아드리안은—

뭐, 여전히 개비를 사랑하느냐고요? 확실히 어떤 표시이기는 하잖아요, 포르투갈로 황급히 떠난 게. 개비가 바로 그날 저녁에 나한테 전화했어요, 이 모든 일이 상당히 비합리적이고 불편하게 여겨진다고요. 새로운 남자가 질투심에 발작을 일으키는 경향이 있나보더라고요. 새로운 남자라는 말을 되풀이할 때마다 그의 목소리가 흥분한 듯 외설스럽게 들렸기에 나는 살짝 움찔했다. 그는 고개를 젓고서 나한테 손가락을 흔들었다. 괜히 긁어 부스럼이나 만든 거예요, 우리 친구 아드리안은, 나타나도 그렇게 나타나다니. 그리고 당연히 아이들은—그가 말을 흐렸다. 아이들은 이야기하기에 명백히 너무

152

재미없는 사안이었던 것이다.

아이들은 그 사람을 봐서 분명 행복했을 거예요, 나는 말했다. 내 입은 메말랐고 내 말은 차갑고 멈칫거렸다.

그렇죠, 뭐 ― 애들이야 그렇겠죠, 안 그렇겠어요? 그는 거의 의미가 통하지 않는데도 서둘러 말을 이어갔다. 하지만 아드리안 얘기는 그만하고요, 그는 씩 웃음을 띠면서 내 쪽으로 휘청 다가왔다. 당신이랑 한잔하러 갈 수 있을까 해서요.

나는 이 남자의 대담함에 김이 빠지면서도 놀랐다. 그의 수법은 놀랄 정도로 반복적이었다. 매번 똑같은 전략이었다. 그는 정신이 혼미해진 틈을 이용했다. 그 수법은 온통 낡아빠졌으면서도 동시에 효과가 없지 않았다. 비록 그가 희망한 방식으로는 아니었지만, 나 스스로가 정신이 혼미해진 상태였던 것이다. 나는 양해를 구하고 그에게서 벗어났고 건물 밖으로 서둘러 나오면서 경비원에게서 내 가방을 챙겼다. 그리고 핸드폰을 꺼내 아드리안에게 문자를 보냈다. 당신 괜찮은 거야? 그는 단박에 답장을 보냈다. 응, 잘 있어. 그런 다음 더는 아무 말도 없었다.

나는 어떻게 해야 할지 몰랐고, 무엇을 믿어야 할지도 몰랐다. 아드리안은 개비와의 상황이 복잡하다고 이미 내게 말한 바 있었고, 며칠이 몇 주가 되고 이제는 꽉 채운 한 달이 되는 동안 당연히, 그들 사이에 자리잡은 상황이 약해지기는커녕 견고해지고 있을 거라는 생각이 들기는 했다. 그가 마음을 바꿨을 가능성이 있을까? 그가 내게 진실이 아닌 이야기를 했을 가능성도 있지 않을까? 이것은 내가 희망했던 바가 아니었다. 나 자신이 위태로운 처지에 있음을 이제야 알아차렸다. 야나가 그때 내게 아드리안과의 관계가 어떠냐고 물었다면, 나는 그녀에게 이것저것 말했을지도 모른다. 정말로 모르겠다고, 내가 그의 아파트로 들어갔다고, 그 관계 전체가 흐지부지될 지경이거나 그 비슷한 상황이라고.

그러나 야나는 묻지 않았다. 적어도 바로 그 순간에는 말이다. 그녀는 내가 모르는 어느 우아한 여성을 대동했는데, 길거리에서 보았다면 은밀하게 동경했을 법한, 세련되게 차려입은 여성이었다. 이쪽은 엘리너야, 야나가 말했다. 두 사람을 만나게 해주고 싶었어. 그 여성이 내 손을 잡으며 미소를 지었고, 마음이 어수선했음에도 나는 단박에 그녀가 마음에 들었다. 많이 지루했어? 야나가 물었다. 나는 고개를 저었다. 아니야, 그저 이 그림에 정신이 팔려 있었어. 나는 레이스터르의 그림을 가리키며 말했다. 어째서인지 전에는 이 그림을 한 번도 눈여겨보지 않았네.

〈제의〉, 야나가 말했다. 주로 그렇게 불리지. 아름다운 작품이야. 레이스터르는 특이한 사례였어―길드에 들어간 첫 여성에 속했고, 일생 동안 얼마간 명성도 얻었으니. 하지만 사후에 그녀의 그림들 중 상당수가 다른 사람 것으로 알려졌지 뭐야, 19세기 말이 되어서야 그 오류가 정정되었지. 그런 다음에는? 내가 물었다. 야나는 어깨를 으쓱했다. 뭐, 그녀의 그림들이 여기 있잖아. 어느 정도는 좋은 평을 받은 것 같아, 그래도 그녀가 받아 마땅한 정도보다는 적지만. 나는 고개를 끄덕였다. 엘리너 역시도 그 그림을 뜯어보고 있는 게 보였다. 다 끝났어? 내가 야나에게 물었고, 그녀는 고개를 저었다. 아니, 다시 가봐야 해. 그래도 만찬까지 있을 거지? 나는 고개를 끄덕였고, 야나는 벌써 멀어져가고 있었다. 그녀가 내게 엘리너를 소개해주고 싶었던 건 부분적으로는 우리에게 서로 이야기할 상대를 찾아주기 위해서였던 것으로 보였다.

야나는 우정을 맺는 재주가 있어요, 엘리너가 말했다. 우정을 강요하잖아요. 우리 둘 다 웃음을 터뜨렸다. 그녀의 말은 사근사근했지만 솔직 담백했고, 우리 사이에는 즉각 편안함이 생겼다. 이어 짧게 침묵이 흘렀고, 나는 야나가 우리 사이에 공통분모도 만들어주지 않고 가버렸다는 것을 깨달았다. 내 옆에 선 여자에 관해 나는 아는 바가 없었다. 우리는 걷기 시작했고, 엘리너가 화랑에 있는 그림들을 가리켰다. 이 그림들은 너무도 완벽하게 평온한 분위기를 띠고 있지만, 그때가 격변이 없던 시대는 또 아니었단 말이죠. 네덜란드 제국이 빠르게 팽창하고 있었잖아요. 여러모로 이 그림들은 그런 맥락 속에서 읽혀야만 하지요. 이런 조용한 실내의 가차없이 가정적인 성격은 그런 점에 비추어보면 다른 의미를 띠기도 하죠, 그녀가 말했다. 그건 뭔가 안쪽을 향하려는, 바깥에서 부글부글 끓는 폭풍우에 등을 돌리려는 것을 의미하니까.

나는 그녀에게 그 시기에 관해 상당히 많이 아는 듯하다고 말했고, 그녀는 미소 지었다. 저는 미술사가예요, 대학에서 강의를 하죠. 제가 야나를 더 일찍 만나지 않은 게 놀라워요. 헤이그는 너무나도 작은 곳이고 예술계는 더더욱 작은데, 아마도 야나가 여기 온 지 그리 오래되지 않아서겠죠. 저는 당연히 그녀가 채용된 것도 알고 있었거든요, 엘리너가 덧붙였다. 우리가 전시실들을 통과해 계속 나아가면서 야나의 전시로 천천히 되돌아가는 동안, 나는 그녀에게 이 전시회를 어떻게 생각하느냐고 물었다. 야나가 훌륭한 일을 해냈어요, 엘리너가 말했다. 전시와 관련해서도, 또 직책과 관련해서도 전반적으로요. 쉬운 게 아니거든요, 그녀가 요구받고 있는 일이. 그녀는 이 기관을 현대화해야 하는데, 그와 동시에 우리 미술사가들도 계속 만족시켜야 하죠. 나는 그런 경로로 두 사람이 만난 거냐고 물었고 엘리너는 말했다. 아뇨, 우리는 완전히 다른 경로로 만났어요, 상당히 예기치 못한 만남이었죠. 그러고는 더는 얘기하지 않았고, 나는 더 강요할 수 있을 것 같지 않다. 그들 두 사람이 만났을 법한 경로는 얼마든지 있었다. 엘리너도 말했듯, 헤이그는 작은 곳이었으니까.

우리는 전시 공간에 다다랐고, 그곳은 빠르게 비어가고 있었다. 안내원이 다가와서 우리에게 만찬에 참석할 예정이냐고 묻고는, 그렇다면 아래층으로 이동해달라고 했다. 엘리너와 나는 서로를 바라보았다. 야나는 어디에도 보이지 않았고, 잠시 뒤 우리는 미술관 로비로 내려갔다. 그곳에 공들여 꾸민 장면이 연출되어 있었다. 흰 천으로 덮인 기다란 연회 식탁들이 보였다. 그리고 로비 여기저기 다양한 위치에 전시의 그림들을 완벽하게 모방한 진수성찬이 차려져 있었다.

제욱시스와 파라시오스* 이야기를 역으로 풀어낸 것 같네요, 엘리너가 재미있어하는 미소를 띠고 말했다. 나는 언급된 그 일화의 구체적인 내용을 떠올려보았다. 학교에서 배웠던 것으로, 고대 그리스에서 제일가는 화가를 결정하기 위한 시합에 관한 일화였다. 제욱시스가 창조해낸 포도 그림이 너무도 사실적이라 새들이 그 화판에 날아들어 쪼았다는 것이 기억났다. 그것은 이야기의 절반에 지나지 않았고, 그다음에 무슨 일이 있었는지, 경쟁자 화가인 파라시오스가 무엇을 내보

* 제욱시스와 파라시오스는 고대 그리스의 유명 화가다. 하루는 두 사람이 그림 시합을 벌였다. 제욱시스는 포도를 사실적으로 그려서 새가 내려앉아 포도를 쪼기까지 했다. 이어 파라시오스가 제욱시스에게 자기 그림을 가린 커튼을 걷어달라고 했다. 이에 커튼을 걷으려던 제욱시스는 그것이 커튼 그림임을 깨닫고는 자신이 속아넘어갈 정도로 훌륭한 그림임을 인정했다고 한다.

였는지는 기억이 나지 않았다. 새들이 인파를 뚫고 날아들어 그 날개들이 화판 위에서 퍼덕이는 이미지가 나머지 서사를 삼켜버린 탓이었다. 어쨌든 엘리너가 말한 대로 로비의 장면은 확실히 제욱시스가 그린 그림을 완벽히 역으로 풀어낸 것이었다. 각 타블로 주위로 액자까지 설치해두어서, 그 속으로 관람객들이 손을 뻗어 치즈 한 조각이나 고기 다리 하나를 가져가거나 정말로 포도알을 얼마든지 따갈 수 있었다.

나는 야나가 흡족해할 거라고 확신했다. 그것은 인상적이고 심지어 과시적인 진열이었다. 로비는 즐거워하는 손님들로, 그들이 감탄하는 소리와 담소로 복닥복닥했다. 그때 야나가 뒤에서 나타나 한쪽 팔을 내 어깨에 걸치더니, 우리에게 감상이 어떠냐고 물었다. 엘리너는 단박에 멋지다고 말했고, 야나는 이 디오라마들을 만들기 위해 푸드 아티스트한테 의뢰를 했다고, 레익스아카데미*에서 공부했고 이제 온갖 커다란 비엔날레에서 의뢰를 받는 젊은 여성이라고 말했다. 그러고는 더 말을 이을 겨를도 없이 다른 이들에게 끌려갔다. 그녀가 이 저녁의 성공에 활력이 넘치는 것이 보였다. 격식을 차려 좌석을 배치하진 않았고, 그 대신 로비 한가운데에 놓인 테이블에 접시가 무더기로 쌓여 있었다. 관람객들은 그림 주위로 몰려

---

* 네덜란드 왕립시각예술아카데미.

들어서, 손에는 접시를 든 채 다양한 그림 액자를 통과해 고기와 치즈덩어리 옆쪽을 잘라 갔다. 이 장면 전체가 기이하면서도 재미있었다.

나는 아드리안을 떠올렸다. 이것이 그가 개비와 함께 거주했던 세계라는 생각이 들었다. 그들은 편안하게 이 공간을 돌아다녔을 것이다. 그들이라면 여기 참석한 사람들 대다수를 알았을 것임을 나는 확신했다. 어떤 면에서 이곳은 야나의 세계라기보다 그들의 세계라고 할 수 있었다. 왈칵 두려움이 치솟았다. 나는 여기 속한 사람이 아니었다. 아드리안이 다시 개비와 함께 있는 그림이 그려졌다. 한순간 마치 그들이 이 공간에 있는 듯했다. 우리 주위로 사람들이 줄을 서고 있었다. 우리도 갈까요? 내가 정신이 팔린 것을 눈치챈 듯 엘리너가 조용히 물었다. 저 클라라 페이터르스* 작품의 모양이 마음에 드네요.

그녀는 진열된 치즈들을 가리켰고 웃음을 지으며 말했다. 우리의 만찬은 치즈와 빵으로 구성될 것 같아요, 생선이랑 랍스터는 벌써 동이 난 상태라. 그 말대로였다. 행복하게 저녁식사를 하는 사람들은 이제 연회 식탁에 자리를 잡고 있었는데, 접시들이 음식으로 묵직했다. 모든 것을 미리 고려해두어서, 서빙 직원들이 와인 피처를 들고 돌아다녔다. 우리도 줄을 섰

---

* 17세기에 활동한 플랑드르 정물화 화가.

고 이윽고 손을 뻗어 액자 너머의 치즈를 얇게 썰었다. 엘리너는 다른 진열품에서 사과 하나와 다른 과일을 집었다. 근사하게 해놨네요, 그녀가 복숭아를 베어 물고는 그 광경을 살펴보며 웅얼거렸다. 보시면, 그림들을 모방하기 위해 조명도 조정해놨어요. 그녀는 위쪽의 조명 장치를 향해 몸짓했다. 잔해마저도 어쩐지 웃기고 흥미롭네요, 이런 상태가 된 그림을 볼 일은 전혀 없잖아요.

한참 뒤 야나가 우리와 합류했다. 그녀는 내 옆에 있는 의자에 앉더니 힐을 쑥 벗었다. 이 무슨 밤이람, 그녀가 말했다. 피곤한 목소리였고, 그 말은 살짝 모호했다. 오늘 저녁이 그녀의 관점에서는 성공이었을 수도, 재앙이었을 수도 있었다. 엘리너가 말했다. 멋진 밤이지, 분명히 정말 기분좋겠다. 야나가 열성적으로 몸을 기울였다. 전시에 관해선 어떻게 생각했어? 그녀가 물었다. 엘리너는 손을 뻗어 야나의 손을 꼭 쥐었다. 대성공이야. 그녀의 목소리에는 크나큰 상냥함이 담겨 있었다. 진심으로 한 말이라는 걸 의심하진 않았지만, 그럼에도 그 말이 야나에게 얼마나 큰 의미인지 엘리너 스스로도 알고 있다는 게 보였다. 야나는 안도한 듯 고개를 끄덕였고, 잠시 뒤 엘리너는 일어나서 가야겠다고 했다. 만나서 정말 반가웠어요, 그녀가 내게 말했고, 그저 의례적인 말이었음에도 나는 다시금 그녀가 진심으로 한 말이라고 느꼈다. 다시 만날 수 있을까요? 그녀가 말하자, 야나가 곧바로 자신이 우리 둘의 연락처를 서로에게 알려주겠다고 했다.

엘리너는 미소를 짓고는 좋은 밤 보내라고 말했다. 야나는 그녀가 가는 모습을 지켜보면서 하품을 했다. 인파는 흩어지기 시작했고, 야나는 공식적으로 업무를 마치고 퇴근한 듯이 자기 와인잔으로 손을 뻗었다. 사랑스러운 사람이지 않아? 마음에 들었어? 그녀가 물었다. 엄청. 내가 말했다. 어쩌다 만나게 됐어?

엘리너가 우리 아파트 건물 앞에 있었거든.

무슨 말이야?

엘리너 남동생이 폭행을 당한 그 남자였어―기억나지, 지난달의 그 노상강도 사건.

나는 깜짝 놀라 야나를 바라보았다.

엘리너가 말 안 해줬어? 야나가 자기 잔을 들이켰다. 그렇게 만난 거야. 그녀가 아파트 건물 앞에 서 있더라고. 그 사건이 있고 일주일쯤 지났을 때였나. 거기 사는 사람이 아니라는 게 너무 명백했어. 그녀가 길을 잃었다고 생각했는지 뭐였는지는 나도 모르겠는데, 무슨 이유에서인지 걸음을 멈추고는 괜찮냐고 물었어. 그녀는 나를 보더니 눈물을 터뜨리더라. 우리는 길모퉁이에 있는 카페로 갔고 그녀가 무슨 일이 벌어졌던 건지 말해줬어. 자기 남동생이 이 동네에 있다가 공격을 받고 구타

당했다고, 일주일도 넘게 병원에 입원해 있다고.

야나는 손을 뻗어 내 손을 꼭 쥐었는데, 따스하고도 애정이 어린 태도였다. 있지, 그간 연락 못해서 미안해. 이 전시가 내 시간을 온통 잡아먹었지 뭐야.

근데 그 사람은 괜찮대? 내가 물었다. 그 남동생은?

엘리너의 남동생? 그런 것 같아. 그녀가 어깨를 으쓱하며 말했다. 사건 수사에 큰 진척이 있는 것 같진 않지만 말이야. 남동생은 아무것도 기억을 못한대. 심지어 자기가 왜 그 동네에 있었는지, 거기 뭘 하러 갔는지조차 모른다는 거야. 완전히 수수께끼라니까.

웨이터 한 명이 남은 인파 사이로 움직이면서, 시드케이크가 담긴 접시들을 나눠주고 있었다. 야나는 접시 두 개를 받아 내게 하나를 건넸다. 그녀가 먹기 시작했는데, 무척 배가 고팠던 게 틀림없었다. 아드리안은 어떻게 지낸대? 그녀가 케이크를 먹는 사이사이 물었다. 말할 때 나를 보지 않았지만, 질문할 때 보인 스스럼없는 태도에는 거짓된 구석이 없었다. 그녀는 남의 시선을 의식하기에는 너무 지친 상태였다. 그 사람 되게 괜찮다는 생각이 들더라. 그녀가 말했고, 그 태도가 너무도 태연했던지라 그 공모 행위에 플러팅까지 전부 나의 상상이었던 건지 의문이 들었다. 그 사람 다정해 보였어. 다정한 남자는 드물잖아. 그녀는 한 입 더 먹고는 나를 바라보았다. 그렇게 생각하지 않아? 나는 고개를 끄덕였다. 더는 아무 말도 하지 않았다. 그러나 나는 그녀의 말이 맞다고 생각했다. 그날 저녁 늦게, 아드리안에게 메시지를 보냈다. 언제 돌아올 건지 물었고, 그런 다음에는 개비와의 상황은 어떤지, 그의 결혼 문제는 어떤 상태인지 물었다.

# 11

아드리안은 그 메시지에 답하지 않았다. 하루가 지났고, 답장이 왔을지도 모른다는 희망에 나는 또다시 핸드폰에 손을 뻗었다가, 핸드폰을 내리며 주위를 둘러보았다. 한 달 넘게 아드리안의 아파트에 살았지만 나는 내부의 거의 아무것도 바꾸지 않았다. 내가 가능한 한 신중하게 이 아파트를 사용하려 하고 있다는 걸 깨달았다. 마치 아드리안이 돌아오면 내가 얼마나 쉽게 그의 삶이라는 직물에 섞여들지, 나로 인한 소란이 얼마나 미미할지 실증하려는 듯했다. 이것을 이해하자 치욕스러워졌다. 나는 외설스러운 란제리를 차려입고서, 기대에 차 유혹하는 자세로 침대에 몸을 널브러뜨린 채 연인을 기다리는 여자와 다를 바 없었다.

갑자기 아드리안을 향한 진정한 분노가 느껴졌다. 그는 나를 이런 말도 안 되는 입장에 처하게 했다. 내게 본인 아파트에서 살아달라고 청하고 일주일 안에 돌아오겠다고 약속해놓고는 그냥 침묵 속으로 잠수해버린 것이다. 이전에 남자가 예기치 못하게 잠수를 타는 것을 경험해보지 못한 건 아니었지만, 설마 아드리안이 그런 행동을 할 줄은 몰랐다. 나는 탁자에 핸드폰을 내려놓고 다시 주위를 둘러보았다. 이 아파트는 아무것도 변한 게 없었는데, 내가 구시가의 안톤 더레이크의 가게에서 구매한 장서만 예외였다. 나 또한 나 자신의 말소에 공범이었다.

나는 그 책을, 헤이그에 관한 역사서를 한 손으로 들어보았다. 이제 그 장서의 본질이 보였다. 그것은 내가 아드리안의 도시에 그래도 설 자리가 있을지 모르겠다고 생각했던 짧막한 순간이 남긴 인공 유물이었다. 나는 방 건너편으로 책을 내던졌다. 치욕에서 오는 작열감이 하루종일 목구멍에 남아 있었고, 이튿날에는 의기소침하고 지친 기분이었다. 나는 나 자신을 쉽게 버려지는 사람으로, 예비 부품처럼 챙겨두는 사람으로 만들었다. 상대에게 요구하는 것이 너무 적었고, 이제는 너무 늦어버린 것이다. 그런 감정에서 벗어나지 못하고 있는데 며칠 뒤 야나에게서 나와 엘리너 양쪽을 수신인으로 한 메일 한 통이 왔다. 우리가 친해질 게 분명하니 연락처를 공유한다고 그녀는 썼다.

　오간 메일들을 스크롤해 내려가보니 엘리너가 먼저 메일을 썼는데, 야나에게 다시금 전시의 성공에 축하를 건네고 나를 만나게 되어서 무척 즐거웠다고 했다. 나는 우쭐해졌다. 엘리너가 얼마나 마음에 들었는지 떠올리며 즉각 답장을 썼다. 누군가 나 자신의 생각에서 나를 꺼내주고 이 얼토당토않은 상황 전체에서 벗어나게 해줬으면 싶었다. 우리는 아드리안의 아파트와 가까운 카페에서 만나기로 약속을 잡았다. 카페로 들어서면서 그녀가 내게 이 지역에 사느냐고 물을지도 모른다는 생각이 들었고, 뭐라고 말해야 할지 감이 잡히지 않았다. 다행히도, 그녀를 보자마자 그런 불확실성에 대한 감정은 흩어져버렸다. 그녀는 창가 테이블에 앉아 있었고 환한 햇빛 속에서 피부가 더욱 창백해, 마우리츠하위스미술관에서보다도 더 섬세해 보였다. 눈 주위에 이전에는 눈치채지 못했던 주름이 있었다. 내가 처음 생각했던 것보다 나이가 더 많을 듯했다.

　맞은편에 앉으면서, 마치 피부의 깔끄러운 느낌처럼 그녀의 남동생 안톤 더레이크가 다시금 의식되었다. 그라는 남자를 한 번도 본 적은 없었지만 얼마간 인지하고 있었고, 그의 환영 같은 이미지를 지금 엘리너가 소환하는 듯했다. 그녀는 허브티를 마시고 있었다. 최근 잠을 이루는 데 애를 먹고 있다고 말했다. 나는 고개를 끄덕였다. 그것이 그녀의 남동생 때문일 공산이 크다는 생각을 했고, 그러자 그녀에게 왜 잠을 잘 못 자는지 묻는다면 그 폭행에 관해, 남동생의 신체적 건강 상태에 관해 혹시 말해줄지도 모르겠다는 생각이 들었다.

잠시 뒤 나는 이렇게 물었다. 특별히 뭔가 일이라도 있으세요? 그렇게 물어보면서 웨이터를 찾듯이 카페를 흘긋 둘러보아, 그 질문에 무게가 실리지 않게 했다. 엘리너는 고개를 저었다. 살짝 불면증이 있어요, 몇 년간 그랬거든요. 심지어 어렸을 때도 불면증에 시달렸어요. 나는 그녀를 다시 바라보았다. 그녀는 말하면서 미소를 짓고 있었다. 제 방 침대에서는 절대로 잠이 안 왔어요, 그녀가 말을 이었다. 저는 부모님 침대로 기어 들곤 했지요. 거실 바닥에서 자기도 했어요. 한번은 부모님이 제가 주방 조리대에서 자는 걸 발견했지 뭐예요. 그녀는 웃음을 터뜨리고는 차 한 모금을 홀짝였다. 그런 일은 더는 벌어지지 않지만요, 다행스럽게도. 그래도 저도 흔히들 하는 일은 다 해요. 필요한 예방 조치를 취하죠. 정오 이후에는 카페인을 섭취하지 않고, 침실에서는 화면을 안 보고요.

그녀는 말을 멈췄다. 아직 주문도 못 하셨네요, 죄송해요. 그녀가 한 손을 들자 웨이터가 테이블로 왔다. 나 자신도 잠을 이루는 데 애를 먹고 있고 최근에는 아드리안의 잠수 때문에 더 심해졌음에도, 나는 커피를 주문했다. 웨이터가 자리를 뜨자 그녀가 말했다. 야나가 말해주던데, 당신은 여기 온 지 일

년도 안 되었다고요. 이 도시를 채용하기 전에 수습기간을 줬다고 하던데요. 우리 둘 다 웃었다. 야나의 이름을 입에 올리자 더 편안한 분위기가 되었다. 이곳은 좀 어떤가요, 그녀가 물었다. 계속 있을 거예요? 어쩌면요, 나는 말했다. 만일 제 계약이 연장된다면요. 나는 아드리안에 관해서는 아무 말도 하지 않았다.

원래 집은 어디예요?

제 가족은 지금 싱가포르에 있어요. 그전에 저는 뉴욕에 살았고요.

그녀는 고개를 끄덕였다. 일은 즐거워요?

곤란한 문제가 없진 않아요, 나는 말하면서 그 전직 대통령을 떠올렸다. 다른 통역사들이 나를 그의 최애 통역사라고 부르기 시작했는데, 그것은 농담이면서 농담이 아니기도 했다. 그런 식으로 피고인에게 요청을 받는 것이 다른 통역사들이 보기에는 인정받았다는, 심지어 우수하다는 의미임을 깨달았다. 그런 관심이 바람직하게 여겨질 수 있다는 것이 심란했다. 그것은 내가 동료들을 보는 방식을, 사무실에서 우리끼리 상호작용하는 사용역을, 우리가 점심 식탁에서 나누는 담소를 변질시켜버렸다.

변호인단과의 회의는 그것 자체로, 방안의 긴장감에도 불구하고, 지극히 따분할 수 있었다. 몇 번이고 나는 전직 대통령이 지루해한다는, 내가 말하는 동안 내 말을 듣고 있지 않다는, 아예 귀를 기울이고 있지 않다는 느낌을 받았다. 나는 이 과정이 그가 저지른 행위들의 본질을 똑똑히 깨닫게 하는 것이 아니라, 오히려 그들을 어떤 비현실성의 상태로 더더욱 물러나게 하고 있는 건 아닌지 의문이 들기 시작했다. 그가 무죄인지 혹은 유죄인지 하는 문제는 방안의 사람들에게 거의 관심거리가 아닌 듯했다. 그 대신 그들은 범죄 등급과 구상과 맥락에 관해 이야기했다.

그런 순간들에, 전직 대통령의 단호한 무관심 앞에서, 서류철과 종이 더미로 가득한 그 작고 공기도 통하지 않는 회의실 안에서, 무언가가 내 안에서 쩍 아가리를 벌렸다. 이 업무의 비인격화된 성질—나는 그저 도구일 뿐이고, 거기 있는 몇 시간 동안 누가 내게 직접 말을 거는 일은 거의 없었는데, 아닌 게 아니라 내게 한 번이라도 수고스럽게 말을 건넨 유일한 사람은 전직 대통령이었다—이 그 만남의 기이한 친밀함과 나란히 존재했다. 이 상황 전체가, 융화시키는 것이 불가능한 역설이었다. 그 회의들의 획일성에도 불구하고, 매번 나는 그 방에 전전긍긍하며 다가갔고, 매번 그 닫힌 문 너머에서 무엇이 기다리는지 알 수 없다는 느낌을 받았다. 케이스에 관해서 말하자면, 그는 우리가 일찍이 면식이 있다는 것이나 복도에서 말을 섞었던 일에 대해 다시는 알은체하지 않았다. 심지어 나를 쳐다보지도 않는 것 같았다―그 역시 내가 거기 없는 것처럼 행동했다.

엘리너는 여전히 내가 답하기를 기다리고 있었다.

버거울 때가 있어서요―제 말은, 감정적으로요.

그렇죠, 그녀는 말했다. 분명 끔찍한 일들에 노출될 텐데, 저는 상상도 안 가요.

어느 순간 자신이 하고 있는 말들을 더는 이해하지 못하게 돼요. 길을 잃는 거죠―회의의 세부적인 내용에 너무 집중한 나머지 더 큰 이야기를 놓치고 말아요. 회의의 끝에는 무슨 일이 벌어졌는지 아니면 실제로 무슨 말이 나왔는지 말해줄 수도 없게 되는 거죠.

웨이터가 내 앞에 커피 한 잔을 놓았다.

혹시 그 영화 봤어요, 통역사에 관한 영화? 웨이터가 가자마자 엘리너가 말했다. 플롯의 반전은 그 여자가 사실은 혁명가라는 거예요. 아니 혁명가가 아니라, 혁명가의 연인이던가? 이야기를 따라가기가 살짝 힘들었어요. 전반적으로 저한테는 큰 인상을 주진 않았어요. 그래도 이렇게 생각하던 건 확실히 기억나요, 어쩜 이리 명쾌할까! 막바지에는 여자 배우가 총을 흔들어대거든요, 모든 애매모호함은 사라지고 그녀는 자신이 무엇을 해야 하는지 아는 거죠. 엘리너는 말을 멈추고 미소 지었다. 당신은 총은 없죠, *그죠?*

나는 고개를 저었다. 총은 없어요. 명쾌하지도 않아요, 그런 점에서.

그녀가 웃었다. 그게 어쩌면 제일 좋을 거예요. 제 큰아들이 그 영화를 정말 좋아했어요. 여자 배우한테 반한 것 같아요. 엄청 아름답거든요. 내가 아이들이 몇 살인지 묻자 그녀가 답했다. 열 살이랑 열두 살이에요. 애들의 어린 시절은 금방 지나갔죠. 근데 아주 천천히 지나간 것 같기도 해요. 애들이 어릴 적에는, 녹초가 되고 나만의 시간이 없어도, 그래도 애들을 행복하게 만들어줄 수는 있잖아요. 우리 아들들하고는 더는 그렇게 안 돼요. 애들이 이것저것 이해할 만큼 나이를 먹었거든요, 세상을 있는 그대로 보죠. 애들이 더 현명해졌지만 동시에 더 취약해졌기도 해요.

엘리너가 말하는 동안, 나는 그녀의 남동생이 공격당했을 때 그들의 삶에 들어왔던 폭력을, 태블릿이나 핸드폰 화면에 담긴 것이 아닌, 추상적인 게 아니라 완전히 실현된 그 폭력을 떠올렸다. 아이들은 열 살과 열두 살이었다. 사실 그 나이 즈음에는 많은 아이가 이미 어떤 형태로든 죽음을 마주한다. 할머니거나 할아버지거나 가족의 친구거나. 그러나 죽음이란 추상적이다. 성인들조차도 죽음을 이해하기에는 역부족일 수 있다. 폭력은 뭔가 다른 것이었다. 폭력은 이해하기에 한층 쉬웠다. 그것은 상상력의 범주 안에 존재했다.

우리는 이상한 시대에 살고 있으니 걱정할 게 상당히 많죠, 그녀가 불쑥 말했다. 한 가지 들자면, 유럽이라는 프로젝트가 종말을 고할 수도 있다는 점 같은. 나는 고개를 끄덕였다. 브렉시트 국민투표일이 빠르게 다가오고 있었고, 여론조사가 시사하기로는, 모든 논리에 반하게도 영국이 EU를 떠나는 쪽으로 표를 던질 공산이 농후했다. 그럴 수 있다는 가능성조차도 심란한 것이었다. 우리가 살고 있는 세상에도, 아니 재판소와 같은 기관들의 수명에도 하등 좋은 의미가 아니었으며, 곧 있을 미국 대선* 관련해서도 좋은 징조가 아니었다. 탈퇴라는 결과가 나온다면 유럽인 친구들과 동료들이 극심하게 혼란스러워할 것임을 나는 알았다. 야나는 특히나 심란해했다. 만일 영국이 탈퇴 쪽으로 표를 던지면 그녀가 잉글랜드로 돌아가는 것은 불가능할 거라고, 더이상 그녀가 알던 그 나라가 아닐 거라고 내게 말했다.

저는 내년 네덜란드 총선**도 걱정돼요. 이 나라는 관용적이라는 평판이 있지만 그 껍데기를 까보면─엘리너는 말을 멈췄다. 전반적인 경향을 보아하니, 저는 낙관적이지 않네요.

* 영국에서 브렉시트 국민투표가 시행된 2016년 6월 이후, 미국에서는 당해 11월 도널드 트럼프와 힐러리 클린턴 등의 후보자들이 입후보하여 대선을 치렀다.
** 2017년 3월 네덜란드 총선에서는 중도 우파당인 자유민주국민당이 가장 많은 표를 얻었다.

아이들에게 설명해주기도 어려우시겠어요, 내가 말했다.

그러니까요. 애들 아빠는 쓸모가 없어요. 쓸모없는 것보다 더하죠. 애들한테 완전히 인정사정없이 굴어요. 애들이 아직 어리다는 걸, 애들이 이해할 수 있는 것에 한계가 있다는 걸 모르는 것 같아요. 그녀의 목소리는 쓸쓸했다. 그녀는 테이블 건너 나를 보았다. 저는 이혼했어요, 당연히. 애들 아빠는 암스테르담에 살아요.

그래도 아이들은 당신과 같이 살고요?

애들이 격주로 주말에 아빠를 보러 가요. 애아빠가 일 때문에 상당히 출장을 많이 다녀서, 그런 주말 만남이 꼭 이루어져야 하는 만큼 정기적으로 성사되지는 않지만요. 다행스럽게도, 제 남동생하고 올케도 헤이그에 살아요. 그녀의 핸드폰이 울렸고, 그녀가 핸드폰을 집어들고는 말을 멈췄다. 그녀의 관심이 내게서 떠나가자 나는 그 관심의 부재로 인한 네거티브 스페이스*를 느꼈다. 그녀가 고개를 들더니 가봐야겠다고, 아들이 방금 문자를 보냈다고 말했다. 아이를 차 태워주기로 한 사람이 못 온대요. 제가 가서 애를 태워와야 해요.

나는 고개를 끄덕였다. 실망감이 들었지만 내 실망의 정확한 원천은 확신하지 못했다—겨우 막 얘기하기 시작했는데

---

* 건축, 조소, 회화에서 형상의 뚫린 공간 또는 형상으로 둘러싸인 내부 공간을 가리키며, '빈 공간' 또는 '여백'이라고도 불린다.

엘리너가 떠나게 되어서였을까, 아니면 그녀가 자기 남동생 안톤에 관해 아직 아무 말도 하지 않아서였을까, 아니면 그저 내가 곧 홀로, 스스로 헤쳐나가도록 남겨지게 되어서였을까? 그러셔야죠, 나는 웅얼거렸다. 그녀는 지갑을 꺼내 테이블에 지폐를 올려두었다. 내가 가방을 향해 손을 뻗자 그녀가 한 손을 들어올렸다. 그러지 마세요, 그녀가 말했다. 커피 한 잔인데요. 그녀는 일어섰고 내가 따라오기를 기다려주었다. 우리 부부는 오래전에 이혼했어요, 문을 향해 가면서 그녀가 말을 이었다. 사실 제가 둘째 아들을 임신했을 때 벌어진 일이에요. 그녀의 목소리는 평온하고 근심이 없어서, 해결된 지 오래된 극적인 사건에 관해 얘기하고 있는 것이 명백했다. 당연히 아들들이 아버지를 아는 게 중요하지만, 여러모로 애들 외삼촌이 애들 인생에서 중요한 남자 어른 역할을 하고, 올케도 애들한테 외숙모 그 이상이에요.

나는 망설이다가 말했다. 남동생분이랑 그렇게 가깝다니 운이 좋으시네요. 그녀가 문을 밀어 열고 돌아서서 나를 마주보기 전에 한순간 멈칫했다는 생각이 들었다. 저희가 쌍둥이거든요, 그녀가 말했다. 그러고는 달리 아무 말도 하지 않았고, 그렇게 내가 그녀와 함께 몇 걸음을 걸은 후 그녀가 멈춰 섰다. 내가 상실감에 빠진 것처럼 보였던 것 같다. 그녀가 갑자기, 충동적으로 하는 말처럼 물었기 때문이다. 언제 저녁식사하러 오실래요? 제가 남동생도 초대할게요. 작고 재미있는 우리 가족의 모습을 직접 보실 수 있을 거예요. 혹시 형제자매가 있어요?

아니요, 내가 말했다.

그녀는 고개를 끄덕였는데, 마치 이제야 나에 관해 무엇인가를 이해했다는 투였다. 저는 종종 어떨지 궁금했거든요, 그녀가 말했다. 형제나 자매가 없다는 것 말이에요. 아니 그렇다기보다는, 최근에 제가 그 문제에 관해서 상당히 생각을 많이 하고 있어요. 불쑥, 그녀는 몸을 돌려 가버렸다. 메일 보낼게요. 그녀가 어깨 너머로 외쳤다, 언제 날을 잡아봐요. 그러고는 내가 답할 겨를도 없이 서둘러 떠났다. 그녀가 가는 모습을 지켜보는데, 가방 안에서 핸드폰이 진동하는 것이 느껴졌다. 심장이 마구 뛰었고 나는 바로 핸드폰을 꺼냈다. 화면은 검은색에 메시지는 없었다. 내가 진동을 상상한 게 틀림없었다. 나는 고개를 들었다. 엘리너는 시야에서 사라지고 없었고 나는 혼자였다. 나는 인도 한복판에 서 있었다. 매섭고 불쾌한 바람 한 자락이 불어왔다. 나는 날짜를 세어보고 다시 세어보았다. 아드리안에게 언제 돌아올 예정인지, 개비와의 상황이 어떤지 물어본 이후 일주일이 지나 있었다. 또다시 침묵의 한 주를 보낸 것이다.

# 12

나는 그 주 주말에 아드리안의 아파트에서 나왔다. 더는 머물 이유가 보이지 않았다. 떠나는 것 말고는 내가 할 일이 없었다. 나는 아파트를 살펴보며 내 소지품을 챙겼다―하나 또 하나 또하나 거둬들였다. 생각했던 것보다 그곳에는 내가 더 많이 있었다. 계속해서 내 옷을 개키고 내 서류들을 모으는 사이, 내 안에서 의구심이 솟았다. 그렇게 짐을 싸고 문가에 여행가방을 둔 채 서 있자니, 의구심과 더불어 유감이 느껴졌다. 나는 지난 한 달을 보낸 그 아파트를 둘러보았고, 절대 돌아오지 않을 거라는 생각에 압도되었다. 어쩌다 이렇게 된 걸까? 심지어 그 순간에도 나는 벌써 사그라지고 있거나 그러지 않으면 변형될 감정에 따라 행동하고 있음을 인지하고 있었다.

그러나 어떤 면에서는 이미 너무 늦어버렸다. 나는 가려고 돌아서다가 열쇠를 어디에 둘지 모른다는 걸 깨달았다. 아드리안이 돌아오기까지 얼마나 걸릴지 모르므로 우편함은 충분히 보안이 되지 않는 듯했다. 그래서 나는 문을 잠그고 돌아서서 열쇠를 내 가방 밑바닥에 넣었다. 나 자신에게 그 정도는 허락했다.

*

나의 원래 아파트로 다시 옮겨오는 것은 적응이 필요한 일이었다. 아드리안의 아파트에서는 집처럼 편했는데 어쩐지 이곳에서는 그런 느낌이 덜했다. 이 공간은 마치 모르는 사람이나, 내가 더는 알아보지 못하는 사람의 소유인 듯 느껴졌다. 그 거처의 임시적인 성격이 전보다 더 확연해졌다. 마치 내가 부재하는 동안 방들의 속을 파낸 것만 같았고, 이제 벽은 종이로 만들어진 것만 같았다. 나도 모르게 나는 여전히 기다리고 있었다─아드리안이 돌아오기를, 최소한 내가 보낸 메시지에, 우리가 대화를 나눌 수 있을지 물은 것에 그가 답장하기를 말이다.

나는 그에게 아파트에서 나왔다는 말은 하지 않았다. 어쩌면 마음 한구석으로는 우리가 대화한다면, 그가 침묵 이면의 이유를 설명한다면, 나는 그 아파트로 돌아가 아무 일 없었다는 듯 짐을 풀고 그의 귀가를 기다릴 수도 있다고 생각했는지도 모른다. 그러나 그는 답장하지 않았고, 그리하여 며칠간 리스본으로부터의 침묵이 마치 뇌에 낀 안개처럼 나를 점령했다. 엘리너의 메일이 왔을 때 그 편지는 기다림의 단조로움을 잠깐이나마 끊어주었다. 그녀는 그다음주 저녁식사에 나를 초대했다. 아들들은 아버지와 있었고 올케는 다른 곳에 가 있어서 엘리너 본인과 남동생뿐인 작고 간소한 모임이 될 터였다. 야나도 초대했지만 아쉽게도 일이 있다고 했다. 그럼에도 엘리너는 내가 그들과 함께하기를 희망했다. 나는 가겠다고, 또 그 모임을 기대하고 있겠다고 답장했다.

내가 도착했을 때 그녀의 집은 곳곳에 불이 밝혀져 있었다. 어둠을 배경으로 커튼이 걷혀 있는 모습이, 마치 그 집 사람들이 숨길 게 아무것도 없음을 선언하는 듯했다. 나는 밖에 서서는 그렇게 노출된 채 산다는 것은, 그렇게 겁 없이 지낸다는 것은 어떤 것일지 궁금해했다. 길거리에서 일층이 곧장 들여다보였는데, 사람 형상은 없을지언정 그 방은 꼭 무대 세트 같았다. 커다란 주방 식탁과 어수선한 아이들 장난감, 강아지 사료 그릇과 침대까지, 커튼 사이로 보이는 세세한 것들 속에 친밀한 정보가 상당히 많았다.

나중에 알고 보니 그 물건들은 엘리너의 것이 아니라 아래층에 거주하는 세입자들 것이었다. 그녀는 아들들과 함께 꼭대기 층에 살았는데, 아이들은 당연히 창문으로 본 장난감을 갖고 놀기에는 너무 나이가 많았다. 내가 잠깐만이라도 생각해보았다면 착각했다는 것을 깨달았을 것이다. 미술관에서 또 카페에서 만났던 여성이, 최근에 폭행을 당해 입원하는 지경까지 갔던 남동생을 둔 여성이, 그렇게 순진한 방식으로 살고 있을 리는 없다고 깨달았을 것이다—그 여성은 방문을 잠그고, 커튼을 여미고, 방범 카메라를 켰을 거라고, 상당한 공포와 불안의 상태에서 살고 있을 거라고 말이다.

그러나 나는 생각하지 않았다, 아니 그런 생각이 들지 않았다. 어쩌면 그때까지도 여전히 내가 만났던 여성을 그녀가 처한 상황과 조화시키지 못했거나 조화시키기를 꺼렸기 때문이었는지도 모른다. 그러는 대신 나는 일층 아파트를 차지한 가족을, 그들의 행복한 혼란의 기운을 내 마음속에 품은 채로 기대에 차서 초인종을 울렸다. 그것은 엘리너가 누리길 내가 바랐을 법한 유의 삶, 나 자신이 누리길 바랐을 법한 유의 삶이었다. 그래서 한 남자가 문을 열어주고 그 너머로 흑백의 인테리어가, 차갑고도 완벽하고, 단 하나의 장식품도 제자리에서 벗어나지 않은 광경이 보였을 때 나는 살짝 충격을 받았다.

그러나 가장 부조화했던 것은 그 남자 본인이었다—남동생, 안톤 더레이크. 그를 만나게 될 것임을 명확히 알고서 이 집에 왔음에도, 나는 준비가 되어 있지 않았음을 깨달았다. 그리고 그의 외양에 깜짝 놀라고 말았다. 어쩌다 나는 그가 입은 부상의 정도를 상상하지 못했던 것일까? 어쩌다 나는 그의 이마를 가로지른 커다랗고 생생한 흉터에, 여전히 부어 있고 가장자리는 쪼그라든 모습에 놀라버렸던 것일까? 아니면 최근에 천공된 적이 있는 폐와 멍들고 부러진 갈비뼈 때문에 고투하고 있는 듯 문에 기댄 채 힘겹게 숨을 몰아쉬고 있는 그의 모습에 놀라버렸던 걸까? 그의 얼굴은 신경 손상이라도 입은 것처럼 희미하게 찌그러져 있었는데, 이목구비 일부는 일그러졌고 비뚤어진 곳도 있었다. 나는 그가 일주일도 넘게 입원했었다는 것을 기억해냈다. 야나가 말해준 적이 있었다.

그는 문에 몸을 기댄 채 거기 계속 있었다. 내가 빤히 쳐다보고 있다는 것을 나는 알아차렸다. 그는 내가 그 자신에 관해서든 나 자신에 관해서든 무언가를 확인해주었다는 듯이 고개를 끄덕였다. 폭행의 여파로 의심의 여지 없이 그는 사람들이 빤히 쳐다보는 데에 익숙해졌을 것이다. 사진의 음판이 사진 그 자체의 한 형태이듯 그의 얼굴은 엘리너 얼굴의 한 형태였다. 아마 폭행 전에도 이랬으리라는 생각이 들었다. 그에게는 그녀의 아름다움일랑 하나도 없었다. 어떤 면에서 그의 이목구비는 그저 그녀 이목구비의 조악한 한 형태로서 나타났다. 그럼에도 그것은 어떤 식으로든 태곳적 특질을 지니고 있었는데, 마치 그의 것이 원본 거푸집인 듯했다. 아름다움이라는 면에서는 부족한 상태였지만, 그럼에도 그의 얼굴은 어떤 어두운 카리스마를 품고 있었다. 엘리너의 얼굴과는 다른 방식으로 인상 깊었다. 그의 앞에 서 있는 사이, 엘리너가 어떻게 생겼는지 잊어버리게 되는 느낌이었다. 나는 그녀의 얼굴을 그저 그의 얼굴의 아득한 메아리로서 기억해내기 시작했다.

눈에 보이게 애를 쓰더니 그는 드디어 몸을 똑바로 밀어 세우고 옆으로 비켜서면서 나더러 들어오라고 했다. 엘리너의 친구분이시군요, 그가 말했고, 나는 고개를 끄덕이며 인사말을 건넸다. 그가 돌아서자 지팡이의 도움을 받아 움직이는 모습이 보였다. 장식적이고 옻칠이 된 그 도구는 구식이었는데, 요즘 아주 흔한 고무와 알루미늄제 보조기들과는 완전히 달랐다. 그 영향으로 그가 입은 부상이 그라는 사람의 캐릭터에 보다 선천적으로 내재된 것처럼, 덜 임시적이고 한층 통합적인 것처럼 보였다. 그의 뒤를 따라 커다란 거울 여러 개와 중간색으로 꾸며진 현관을 지나는 동안, 그가 뚜렷하게 다리를 절면서 걷는 것이, 한쪽 다리를 심하게 질질 끄는 것이 보였다. 신고 있는 값비싼 신사화는 잘 닦여 구석구석 광택이 났다. 그가 직접 닦았을지 아니면 다른 누군가가 했을지 궁금해졌다. 집사라든지 종복이라든지, 그의 지팡이만큼이나 시대에 맞지 않는 인물이 말이다. 끌리는 쪽의 밑창은 더 두꺼웠다. 그쪽 신발은 뒤축이 덧대어져 있었는데, 그제야 나는 발을 저는 게 필시 공격당하기 전부터 있던, 장구한 상태의 일부였겠다는 생각이 들었다.

그를 뒤따라간 끝에 드디어 다다른 커다랗고 바람이 드는 주방의 조리대 앞에 엘리너가 서 있었다. 그녀가 고개를 들더니 짜증 섞인 소리를 냈다. 나한테 말을 해줬어야지. 내가 초인종소리를 못 들었네. 그녀가 말하고는 남동생이 주방 식탁으로 가는 동안 내게 사과하듯 미소 지었다. 그는 자리에 앉더니 의자에 뒤로 기대어 그녀를 바라보았다. 나는 그가 입 밖으로 혀를 내밀어 입술 위로 축 늘어뜨리는 모습을 매혹된 채 지켜보았다. 외설스러우면서도 장난꾸러기 같은 몸짓이었다. 그녀는 조용히 격분한 소리를 내고는 내게로 돌아섰다. 어서 와요, 그녀가 말했다. 내 남동생 안톤을 만났군요.

네, 나는 말했다. 그가 자기소개를 하지는 않았지만. 엘리너가 직접 문을 열어주지 않은 것이 놀랍다고 생각했다. 그녀가 남동생에 관해 딱히 호들갑을 떨지는 않았으나(의심의 여지 없이 그는 그런 돌봄을 뿌리쳐버렸을 법한 유의 남자였다), 눈에 띄게 걱정스럽게 그를 대했던 것이다. 그는 식탁에 놓인 와인병을 향해 손을 뻗었다. 그 병이 벌써 거의 빈 것이 보였다. 엘리너는 다시 허브를 자르기 시작했다. 그녀는 그를 여러 번 흘긋대다가 불쑥 물었다. 너 진통제 먹고 술 마셔도 되는 거야? 의사가 안 된다고 그러지 않았나. 그는 그녀를 무시했다. 나는 여전히 주방 한가운데에 서 있었다. 어쩌면 조용히 그곳에서 뒷걸음질로 나가 눈에 띄지 않게 이 집을 떠나기에 너무 늦은 것은 아니었으리라.

앉으세요, 안톤이 그 생각을 직감하기라도 한 듯 갑자기 내게 말했다. 그는 와인잔으로 본인 옆의 의자를 가리켰다. 나는 차라리 엘리너와 함께 조리대 뒤편에 있고 싶었으나, 그는 자신이 내린 명령을 쉽게 무시당하고 그러는 남자가 아니었다. 나는 고분고분하게 앉았다. 그는 엘리너와 흘끔거리며 시선을 주고받고는, 빈 잔으로 손을 뻗어 내게 와인을 좀 따라주었다.

안톤은 기분이 별로예요, 엘리너가 말했다. 그녀는 이 말을 완전히 무미건조하게 했는데, 특이한 일도 딱히 심각한 일도 아니라는 투였다. 거래가 잘 안 됐어? 그녀가 물었다. 실제로 그녀는 더는 관심을 기울이지 않고 이미 가스레인지 쪽으로 돌아선 터였다. 그는 어깨를 으쓱하고는 나를 지켜보면서 와인을 홀짝였다. 그냥 내가 자리를 비운 사이 벌어진 난장판을 치우는 중이라, 그가 말했다. 멍청한 빈센트 놈이 질 좋은 일등품 몇 개를 거의 거저 넘겨버린데다, 재고가 완전히 난잡하게 널려 있어. 저는 서적 관련 일을 하거든요, 그가 설명하듯 내게 덧붙였다. 안톤은 구시가에 아름다운 가게를 가지고 있어요, 엘리너가 말했다.

네, 나는 자동적으로 말했다. 저도 거기 가봤어요. 안톤의 시선이 내 쪽으로 미끄러지는 것이 느껴졌다. 뭐라도 사셨어요? 그는 무심한 투로 물었다. 네, 내가 말했다. 사실 원래 쓰려던 것보다 돈을 더 많이 썼어요. 누구 줄 선물을 찾고 있었거든요. 나는 웃었는데, 너무 시끄럽고 또 긴장한 듯한 소리가 났다. 그는 고개를 끄덕였다. 대부분은 온라인으로 판매돼요, 당연히, 그가 말했다. 그래도 매장이 있는 게 흔히들 생각하는 것보다 중요해요. 바로 얼마 전에는 어떤 남자가 걸어들어와서 40미터를 달라고 그러더라니까요.

엘리너가 고개를 들었다. 뭘 40미터를 달래?

가죽이랑 금박으로 된 책을, 그가 말했다. 옛날 스타일에, 고전으로.

아, 그녀가 말했다. 인테리어 디자이너였구나.

자기 무드 보드*에 있는 언어로만 얘기할 수 있는 사람이더라고, 정말 범상치가 않더라. 타바코색.** 로열블루. 플러시색.*** 전통적인 것. 내가 그 사람한테 특정한 작가나 특정한 장르에 관

---

\* 특정 주제를 설명하기 위해 텍스트, 이미지, 개체 등을 결합하여 보여주는 보드.
\*\* 갈색을 가리킨다.
\*\*\* 진한 보랏빛.

심이 있는 거냐고 물었거든. 근데 아니라는 거야. 이 책들의 용도는 읽는 게 아니거든요, 하고 그 사람이 설명하더라고. 이 책들의 용도는―어떤 겉모양, 어떤 분위기를 자아내는 거죠. 안톤은 마치 섬세한 향수의 향기를 일으키듯 얼굴 앞에서 한 손을 휘저었다. 그가 손을 내렸다. 물론 우리야 행복하게 도와 드렸지. 책으로 40미터를 채우려면 굉장히 많은 책, 몇만 유로 어치 책이 필요하니까. 그리고 그 사람은 책 내용은 진짜로 아 주 눈곱만큼도 신경을 안 쓰더라고. 일종의 제이 개츠비*인 거 야, 무슨 얘기인지 알겠지.

세상에, 엘리너가 웅얼거렸다. 그녀가 이 이야기에 흥미를 잃은 게 보였다.

그런데 그게 다가 아니야, 그가 서둘러 덧붙였다. 그게 끝이 아니라고. 그녀가 고개를 들었다. 그는 다시 그녀의 관심을 얻 은 것이다. 우리가 그 사람한테 무가치한 쓰레기를 상당량 팔 았단 말이야. 한정판, 백과사전, 전공 논문 재고, 그런 거―가 격은 그저 아주 조금만 부풀려서 말이야, 당연히. 그가 씩 웃 어 보여 실은 조금만 부풀린 게 아님을 우리가 알게 됐고, 나 는 엘리너가 동요하여 나를 흘긋하는 모습을 보았다. 그래서 요지가 뭔데, 그녀가 웅얼거렸다.

---

* 『위대한 개츠비』에서 개츠비의 집에는 읽지 않은 책들이 서재에 가득 꽂혀 있었다는 묘사가 나온다.

요지가 뭔데, 요지가 뭔데—누나는 맨날 결말을 재촉한다니까, 엘리너. 그는 짜증을 내며 말했다. 그러면 사람이 아주 재미가 없는 거야.

그래, 알겠어, 그녀가 양손을 조리대 상판에 올려둔 채로 말했다. 그러고는 미소를 띠고 나를 바라보았다. 안톤은 이야기를 해주는 걸 정말 좋아해요. 정말로 좋아한다니까요—여담을요. 이야기 하나를 말하는 데 내가 아는 누구보다도 오래 걸려요. 그 여담에 주로 요지가 있기는 하다는 것도 사실이긴 하지만요, 적어도 다 듣고 나면요. 그녀는 말을 멈추고 자기 쌍둥이를 다시 바라보았다. 계속해봐, 그럼.

그는 작위적인 한숨을 푹 내쉬더니 앞으로 몸을 숙이고 양손으로 지팡이를 짚었다. 지팡이와 절뚝이는 다리가 폭행의 결과가 아니라, 그가 가지고 태어났거나 얼마간 삶에 함께해온 것이라는 점이 이제는 명백했다. 그런 점에서 보면 그의 대담성은 다르게, 그의 취약성과 회복탄력성이 발현된 것으로 보였다. 비싼 신사화와 다림질한 셔츠를 보고 이 남자에 관해 내가 했던 억측들이 부끄러워졌다. 엘리너가 그에 대해 얼마나 애정을 담아 얘기했는지 떠올랐다. 그것은 가족을 향한 신의 그 이상이었다. 그녀의 쌍둥이는 그녀의 결혼생활이 와해되는 동안 그녀를 구해주었다. 그녀의 아들들에게는 외삼촌이자 아버지가 되어주었다.

그는 계속해서 엘리너에게 말했지만, 시선은 나를 향했고 몸도 내 쪽을 향해 있었다. 마치 나의 공감에서 변화를 탐지한 듯했다. 지난주에 라르스랑 로테의 새집에 처음으로 갔거든. 물론 걔네가 그 집을 거의 일 년 전에 사긴 했는데, 우리가 주로 식당이나 바에서 만나잖아, 로테가 요리하는 걸 안 좋아하니까. 그런데 이번에는 나를 집으로 초대하더라고. 내가 이런 상황이니까 집이 더 편하겠거니 생각했나봐.

그의 목소리는 날카롭게 날이 서 있었고, 엘리너는 눈살을 찌푸렸다가 말했다. 그래도 걔들이 잘한 거야, 안톤. 집에서 만나는 게 너한테 훨씬 편하잖아.

난 사람들이 빤히 쳐다봐도 신경 안 쓰는데.

사람들이 빤히 쳐다보고 말고의 문제가 아니야. 어쨌든 나는 누군가의 집에서 식사하는 편을 언제나 선호해, 그래서— 그녀가 양해를 구하듯 나를 바라보았다—우리가 오늘밤 여기 있는 거고.

내가 하던 이야기 마저 하게 해줘.

그래.

처음으로 새집에 초대받았다는 사실이 신경쓰이더라고. 미리암이 집에 없어서 나는 절뚝거리면서—그가 자신의 신체적인 장애를 언급한 것은 처음이었다, 곁눈으로 엘리너가 움찔하는 걸 본 것 같았다—고급 식품점에 가서 와인 한 병이랑 초콜릿을 좀 샀어. 몰라, 주로 이런 걸 처리하는 쪽은 미리암인데, 이미 말했듯이 미리암이 집에 없었거든.

엘리너는 심란한 표정으로 그를 바라보고 있었고, 나는 미리암이 지금 어디 있을지 궁금해졌다.

그래서 초콜릿이랑 와인 한 병을 들고 갔단 말이지, 둘 다 딱 알맞은 선물이라는 느낌이 들진 않았지만. 밖에서부터 집이 으리으리해. 웅장하고, 19세기 타운하우스지만 전면에 여기저기 유리로 된 정육면체가 붙어 있는 게 꼭 포스트모던한 종양 같달까. 안으로 들어가니까 더 인상적이야. 최신 스마트 하우스 같은 건데, 태양전지판이랑 온도조절용 자가급수 녹화 지붕에, 집 중앙을 관통하는 아트리움까지, 모든 것이 아이패드 하나로 동기화되어 있는 거야. 어떻게 걔들이 그런 걸 할 수 있는 허가를 얻었는지 모르겠어.

엘리너는 식탁에 수프 그릇을 가져다놓고 있었다. 안톤은 거의 말을 멈추지 않으면서 숟가락을 집어들어 수프를 한 입 먹은 다음 빵으로 손을 뻗었다. 그녀는 자기 그릇도 내려두고는 그의 맞은편에 앉았다. 그리고 나를 바라보았다. 건배, 그녀가 무미건조하게 말했다. 그는 음식에 대한 감사의 표시로 고개를 끄덕이고, 대단한 열의와 속도로 먹고서는 말을 계속했다.

나는 생각했지, 애들이 잘산다는 건 알았는데, 이렇게까지 잘

사는 줄은 미처 몰랐네. 그리고 애들이 아직 아무도 집에 초대하지 않았다는 것도 놀랍지가 않았어. 로테가 아직 집이 마무리되지 않았다고 긴장해서 설명을 하더라고. 자기들이 완전히 입주하고 나면 바로 집들이를 할 거라고 말하더니, 집에 손님을 접대할 만한 너무도 좋은 공간이 있어서, 모금행사랑 자선행사를 주최할 수도 있을 것 같아 이 집을 산 거라고 갑자기 덧붙이더라. 나는 고개를 끄덕였지. 걔들은 분명 본인들의 부유함에 대한 명백한 증거가 쑥스러웠던 거야. 그 부유함이 좀 과도한 수준에서 정말 터무니없는 수준이 되었는데, 실제로 우리는 아무도 눈치채지 못했거든.

하지만 우리 다 걔들이 잘사는 건 알았잖아, 엘리너가 말했다. 그녀는 내 쪽으로 몸을 돌렸다. 라르스는 부동산 개발업자예요. 옛 기차역 주변의 그 신축 아파트들이 그 사람 담당이죠. 나는 고개를 끄덕였다. 그 건물들은 야나네 동네의 집값 상승에 기여했고 시내의 가장 극심한 젠트리피케이션의 표본이었다. 라르스는 몇몇 사회적 집단에서는 논쟁의 여지가 있는 인물일 거라는 생각이 들었고, 그 때문에 자신의 막대한 재산이 늘어나는 것에 대해 그렇게나 입을 다물고 있었던 건가 싶었다. 엘리너는 담당이라는 단어를 사용했지만, 그것이 꼭 그녀의 어떤 특정한 판단을 암시하는 것은 아니었다. 그녀의 말은 충분히 중립적이었다.

그렇지, 안톤이 말했다. 걔들이 잘사는 거야 알았지. 그는 내게 말하려고 돌아보고는 설명해주었다. 그 돈은 로테한테서 나오는 건데, 본인 이름만큼이나 멍청하고 부르주아적인 여자예요. 하지만 라르스는 달라요. 걔는 교활한 동물이라 조상 대대로 내려온 그 멋진 돈을 전부 진짜 거금으로 바꿔버렸죠. 그가 웃었다. 있잖아요, 그놈이 올린 그 건물들은 완전히 흉물이에요, 도덕적인 관점에서는 물론이거니와 미학적인 관점에서 봐도.

나는 그 건물들을 본 적이 없는데, 엘리너가 말했다.

본 적이 없다고? 안톤이 물었다.

그녀는 시선을 돌렸다. 야나는 엘리너를 폭행 현장 근처에서 처음 만났다. 엘리너가 그 동네에 어느 정도 발을 들여놓았다면 그 건물들을, 적어도 시야 가장자리에서라도 보았을 것이다. 안톤은 그녀가 그 동네에 다녀왔다는 것을 모르는 것 같다고 나는 생각했고, 그녀가 또 무엇을 그에게 말하지 않았을지, 그들 사이에 다른 비밀이 또 뭐가 있을지 궁금해졌다.

여하간, 안톤이 말을 이었다. 그 집은 그놈을 거부로 만들어준 그 흉물들과는 딴판이었지 뭐야. 본인 거주 환경에 관한 문제에서는, 둥지에 어떻게 깃털을 붙여야 하는지 아는 거지. 이 표현이 나는 기이하다고 생각했는데, 그의 지팡이처럼 구식이면서도 약간 뽐내는 투였다. 그는 계속 말했다. 걔들 행동거지에 처음에는 수줍음 같은 게 있긴 했지만, 그래도 집을 자랑하게 되어 사실은 상당히 들떴다는 걸 바로 알겠더라고. 나를 이 방 저 방으로 끌고 다니면서 널찍하게 깔린 대리석이나 주문 제작한 조명 기구, 벽난로에 붙은 복원된 타일을 보여줬거든. 일단 본모습을 찾고 나니까 불구자 하나쯤이야 계단 위아래로 막 끌고 다녀도 낯빛 한번 안 바꾸더라, 정말이야.

안톤, 엘리너가 항의하듯 말했다.

뭐, 나 불구자 맞잖아, 그가 말했다. 나랑 있으면 라르스랑 로테는 부끄러움 없이 본인들의 특권 속에서 뒹굴 수가 있거든. 로테는 벽지랑 마감재에 관해 말할 수가 있고 말이야. 그게 얼마나 멍청해 보이는지 상관이 없는 게 걔는 내 앞에서만 그런 짓을 하는 거잖아, 불구자 앞에서만. 내가 딱히 인간이하까지는 아니지만, 위계 서열에서 자신이 어디에 위치하는지 다들 알고 있잖아. 나는 걔네 부류보다도 몇 급 아래 인간인 거야. 특히나 나의 현재 상태에서는 말이지. 그런 일은 라르스랑 로테 같은 사람들한테는 그저 벌어지질 않으니까.

그래도 그런 일이란 정말이지 쉽게 벌어질―

됐어, 안톤이 말했다. 됐다니까. 그게 요지가 아니야. 내가 얘기를 끝마치게 해줘. 그래서 라르스랑 로테가 나를 온 집안 곳곳으로 끌고 다녔어. 주방, 식료품 저장실, 손님방, 심지어 본인들 침실까지 말이야. 세상에, 킹사이즈 침대에 프레테* 침

구, 거기다 부르주아 섹스의 더러운 악취까지 있었는데, 물론
그건 가장 변태적인 섹스지. 그러던 차에 로테가 마지막 문을
열고서 특히나 수줍게 의기양양한 목소리로 말하는 거야―
오, 나는 정말 로테를 좋아해, 그녀가 그렇게 멍청한 건 그녀
탓이 아니잖아―그리고 여기가 서재야.

오 설마.

나는 눈을 깜빡였다. 안톤은 엘리너에게 뭔가 엄중한 시선 같
은 것을 주고는 내게로 다시 고개를 돌려 서둘러 말을 이었다.

걔가 나를 서재로 안내해 들어갔어요. 정말 서재에 자부심
이 있던 건지 아니면 내 직업 때문에 내가 서재를 좋아할 거라
고 단순히 상상했던 건지 알 수 없긴 해요. 그래도 여하간 나
는 완전히 말문이 막혀버렸던 거죠. 입이 떡 벌어졌어요. 내
앞에 있던 건 그 멍청한 인테리어 디자이너가 요청했던 몇 미
터는 되는 책들이었던 거예요. 백과사전이랑 전공 논문 재고
랑, 우리가 그 멍청이한테 제값의 세 배, 네 배, 다섯 배에 팔
았던 멍청한 컬렉션이 통째로 붙박이 책꽂이에 말끔히 꽂혀
있었죠. 나는 웃음이 터졌어요. 서재 한복판에 서서 웃고 또
웃으니까 얼마 후에 로테가 상당히 걱정스러워하며 대체 왜
웃느냐고 묻더라고요. 나는 자제심을 충분히 되찾고는 그냥

---

* 이탈리아의 고급 침구류 회사.

192

기쁨에 압도되었을 뿐이라고, 내 평생 이렇게 아름다운 서재에 들어와본 적이 없다고 안심시켰죠. 바로 납득하진 않더라고요. 나는 어느 정도 비꼬는 말을 하는 걸로 유명하거든요. 내가 자기를 놀리는 건지 아리송해하는 게 보이더라고요.

끔찍하다.

걱정하지 마, 내가 결국에는 그녀를 정말로 납득시켰으니까. 우리가 아래층으로 갔더니―라르스는 그전에 주방으로 돌아가 있었거든, 음식을 확인한다고―걔가 그야말로 라르스한테 재잘대지 뭐야. 안톤이 서재를 사랑한대, 평생 본 서재 중에서 제일로 완벽한 서재래, 라고 말이야. 라르스가 나를 쳐다보는데, 걔 얼굴에서 눈치챘다는 게 티가 나더라고―내가 걔한테 그 책들을 팔았다는 걸 눈치챘다는 건 아니고, 라르스가 인테리어 디자이너와 상대하진 않았을 테니까―내가 로테를 놀리고 있다는 걸 눈치챈 거지. 그뒤 식사하는 내내 라르스는 내 쪽을 쳐다보지도 않더라. 나에 대한 경멸밖에 없었던 거지. 하지만 로테는 아주아주 기분이 좋았고, 나는 라르스가 로테한테 그렇게나―그렇게나 다정함을 담은, 그렇게나 깊은 애정과 사랑을 담은 눈길을 주는 걸 봤지.

그가 마침내 말하는 속도를 줄이더니 이내 엘리너를 올려다보았다. 걔들은 정말로 서로를 사랑한다니까. 그렇게 돈이 많은데도. 라르스는 로테를 위해서라면 살인도 할걸, 나는 확신해. 날 죽일 거야. 그런 상황이 온다면.

엘리너는 고개를 젓고는 일어섰다. 다 드셨어요? 그녀가 미소를 띠고 물었다. 나는 고개를 끄덕였고, 그녀는 식탁을 치우기 시작했다. 어쨌든, 그녀가 안톤에게 말했다. 그 이야기에서 네가 엄청 착한 사람으로 나오진 않네.

나는 이야기에서 착한 사람으로 나올 생각이 전혀 없는걸, 그가 차분히 말했다. 누나도 나의 이런 점은 인정해줘야 해.

엘리너는 생선과 차가운 삶은 감자가 담긴 접시를 들고 돌아와서는 우리의 와인잔을 다시 채워주었다. 그래도, 그녀가 안톤을 내려다보며 한숨과 함께 말했다. 건배. 네가 여기 와줘서 나는 고맙게 생각해. 안톤은 엄청 심한 사고를 당했거든요, 그녀가 나한테 말했다. 지난 두어 달을 힘들게 보냈어요. 사고가 야나가 사는 곳 근처에서 벌어졌어요.

야나? 안톤이 물었다.

우리 둘 다 아는 친구예요, 내가 말했다. 나는 엘리너가 말을 보태 어떻게 야나와 만났는지 말하기를 기다렸지만, 그녀는 침묵한 채 음식을 차려주기 시작했다.

엘리너가 그 일을 그럴듯하게 돌려 말하고 있네요, 안톤이 자기 접시를 누나에게 건네며 말했다. 저는 습격당했어요. 그 일에서 사고라고 할 만한 점은 전혀 없었네요. 사고라면 훨씬 인도적으로 들리죠. 평범한 사람들은 사고를 당하지만 바보들과 불행한 사람들만이 습격을 당하니까요. 나는 엘리너를 쳐다보았다. 그녀의 얼굴이 핼쑥했다. 고통스럽고 짜증이 난 모습이었지만, 딱히 창피해하지는 않는다는 걸 눈치챘다. 그녀는 안톤에게 접시를 다시 건네주었다. 저는 노상강도를 당했어요, 안톤이 접시를 받아들면서 말을 이었다. 노상강도에 폭행까지 당했죠. 그 동네가 그렇잖아요.

죄송해요, 내가 말했다. 저도 궁금했던 게—

이 흉터 말이죠? 멍이랑? 맞아요, 이게 다 습격 때문에 생긴 거예요. 그놈들이 제 핸드폰이랑 지갑이랑 손목시계를 가져갔지만, 저를 아주 인정사정없이 패기도 했거든요. 그는 말을 멈추었다. 소름이 끼치는 건 그 악의예요. 그럴 필요가 없었거든요, 제 돈을 가져갔으니까. 제가 딱히 저항한 것도 아니었는데.

한 사람 이상이 그런 거예요?

그는 고개를 저었다. 기억이 안 나요, 그가 말했다.

경찰하고 면담한 건 어떻게 됐어? 엘리너가 물었다.

안톤이 음식을 썰었다. 씹으면서, 그는 포크와 나이프를 자기 접시로 내렸다. 와인을 한 모금 마시고는 삼켰다. 그쪽에서 나더러 최면술사랑 한 회차 상담을 해보게 했어, 그가 끝내 말했다.

최면술사? 엘리너가 깜짝 놀라 물었다.

응.

경찰에서 그런 걸 하는 줄은 전혀 몰랐네. 효과가 있었어?

그가 뒤로 푹 기대앉았다. 글쎄, 나도 꽤 놀랐어. 경찰서에 갔거든, 경찰 쪽에서 나더러 후속 진술이 좀 필요하다고 내방하라고 해서 말이야. 사무실로 데려다놓고 커피 한 잔을 주고 뭐 그랬지. 그러더니 그쪽에서 약간 정통적이 아닌 걸 시도해보고 싶다고 하더라고—내가 그럴 의향이 있다면 말이야, 물론. 그는 말을 멈췄다. 나는 그럴 의향이 있다고 했고 그들이 뭘 염두에 두고 있는지 물었어.

그 사람은 어떻게 생겼어?

누구?

최면술사.

안톤은 어깨를 으쓱했다. 하급 공무원처럼 옷을 입고 있었어. 처음에는 그 남자도 수사관인가 싶었지. 그래도 엄청 진정되는 목소리를 가지긴 했더라. 나는 당연히 경계하고 있었어. 그런 것에는 취미가 없거든. 믿지도 않고. 그래도 동의했지. 전에는 한 번도 최면에 걸려본 적이 없었는데 그 남자한테는 뭔가 상당히 눈을 뗄 수 없는 구석이 있더라고, 그 점은 나도 인정할 수밖에 없어.

그래서 효과가 있었어? 엘리너가 식탁 너머로 몸을 숙였는데, 열중한 얼굴이었다.

아니.

새롭게 나온 건 없었고?

유감스럽게도 없었어. 그 사람이 그 복잡한 절차를 전부 진행했거든. 습격당한 그 순간으로 나를 다시 데려갔다가 내 몸에다 나를 집어넣었다가 아니 나를 내 몸에서 빼내는 거였나? 어느 쪽이든, 하등 쓸모 없는 짓이었어. 최면이 걸리든 말든, 나는 우라질 하나도 기억이 안 나. 사후에 누가 말해준 것만 알지.

그는 다시 와인잔으로 손을 뻗었다. 길게 한 모금 들이켰는데, 눈이 불안하게 깜빡였다. 엘리너가 목청을 가다듬었다. 일종의 기억상실증이에요, 그녀가 내게 설명했다. 폭행당한 날 밤에 관해서 아무것도 기억을 못해요.

듣자 하니 심한 뇌진탕을 겪은 다음에는 엄청 흔한 일이라나봐요, 안톤이 말했다. 확실히, 경찰 입장에서는 한없이 절망스러운 상황이죠. 경찰 쪽에서는 계속 제가 뭔가 기억해내겠거니 희망하고 있는데, 보시다시피 궁여지책에까지 의지하게 됐어요.

누가 습격했는지 기억이 안 나세요? 내가 물었다.

안 나요. 아무것도 기억이 안 나요─누가 저를 습격했는지, 아니 왜 제가 그 동네에 있었는지도요. 거긴 제가 딱히 자주 다니는 곳도 아니거든요. 살면서 전에 거기 가본 적도 없었어요. 완전 돼지우리라. 제가 갈 법한 그런 장소도 아닌데. 그쪽

친구한테는 미안하네요. 그가 시선을 내렸는데, 눈이 이리저리 흔들리고 입매가 긴장해 있었다. 나는 그가 거짓말하고 있다는 분명한 느낌이 들었다. 일종의 선택적 기억상실증이라나 봐요. 그가 말을 이었는데, 목소리가 실크처럼 너무 매끄러웠다. 그 일 전반에서 비롯된 끔찍한 트라우마에 대한 뇌의 반응이라나요.

내가 이해가 안 가는 건, 엘리너가 말했다. 네가 거기 있던 이유도 기억을 못한다는 사실이야. 그 폭행 자체를 기억 못하는 이유나, 뇌진탕을 일으킨 사건과 관련해 기억을 상실한 이유는 이해가 가는데—그녀가 표현을 고심하고 있다는 게 보였고, 혹시 어쩌면 그녀 역시도 그를 믿지 않는 걸지 궁금해졌다. 나뿐만이 아니었다. 그 사안 전체에서 뭔가 납득이 가지 않는 구석이 있었다. 그런데 네가 애초에 거기 가게 된 이유, 그건 트라우마 이전의 시기부터 네가 알고 있었을 거잖아, 짐작하자면.

내가 어떻게 알겠어? 그가 거칠게 말했다. 그걸 알았으면 내가 이런 궁지에 빠져 있지도 않았겠지. 딱히 기분이 유쾌하지는 않다고 이게. 내가 일부러 이러고 있는 것도 아니잖아. 내 몸뚱어리도 이미 엉망진창이었는데, 이제는 내 정신까지 이러네. 그의 목소리는 심통 사나워져 있었고, 얼굴은 상기되었다. 꼭 내 뇌의 한 조각이 제거되어서 아무리 애를 쓴들 되돌릴 수 없는 것만 같아. 경찰 쪽에서는 자기들이 적절한 질문을 하기만 하면 열쇠가 딱 돌아가서 수문이 열릴 거라고, 편리하게도 내가 경찰의 용의자 목록에서 가해자들을 집어낼 수 있게 될 거라고 생각해. 그런데 그런 일은 일어나지 않는다고. 내가 거기 몇 시간을 앉아 있어봤어. 내 다이어리와 문자 메시지도 다 봤다고. 염병할 최면까지 허락했어. 근데 아무 소용도 없는 걸 어쩌라고.

쉬이, 엘리너가 말하며 그에게 손을 뻗었다. 진정해. 그가 그녀의 손을 뿌리쳤다. 그래, 그는 사납게 말했다, 미리암도 그렇게 말하더라.

식탁에 침묵이 내려앉았다. 그는 알고 있다, 갑자기 나는 이런 생각이 들었다. 자신이 말하고 있는 것보다 그는 더 많이 알고 있다. 엘리너가 식탁을 치우기 시작했고 나는 일어나서 그녀를 거들었다. 후식으로 과일이 나왔고, 그로부터 조금 지나 나는 가야 한다고, 재판소가 이튿날 개정하는지라 오늘밤 푹 자야겠다고 말했다. 엘리너와 그녀의 남동생을 지켜보는 사이 외로움의 그림자가 내게 슬금슬금 다가와 있었다. 그들 사이의 그 모든 언쟁과 그 모든 비밀에도 불구하고, 그들은 친밀한 공모의 분위기를, 암시하고 이해하는 것들이 있다는 분위기를 공유했던 것이다. 안톤은 고개를 끄덕였다. 놀랍게도 그 역시 일어서면서 자신도 가겠다고 말했다. 그는 나를 따라 복도를 지났다. 우리 둘 다 코트를 꿰어 입었고 그 사이 나는 새로운 방식으로 그의 존재가 의식되었다. 그리고 엘리너에게 감사인사를 하려고 돌아섰을 때 나는 그녀의 눈 속에서 깜짝 놀란 경고의 빛을 보았다.

밖으로 나와서, 안톤은 나와 함께 반 블록을 걸었고 마침내 나는 택시 한 대를 보고는 그걸 타야겠다고 말했다. 그는 손을 들어 차를 잡았고 공손한 태도로 나를 위해 문을 열어주었다. 택시에 오르며 나는 그를 만나게 되어 매우 좋았다고 말했다. 그는 앞으로 몸을 숙이며, 곧 다시 보기를 희망한다고 말했다. 그의 목소리는 짓궂었고 내 몸 쪽으로 자기 몸을 기울이는 움직임에는 외설적인 구석이 있었기에, 나는 갑자기 긴장하고 말았다. 그럼에도, 안톤이 혼자서 길거리를 걸어다니는 것은 안전하지 못할지도 모르겠다는 생각이 들었다, 그의 상태로는 말이다. 그래서 잠시 후 그에게 함께 타고 가겠느냐고 물었다. 나는 이것이 어느 정도 유혹처럼 들릴지도 모른다는 걸 인지하고 있었다, 비록 그런 의도는 아니었을지언정. 그러나 그는 벌써 걸어가고 있었다. 고개를 젓고는 허공에 지팡이를 흔들었다. 오늘밤은 말고요, 그는 어깨 너머로 소리쳐 대꾸했다. 오늘밤은 말고.

# 13

나는 엘리너에게 저녁식사에 관해 고맙다는 메일을 보냈다. 그녀는 답장을 써서 내가 집에 잘 들어갔다니 기쁘다고 했는데, 적어도 부분적으로는 그녀의 남동생을 언급하는 듯한 말이었으므로 나는 어떻게 반응해야 할지 완전히 확신이 서질 않았다. 그녀가 정보를 유도하고 있다는 생각이 들었고, 그러자 나는 더더욱 자신이 없어졌으며, 그런 이유로 그녀의 메일은 나의 받은 편지함에 답장하지 않은 채로 방치되었다.

그다음주에 아미나는 출산휴가를 떠났다. 이제 로버트가 나의 고정적인 파트너로서 부스에 함께 들어가게 되었고, 우리는 금방 서로에게 익숙해졌다. 그는 상냥했고, 이런 새로운 상황에 적응할 필요가 있는 내 입장을 이해하는 모양이었다. 우리가 함께 일한 첫날이 끝나자 그는 로비까지 나와 동행해 내려와서는 내게 페이스 조절을 하라고 충고해주었다. 재판은 앞으로 수개월간 지속될 거예요. 마라톤이라고 생각해야 해요. 우리는 입구에 다다랐고 그는 멈추어서 내가 코트를 꿰어 입는 걸 거들어주었다. 수개월이라, 나는 단추를 여미고 목에 스카프를 둘러매면서 말했다. 그 재판이 얼마나 오래 걸릴 수 있는지 이미 알고 있었는데도, 내 목소리는 불신이 담긴 것처럼 들렸다. 그는 내 어깨를 토닥여주었다. 선배 행세를 하려는 건 아니지만, 그가 말했다. 익숙해질 거예요. 평범한 일이 될 거예요.

그가 옳았다. 바로 그다음주에 나는 재판의 극한성―재판의 내용과 언어, 부스 안에 있는 것의 신체적인 부담―이 물러나기 시작한 것을 알아차렸다. 하루하루가 끝날 무렵 덜 고갈되게 되었다. 비록 재판의 그 시점에 이르자, 우리가 세부 법 조항이라는 수렁에 빠져버렸다는 사실에도 불구하고 말이다. 정신이 멍해지도록 정밀하면서도, 소추측에도 피고측에도 명백히 득이 되는 것으로 귀결되는 경우가 거의 없는 몇 시간에 걸친 증언으로 재판을 질질 끌었던 것이다.

그렇게 법정에서 회기를 거듭하는 동안 내가 또한 이해하게 된 것은, 전직 대통령이 정말로 규율을 지키는 사람이라는 점이었다. 터틀넥과 치노 바지는 테일러드 슈트로 교체되었고 그에 따라 엄숙하고 심지어 근엄한 기품이 흘렀다. 나는 그때 그 남자를 지배하는 그 어마어마한 의지를 이해했다. 변호사들과 이따금 판사들이 그러는 것과 달리, 그의 얼굴에는 절대로 의사에 반하는 표정이 드러나지 않았다. 그러는 대신 그는 소송 절차 내내 똑같은 표정을, 열성적이나 비인격적인 관심이 서린 표정을 걸치고 있었다. 그는 대학 토론팀 주역의 태도, 빈틈을 찾고 있어 모든 것을 알아챈 사람의 태도, 아무것도 굽히지 않고 숨길 것이 전혀 없는 남자의 태도를 유지했다. 재판에 회부된 다른 남자들의 면면에서 관측했던, 회의실에서는 바로 그의 얼굴에서 보았던 그 뚱한 무관심은 단 한 번도 보지 못했다. 무슨 일이 벌어지고 있든 별 흥미 없다고, 유죄라는 결론은 기정사실이라고 선언하는 듯한 표정 말이다.

아니, 그는 내가 회의실에서 본 남자와는 전혀 딴판이었다—물론 나는 이 사람이, 이 세련되고 인정사정없는 경쟁심 강한 자가, 그 회의들 중에 내가 접한 한층 충동적인 인격 속에 숨어 있다는 걸 어쩌면 늘 알고 있었을지도 모른다. 이 기간 중에 그는 증인석에 서지는 않았는데, 그럼에도 그가 한 몸짓 하나하나는 고도로 계산된 것이었다. 법정에 들어서자마자 그는 방청석을, 자신의 관중을 올려다보고 지지자들에게 알은체하느라 고개를 까닥이곤 했는데, 그 지지자들은 여전히 많고 또 너무도 많아서 나는 그들이 헤이그까지 여행을 와서 거기 있는 건지, 이 도시에 몇 주나 머물기 위한 돈과 시간은 어떻게 낼 수가 있는 건지, 이렇게 비가 많이 오는 곳에서 어떤 삶을 살고 있는지 궁금해졌다.

그러고 나면 그의 시선은 방청석을 가로질러, 내가 앉아 있는 통역사 부스로 건너오곤 했다. 그는 유리창 너머로 나를 똑바로 바라보며 고개를 끄덕였다. 마치 내가 수행하는 업무를 알아주려는 듯이, 자신의 정중함과 사려의 수준을 증명하려는 듯이. 이것은 일상이 되었지만, 처음으로 이 일이 벌어졌을 때는 너무도 예기치 못했던지라 비현실적으로 느껴졌는데, 그가 무슨 제4의 벽*이라도 파열시켜버린 듯했다. 로버트는 작게 놀란 움직임을 보였고 나는 열이 오르는 것이 느껴졌다. 아래쪽 법정에서 케이스가 목을 빼고 부스를 올려다보았다. 나는 망설이다가 어색하게 답례로 고개를 끄덕였다. 이런 사안에서 에티켓이 어떻게 되는지 나는 몰랐다. 전직 대통령은 그러고 나서 피고측 변호인단의 주니어 변호사에게 이야기하기 시작했다. 계속 자리에 앉은 채로 저쪽을 건너다보니, 방청석에 있는 지지자들 중 몇몇이 이제 내 쪽을 궁금한 눈빛으로 쳐다보고 있는 것이 보였다. 그 몸짓은 못 보고 지나칠 수 없는 것이었다. 아래층 법정에서 케이스는 천천히 고개를 저으며 본인

---

* 연극에서 극 밖의 현실과 무대 위의 극중 세계를 구분하는 가상의 벽을 말한다. 이 벽을 사이에 둔 관객과 배우는 서로 간섭할 수 없는 존재로 여겨진다.

서류로 돌아갔다.

그때부터 쭉, 전직 대통령은 내게 알은체하는 것을 절대 빼놓지 않았다. 각 재판의 초입에 그리고 다시 말미에, 두 번 다 말이다. 제1재판부의 첫 며칠 동안, 나는 그 알은체하는 순간에 절대로 익숙해지지 않으리라 확신했는데, 그 의미도 내게는 계속 불명료했던 것이다. 한낱 격식 차리기였을까, 아니면 한층 사악하고 한층 계산적이며 착취적인 무언가였을까? 그러나 로버트가 내게 말해준 대로, 그것도 이내 평범한 일이 되었다. 우리는 서로에게 고개를 끄덕였고 그런 다음에는 시선을 돌려 하던 일을 계속했다.

부스에서 보내는 그 긴긴 시간 동안 때때로 나는 아래층 공간에 있는 모든 사람 중에서, 아니 이 도시에 있는 모든 사람 중에서, 전직 대통령이 내가 가장 잘 아는 사람이라는 불쾌한 감각을 느꼈다. 그런 순간들에, 지나친 상상이라고밖에는 설명할 수 없는 이유로, 그라는 사람의 관점을 내가 차용하게 되었다. 소송 과정이 그에게 불리하게 돌아가는 듯하면 나는 움찔했다. 소송 과정이 그의 방향으로 움직일 때는 조용히 안도했다. 그것은 극도로 불안정한 것으로, 내가 차용할 마음이 없었던 몸안에 놓이는 것과 같았다. 나 자신이 이렇게 쉽게 침투당할 수 있다는 걸 깨닫고 나자 구역질이 났다. 점점 더 자주, 나는 법정을 내려다보는 것을 피했다. 내 앞에 놓인 지면의 필기에, 내 이어폰에서 들리는 말에 집중했다. 그럼에도 그는 언제나 그곳에, 법정의 한편에 앉아 있어, 피할 수도 없고 도망칠 수도 없었다.

그러던 중 소추측이 여러 피해자 중 첫번째 피해자를 증인석으로 소환했다. 수석 소추관은 그 증언이 피고인이 행한 범죄들의 심각성을, 현재 고려되고 있는 사안들의 도덕적 무게를 재판소에 일깨워줄 것이라고 장담했다. 로버트는 피해자의 증언이 거의 언제나 통역하기에 가장 어렵다고 이미 내게 경고해준 바 있었다. 그는 올해 일찍이 아이들이 잔혹하게 살해당한, 말 그대로 증인의 품안에서 떼내어져 살육된 젊은 어머니의 증언에서 손을 뗄 수밖에 없었노라고 고백했다. 나는 조카들이 있단 말이에요, 그가 말하는데 목소리가 떨렸다. 통역을 못하겠다고 말하는 데 아무런 거리낌도 느껴지지 않았어요.

내가 부스에 도착했을 때 로버트는 이미 거기 있었다. 그가 평소보다 한층 가라앉아 있는 건지, 아니면 그저 나 자신의 긴장감을 투사한 것뿐인지 분간이 가지 않았다. 나는 지금껏 한번도 피해자의 증언을 작업해본 적이 없었다. 그가 우리 건너편의 부스로 고갯짓하기에 나도 한 손을 들어올려 객원 통역사들에게 인사했고, 그들도 답례로 손을 들어올렸다. 증인이 말하는 디울라어*를 반대편 부스에 있는 두 통역사가 프랑스어로 통역하고, 그러면 우리가 다시 영어로 통역할 예정이었다. 나는 자리에 앉았다. 방청석 창문에 커튼을 쳐둔 것이 보였다. 비디오 링크에는 얼굴 변형 소프트웨어가 사용되고 음성 역시 변조될 것이었다. 증인의 신원이 공공연하게 드러나지 않도록 최대한 주의를 기울일 것이었다. 피해자들은 대부분 고향에 가족이 있을 터였다. 그들은 모습을 드러내기를 선택함으로써 상당한 위험 부담을 지고 있었다. 심지어, 또 경고도 없이 구체적인 희생으로, 그들이 사랑하는 이들을 향한 폭력이나 죽음으로 바뀔지도 모를 위험 부담을 말이다.

따라서 이 상황의 도덕적 무게가 이미 법정에 선연했고, 사람들이 들어오기 시작하자 그들의 표정 역시도 평소보다 더 엄숙하다는 생각이 들었다. 미소도 없었고, 유머를 눈에 띄게 드러내는 일도 없었으며, 전에 가끔 뚜렷이 보이던 정신없이 급박한 분위기도 없었다. 그 대신 그곳에는 일종의 숨죽인 진지함이, 딱히 남의 시선을 의식한 것도 아닌 진지함이 있었다. 이날만은 아무도 그들 자신을 위해서 또는 다른 이들의 이득을 위해서 연기하는 것처럼 보이지 않았다. 심지어 케이스조차도, 양손으로 머리카락을 쓸어넘기며 들어왔을 때 자제하는 듯한 모습이었다. 그저 자리에 앉더니 자기 앞 모니터의 글을 검토하기 시작할 따름이었다.

---

\* 주로 코트디부아르의 다우림에 사는 흑인의 한 종족인 디울라족이 사용하는 언어.

전직 대통령이 법정에 들어왔을 때, 단박에 나는 그가 이 지배적인 분위기에 굴복할 의사가 없음을, 이렇게 감정을 억누르는 것을 피해자의 손실 규모에 대한 인정으로, 따라서 그가 행했다고 기소된 상태인 범죄들의 심각성에 대한 인정으로 지각하고 있음을 알아차렸다. 아니 어쩌면 그는 단순히 그 공간의 관심이 다른 데 집중되는 것에 익숙지 않았던 것일지도 몰랐다. 내가 그에게서 파동처럼 흘러나오는 그 반항심을 관찰하는 사이 그가 턱을 들어 법정을 조망했는데, 그의 시선은 망설임 없이 증인석에 내려앉았다가 매끄럽게 옮겨갔다. 마치 자신은 두려워할 게 없다고, 전전긍긍할 이유가 없다고 보여주려는 듯했다. 나는 불쑥 치솟는 혐오감이 너무도 강렬하게 느껴져 입안에서 그 맛이 나는 듯했다.

판사들이 들어왔다. 잠깐 사이에, 아니면 내게는 그렇게 느껴진 사이에, 재판장이 증인을 들여오라고 요청했다. 옆문이 열렸고 호리호리한 젊은 여성이 들어왔다. 증인석으로 접근하며 전직 대통령을 지나칠 수밖에 없었기에, 그녀는 경직된 채 그의 쪽을 보지 않고 걸었다. 그는 몸을 앞으로 기울여 책상 위에 양손을 깍지 끼고 그녀를 유심히 지켜보았다. 그녀는 기껏해야 스무 살로 보였다. 법정 안내원이 그녀에게 물 한 잔을 따라주고 마이크를 조정해주었다. 증인은 거의 반응하지 않는 것 같았다. 얼굴 표정이 텅 비어 있었다. 이 일체의 일이 그녀에게 시련임이 분명했다. 그녀는 의자에 딱딱하게 앉아 똑바로 앞을 응시했는데, 움직이기가 두려운 듯했다.

오늘 우리와 함께해주셔서 감사합니다, 재판장이 말했다. 내가 느끼기에 그녀의 목소리가 평소보다 부드러웠는데, 증인을 놀라게 할까봐 조심하는 듯했다. 탁자 위에 선서가 적힌 카드가 있습니다. 이를 소리 내어 읽어주실 수 있겠습니까.

젊은 여성은 입술을 축이고는, 몸을 앞으로 기울여 마이크에 대고 말했다. 그녀가 말하는 사이, 나는 그녀의 성격을 잘못 생각했다는 것을 깨달았다. 내가 긴장이라고 해석했던 것은 오히려 극도의 집중이었다. 그녀는 기념비적인 임무를 수행하러 이곳에 온 것이었고, 이는 그녀가 적지 않게 용기 있는 사람이라는 결론으로 이어졌다. 재판소의 선서문을 읽고 사실을 말하겠다고 맹세할 때, 그녀의 목소리는 나지막하고 강인하고 유연해서 법정에 두루 파문을 일으켰다. 이 젊은 여성에 대한 인상을 다시 조정하는 사람이 나 혼자만이 아님이 보였다. 그녀의 목소리를 듣고 전직 대통령도 시선을 들었고, 처음으로 나는 그의 눈에서 공포와 흡사한 무언가를 보았다.

재판장은 대단히 세심하게 배려심을 보이며, 증인에게 기분이 어떤지 묻고, 법정에 출석해준 것에 감사를 표하고, 그녀의 증언의 가치를 장담해주었다. 젊은 여성은 고개를 끄덕였지만, 판사가 재판소를 대신해 공감을 베풀던 바로 그 순간에조

차 그녀에게는 그런 것이 거의 필요 없다는 게 보였다. 그녀는
공감에는 한계가 있다는 걸 너무도 명백히 이해하고 있었다.
재판소의 공감이나 얻자고 이 먼길을 온 것이 아니었다. 정의
를 이행하겠다는 약속을 얻으러 온 것이었다. 재판소는 이미
증인의 진술을 기록에 남겨두어, 그녀의 오빠들과 아버지가
어떻게 살해되었는지 상술되어 있다고 판사는 말했다. 증인은
이제 쌍방 당사자에 의한 심문에 응하게 될 것이라고 말이다.
판사는 말을 멈추었다가 그 끔찍한 날의 사건, 판사 본인도 심
히 좌절스러운 일임을 알고 있는 그 사건을 다시 떠올리도록
그녀에게 요구하게 되어 매우 유감이라고 말했다. 재판은 본
성상 피고인보다 피해자에게 더 많은 것을 요구하는데, 판사
가 말했다. 그것은 그 자체로 또다른 불의이고, 그에 대해 저
는 심심한 유감을 표할 수밖에 없습니다. 젊은 여성이 고개를
끄덕였다. 그런 다음 판사는 소추측에 발언권을 주겠다고 말
했다.

소추관이 일어섰다. 그는 대선에 뒤이은 소요 사태 중의 특
정한 하루에 관해 증인에게 질문할 거라고 말했다. 그러고는
그녀에게 상당히 자세하게 설명해달라고 부탁할 수밖에 없다
며, 그에 관해 양해를 구했다. 그리고 그는 불행히도 그녀가
쓰는 언어를 하지 못해 자신이 프랑스어로 말하는 것에 대해
서도 양해를 구했다. 그의 말이 통역되는 동안 잠시 침묵이 흘

렀고, 나는 건너편 부스를 쳐다보았다. 젊은 여성은 무뚝뚝하게 고개를 끄덕였고 소추관은 목청을 가다듬고서 필기를 검토한 다음 시작했다.

문제의 당일에 자택에 계셨지요, 그렇지 않나요?

젊은 여성이 몸을 앞으로 기울여 대답했다.

네, 저는 가족과 함께 집에 있었습니다.

하지만 아침에는 집을 나가셨다고요.

네. 아침에는 오빠들과 함께 집을 나갔습니다. 사태가 진정된 것 같았고, 우리는 학교에 가보고 싶었습니다. 전날 밤에 총소리가 그쪽 방향에서 들렸거든요.

그녀의 목소리는 변함없이 나지막하고 단호했다. 그녀는 굉장히 신중을 기해 말했기에, 말 하나하나가 사슬로 엮인 고리와 같았다. 따라서 말이 언어를 건너 움직이는 동안에도 그 모든 발화가 굳건히 유지되었다. 그녀에게서 객원 통역사들에게로, 또 우리에게로 말이다. 소추관은 고개를 끄덕였다.

집에서 학교까지는 얼마나 멉니까?

십 분쯤 걸릴 거예요.

그래서 학교에 도착했을 때 무엇을 목격했습니까?

젊은 여성은 말을 멈추고 물잔의 물을 한 모금 마셨다.

천천히 답변해주세요.

그녀가 곧바로 소추관을 올려다보았다. 그러고는 고개를 저었는데, 마치 자신에게 특별한 시혜는 필요하지 않다고 말하려는 듯했고, 이윽고 말을 이었다.

사방에 시체가 있었습니다.

얼마나 많았습니까?

서른두 구요.

어떻게 아십니까?

제가 세봤으니까요.

왜죠?

달리 제가 뭘 해야 했겠습니까?

이 말을 할 때 그녀의 태도는 매우 담백했고, 그 안에 자기연민은 한 방울도 없었다. 로버트가 통역하고 있었고 그의 목소리가 말라붙는 것이 들렸다. 그는 말을 이었다.

그렇다면 그들은 표적이 된 민족이었습니까?

네.

그 사실을 어떻게 아십니까?

그들이 제 이웃이었으니까요. 저는 그 남자애들하고 같이 컸어요. 그들을 아주 잘 알았죠. 그들의 어머니들과 자매들도 알았어요. 저녁식사로 뭘 좋아하는지, 커서 뭐가 되고 싶은지도 알았어요.

로버트가 내게 몸짓해 나는 고개를 끄덕이고는 넘겨받았다.

그다음에는 무슨 일이 벌어졌습니까?

충격이 더 있었어요. 총소리가 더 들렸고, 그래서 가능한 한 재빨리 집으로 갔어요. 우리는 집으로 달려갔어요.

도착했을 때 무슨 일이 벌어졌습니까?

아버지가 우리를 집안으로 끌어당겼고 아버지와 오빠들이 문에 빗장을 질렀어요. 길 아래편에서 고함소리가 들려왔어요. 저는 밖으로 달려가서 헛간에 숨었어요.

아버지와 오빠들은 어디에 있었습니까?

다들 집안에 머물렀어요. 저는 혼자서 달려나갔고요.

그다음에는 무슨 일이 벌어졌습니까?

통역하면서 나는 반대편 부스의 통역사의 목소리에 의무적으로 정신을 집중하게 되었다. 그 목소리는 신중하고 정밀했고, 젊은 여성의 발화 소리를 상당히 가렸다. 그럼에도 젊은 여성의 목소리는 통역 사이사이의 간극마다 놀랄 만큼 명료하게 들려왔고, 음절들이 뚜렷하고 음색에도 오해의 여지가 없었기에, 우리 사이에 겹겹이 놓인 언어에도 불구하고, 여전히 나는 그녀를 대변하여 말하고 있다는 감각을 느꼈다.

나는 말했다. 고함소리가 점점 더 커졌고 그러다 남자들이 문을 쾅쾅 두드리기 시작했어요. 저는 바깥의 헛간에서 그들의 소리를 들었어요, 모든 소리가 들렸어요. 그들은 문을 부수고는 아버지와 오빠들에게 바닥에 엎드리라고 명령했어요. 총격소리가 들려서 헛간에서 뛰쳐나와 집으로 들어갔는데―

왜 그런 행동을 하셨습니까?

나는 말을 멈췄다. 우리 가족을 보호하고 싶어서요.

어떻게 가족을 보호하길 바랐습니까?

몸으로라도요. 작고 보잘것없어 보일지라도 총알 하나는 막을 수 있잖아요.

하지만 가족을 보호하지 못했습니까?

네. 나는 말을 멈췄다. 제가 도착했을 때, 오빠들은 죽어 있었어요. 그들은 바닥에 일렬로, 얼굴을 아래로 하고 엎드려 있었어요. 아버지는 오빠들 옆의 바닥에 엎드려 있었고 저는 그들에게 아버지를 죽이지 말라고 간청했어요. 그들을 막으려고 앞으로 달려나갔어요. 그러나 남자들 중 한 명이 총의 개머리판으로 제 머리를 치는 바람에 저는 바닥에 쓰러져서 움직일 수가 없게 되었어요. 제가 지켜보는 동안 그들은 아버지의 머리를 쐈어요. 아버지의 상처에서 흘러나온 피가 오빠들의 피에 섞여들었고, 저는 비명을 지르고 또 질렀어요. 그들은 저를 무시하고서 집을 뒤지고 다니면서 우리 돈과 라디오와 눈에 띄는 건 뭐든지 가져갔어요. 그들은 심지어 우리 음식까지 먹었어요. 점심으로 준비해놓은 음식을요. 그들은 산 사람이든 죽은 사람이든 존중하지 않았어요. 제가 비명을 지르는 동안 그들은 웃고 있었어요. 제가 오빠들을 흔들고 아버지를 흔들고 그들을 다시 살려내려고 애쓰는 동안에도요.

나는 건너편 부스를 응시했고, 이에 건너편의 통역사가 고개를 들었는데 그도 말하고 나도 계속해서 통역하며 그렇게 기나긴 한순간 우리는 그저 서로를 응시했다.

증인이 잠깐 말을 멈추자 그 통역사가 다시 고개를 내렸다. 죄송합니다. 통역을 감안해 말을 멈춘 건 아니었습니다. 그가 말했다. 사과드립니다. 증인이 부스를 올려다보았다. 사과드립니다. 내가 말했다. 계속해도 될까요?

누군가가 충분한 시간이 경과했음을 내비쳤던 게 틀림없었다. 그녀가 다시 말하기 시작했기 때문이다. 증인을 내려다보았는데 그 순간 온몸에 소름이 돋았다. 그녀를 대신해 그녀의 증언을 말한다는 위화감 때문에, 내 것이 아니라 그녀 것인 이 저라는 단어를, 포용력이 충분히 크지 못한 이 단어를 사용한다는 잘못된 느낌 때문에.

나는 말했다. 그러고는 그들이 떠났어요. 그들은 저를 죽일 가치가 없다고 생각했어요. 저는 그들에게 아무것도 아니었어요. 저의 비탄도 그들에게는 아무것도 아니었어요. 그들은 저를 완전히 대수롭지 않게, 조그만 소녀로 여겼고, 저를 죽이기 위해 필요한 총알 하나의 가치조차 없다고 여겼어요.

소추관은 고개를 끄덕였다. 그의 목소리는, 그가 입을 열자, 매우 온화했다.

그리고 증인은 그 남자들이 대선 이후에 전직 대통령이 동원한 무장 단체 소속이라고 이해한 것이 맞습니까?

케이스가 즉각 일어섰다. 존경하는 판사님, 증인에게는 판
단을 내려달라고 요구할 수가 없습니다─

증인이 말을 가로막았고 그는 입을 다물었다. 나는 숨죽이
고 그녀를 지켜보았다. 그녀는 앞으로 몸을 기울여 마이크에
대고 말했는데, 양팔은 탁자 위에서 팔짱을 꼈고 목소리는 흔
들림이 없었다.

잠시 지연된 후 다른 부스에 있는 통역사가 말했고, 그런 다
음 내가 말했는데, 내 목소리에서 떨림이 들렸다. 다른 통역사
의 목소리와는 달리, 꾸준히 흔들림 없고 단단하고 강인했던
증인의 목소리와는 달리. 네. 제 마음에 의심의 여지가 없습니
다. 저는 그 남자들이 누구였고, 왜 우리를 죽이러 거기 있었
는지 정확히 압니다. 우리 전원을 몰살하라고 그들에게 명령
한 사람이 누구였는지 정확히 압니다.

그리고 내가 말하는 동안, 나도 모르게 나의 시선은 젊은 여
성에게서 전직 대통령에게로 옮겨갔다. 이런 겹겹의 통역을
필요로 하지 않았던 그에게. 못박힌 듯 꼿꼿이 앉아서 움직이
지 않던, 그리고 극도의 주목과 주의를 담아 증인에게 시선을
조준하고 있던 그에게.

# 14

일주일 뒤 재판소 가까이에 있는 레스토랑에서 안톤을 보았다. 나는 베티나에게 이끌려 점심을 먹으러 나온 참이었다. 그녀는 평소 직원들과 잘 어울리지 않았기에 뭔가 분명 논의하고 싶은 게 있다는 것을 알았다—십중팔구 나의 계약과 내가 재판소에 남을 것인지 말 것인지에 관한 문제였으리라.

이는 날이 갈수록 무겁게 나를 짓누르기 시작한 문제였다. 그 증인의 증언 이후로 부스에서 보내는 시간이 더더욱 어려워졌고, 동료들이 다르게 보이기 시작했다. 그들이 더는 내가 여기 처음 왔을 때 만났던 잘 적응한 개인들처럼 보이지 않았다. 그보다는 깜짝 놀랄 만한 균열들, 지속 가능할 것 같지 않은 수준의 분열들로 특징지어져 있었다. 그리고 나로서는 정말 답이 나오지 않는 아드리안에 관한 문제도 있었다. 내가 머무르고 싶은지 아닌지 알 수가 없었다. 그러나 떠난다면 어디로 간단 말인가? 아직 대안을 떠올려볼 수 없었다. 이런 이유만으로도 재판소에서 내 계약을 연장할지 아닐지는 내게 사소한 관심사가 아니었다.

그러나 베티나는 식사가 끝날 때까지 그 화제를 꺼내지 않았고, 이 때문에 나는 음식을 더 즐길 수 있었을 텐데도 즐기지 못하며 얼마간 긴장 상태에서 점심시간을 보냈다. 그곳은 이탈리아 레스토랑으로, 옛 약제상을 최근에 개조한 곳이었다. 우리는 주방 가까이에 있는 테이블에 자리했고, 그곳에서는 식당 전체를 관찰할 수가 있었다. 레스토랑은 데이트와 특별한 행사용으로 유명한 곳이었지만, 한낮이었던 만큼 테이블들은 업무상의 점심식사로 채워져 있었다. 재판소는 그날 개정하지 않았으나, 그럼에도 나는 베티나의 여유로운 태도에 놀랐다. 그녀는 전채를, 그런 다음에는 주요리를 주문했다. 나는 주문하고 나면 그녀가 여기까지 온 목적을 설명해주리라고 생각했지만 그녀는 음식이 나오고 나서 식사를 하는 동안에도 계속해서 잡담을 했다. 레스토랑은 우리가 도착했을 때는 분주했지만 시간이 두시를 넘기고 나니 금방 비었다. 아무도 이런 식으로 미적미적 식사하고 있지 않았다. 그럼에도 베티나는 그 주제를 꺼내지 않았다. 웨이터가 디저트 메뉴를 보고 싶으냐고 묻고 베티나가 우리 둘을 대신해 대답하고 나서야, 우리가 디저트와 커피를 주문하고 나서야, 드디어 베티나는 나를 향해 말했다. 상의하고 싶은 게 있어요.

정확히 그 순간에 안톤이 레스토랑으로 걸어들어왔다. 그가 응대 직원과 함께 식당에 들어오면서 무슨 말인가를 하자 직원이 박장대소를 했다. 어쩌면 본인의 장황한 이야기 중 하나를 들려주고 있었을지도. 그곳은 이제 조용했지만 두 남자가 텅 빈 식당을 가로질러가는 동안엔 에너지로 진동하고 있었다. 그들의 말과 몸짓은 열성적이었고 직원의 애정은 진실되어 보였으므로, 나는 안톤이 틀림없이 단골손님이겠거니 생각했다. 그가 다리를 저는 것은 거의 감지할 수 없었다. 그는 지난주 엘리너의 집에서보다 훨씬 더 에너지가 넘쳤고 명백히 기분도 더 좋았다. 직원은 그를 구석자리로 안내했다. 그는 자리에 앉은 다음 지팡이를 한쪽에 두고는 양손으로 테이블보를 매만졌다. 그 테이블은 최고의 자리였고 그는 그 자리 배정에 흡족한 듯했다. 두 남자는 계속해서 시끌벅적한 농담을 주고받더니 직원이 드디어 그에게 메뉴판을 건네고 떠났다. 안톤은 메뉴판을 내려두고 독서용 안경을 꺼내고는 자신의—이제야 나는 깨달았는데—특히나 커다란 코끝에 얹었다. 어떻게 전엔 그 점을 눈치채지 못했던 걸까? 그는 전화기를 집어들고서 화면을 기운차게 톡톡 두드리기 시작했고, 곧 다시 핸드폰을 내려놓았다. 내가 점심식사를 하자고 청한 이유는, 베티나의 말에 나는 시선을 돌렸다. 그녀는 나를 이상한 눈길로 쳐다보고 있었다. 꽤 오래 말을 멈춘 상태였다. 의심의 여지 없이 왜 내가 그렇게 정신이 팔려 있는지 궁금해하고 있었다. 내가 점심식사를 하자고 청한 이유는 우리 쪽에서 당신 계약을 연장하고 여기서 정직원이 되어달라고 요청하고 싶어서예요.

핸드폰 진동소리가 온 식당을 가로질러 들려왔다. 나의 시선이 돌아갔다. 구석자리 테이블에서 안톤이 전화기를 집어들고는 성마르게 화면을 뚫어져라 보았다. 그는 누군가를 기다리고 있었다. 내가 지켜보는 동안 그는 한숨을 쉬고 안경을 벗었다. 지팡이를 한쪽에 둔 채 이제는 식당을 둘러보았는데, 가늘게 뜬 눈은 고압적이었다. 그가 나를 똑바로 쳐다보았고 나는 재빨리 시선을 피해 다시 베티나를 보았다. 그녀는 계속 말했다. 당신이 올해 이곳에서 수행한 업무에 우리는 정말 감명을 받았습니다. 곤란한 문제가 없지 않았던 시기이고, 또 재판소에서 많은 변화의 순간이 있었는데도요.

나는 대답을 해야 했다. 베티나는 벌써 나의 행동에 당혹스러워하고 있었다. 나는 고개를 끄덕이고는 말했다. 감사합니다. 그걸로는 충분치 않았지만, 달리 무슨 말을 해야 할지 몰랐다. 나는 산만해져서 아드리안을 생각했다. 그 관계가 현존한다고, 그가 아직 내게 돌아올지도 모른다고 생각하는 것은 망상이었다. 나는 이를 알았다. 그럼에도 나의 감정과 자존심 너머를 볼 수 있는 순간들에, 나는 이런 채신없는 진실을 인정할 수밖에 없었다. 전화 한 통이면, 혹은 다른 서신 하나면 내 희망은 다시 부활할 거라고. 아드리안이 지금 메시지 한 통을 보내기만 한다면, 며칠 안에 돌아올 거라 말하고 더는 아무 말도 하지 않는대도, 나는 눈을 들어 베티나에게 기쁘게 제안을 받아들이겠다고 말할 것임을 알았다. 이 업무에 대한 나의 불편감을 무릅쓰고라도.

　그러나 지금 상황에서는, 그러한 메시지가 부재하는 상황에서는, 그녀에게 무슨 말을 해야 할지 알 수 없었다. 내게는 아드리안에 대한 나의 끈질긴 감정, 비합리적인 집착 말고는 정말 거의 아무것도 없었다. 식당 건너편에서 안톤은 더이상 내쪽을 보고 있지 않았다. 그가 나를 눈치채지 못했다는 것을 나는 상당히 확신했다. 그는 핸드폰을 빤히 쳐다보면서 눈살을 찌푸리고 있었다. 그의 기대감이 짜증과 분노로 분리될 지경인 것 같았다. 아마도 중요한 고객이나, 희귀한 장서를 팔겠다고 제안하는 누군가를 만나려는 것이리라. 그가 기대하는 모습에 갈망하는 구석이 있다는 생각이 들었다. 베티나는 말이 없었고, 나는 억지로 말을 이었다. 재판은 흥미로운 도전 과제였어요, 내가 말하자 그녀는 동조하듯 끄덕였다. 그 증인은 어떻게 되었나요, 지금 어디에 있어요? 내가 물었다.

베티나는 시선을 돌렸다. 그런 정보는 널리 공유되지 않아요. 물론 그렇겠죠, 나는 웅얼거렸다. 복잡한 사건이라서요, 그녀가 말을 이었다. 그 사건은 엎어질 공산이 커요. 하지만 재판의 결과와 재판소에 미치는 영향과는 관계없이, 당신은 흡족해해야 마땅해요, 잘해냈으니까요. 그녀는 말을 멈췄다. 재판소에 미치는 영향이라는 말이 무슨 뜻인지, 그런 영향이 정확히 무엇일지 궁금해졌다. 그 순간, 금발의 여자가 나의 시선 안으로 밀고 들어와, 베티나의 바로 뒤쪽을 지나갔다. 여자는 쨍한 자주색 더블브레스트 치마 정장을 차려입고 있었고 다리는 근육질에 맨다리로, 제모한 정강이가 빛났다. 그녀는 열의와 우려를 동시에 품고 걸었는데, 마치 미끄러운 경사를 오르고 있는 듯했다. 나는 유심히 내려다보았고 그녀가 빨간 밑창의 하이힐 한 쌍을, 비싸기로 악명 높으면서도 신고 걷기가 거의 불가능에 가까운 브랜드의 구두를 신고 있음을 보았다.

그 구두는 섹시했다. 아니 적어도 노골적인 방식으로 섹스를 상징했다. 주로 그 짓을 할 때 신는 구두, 남자들이 여자들에게 주는 그런 구두인지도 몰랐다. 경악스럽게도, 그 여자가 안톤이 앉은 테이블 쪽으로 가고 있는 게 보였다. 그녀는 들뜬 결의가 담긴 표정을 지었는데, 마치 그 무엇도, 하이힐이나 바닥의 미끄러운 표면조차도 자신이 가는 길을 막아서게 두지 않겠다는 듯했다. 안톤의 경우, 그는 용의주도하고도 황홀한 관심을 띤 자세로 일어서 있었다. 그야말로 날고기 한 점을 얻은 대형견처럼 보였다. 그녀는 흥분해서 숨가쁘게 꺅 소리를 내며 걸음을 빨리했고, 그녀의 굽은 갑자기 또각거리는 소음을 퍼뜨렸다.

베티나가 여전히 이야기하고 있었다. 여하간에, 당신이 머물러준다고 하면 우리 쪽에서는 매우 좋을 거예요. 연봉 인상이 있을 거고, 재판소에서도 당신이 이곳의 삶에 한층 온전히 옮겨오도록 거들어줄 자원이 있어요. 적어도 행정적인 관점에서는요. 나는 베티나에게로 시선을 돌렸다. 이곳의 어떤 삶? 나는 멍하니, 그리고 잠시 후에는 고통스럽게 생각했다. 나의 침묵 앞에서 베티나는 말을 이었다. 이건 출산휴가를 간 아미나를 대체하는 경우와는 다른 거예요. 당신한테 진짜로 직책이 주어지는 거죠, 정규직이. 그녀가 말을 멈췄다. 그러니까, 당신이 원한다면요.

나는 고개를 끄덕였다. 생각해봐도 될까요? 그녀는 약간 실망해서 뒤로 기대앉았다. 물론이죠, 일주일 정도 생각해봐요. 이 주일도 괜찮고요, 그녀가 말했다. 나는 그녀에게 감사를 표했지만, 말하는 그 순간에도 나의 시선은 구석자리 테이블 쪽으로 다시 미끄러져갔다. 안톤과 금발 여자는 본인들 좌석에 안락하게 자리잡고 있었다. 가슴골이 식탁으로 쏟아져나올 지경인 여자는 매우 가만히 앉아 있는 반면, 그녀 주위에서 안톤은 움직임으로 부산스러웠다. 그는 그녀에게서 손을 뗄 수 없는 듯했다. 입을 끊임없이 움직여 바닷물처럼 흘러가는 자기 말들에 그녀를 푹 적시면서, 그녀의 뺨, 그녀의 손, 그녀의 머리카락을 만져댔다. 그녀는 이따금 고개를 끄덕이며 수줍게 미소 지었다. 그 가엾은 여자는 그의 관심에 압도당한 듯했다.

그녀가 거기 앉아 혼란 속에서 눈을 깜빡이는 동안, 나는 그녀 몸의 강력한 카리스마에도 불구하고 그녀의 얼굴은 매우 평범해서, 개개의 이목구비는 눈에 띄지 않음을 알아차렸다. 그러나 안톤이 본인의 행운에 기뻐하는 것은 옳았다. 그녀는 적잖은 가치를 지닌 육감적인 후보였다. 그는 극도로 들뜬 상태여서 곧 터질 것 같아 보였다. 그가 그녀의 손을 너무도 힘주어 쥐어서 그녀가 짧게 소리를 질렀다. 그녀는 진정한 흠모의 표정으로 그를 바라보았고, 그가 그녀의 손을 움켜쥐고서 짓궂은 웃음과 함께 손을 자기 넓적다리로 내리는 동안에도 그의 얼굴을 응시하고 있었다. 그들을 지켜보는 사이, 나는 안톤이 매력적임을, 적잖은 매혹의 힘을 가진 남자임을 알게 되었다.

질문은 없나요? 결정하는 데 도움이 될 만한 거라도? 나는 고개를 다시 베티나에게 돌렸다. 그녀는 머뭇거리는 듯했다. 나의 행동이 그녀를 불안하게 만든 것이다. 그녀는 의자에 등을 기대며 말했다. 가족은 어디 있어요? 전에 물어본 적이 없었던 것 같은데. 사실이었다. 베티나는 나한테 사적인 질문을 하는 법이 없었다. 어머니는 몇 년 전 싱가포르로 이주하셨어요. 아버지는 돌아가셨고요. 유감이에요, 베티나가 말했고, 나는 고개를 저었다. 몇 년 전 일이고, 놀라운 일도 아니었어요. 심지어 안도할 일이기까지 했죠. 아버지가 오래도록 병을 앓으셨거든요. 그녀는 목청을 가다듬었다. 그럼 싱가포르가 고향이에요? 그녀가 물었고, 나는 다시 고개를 저었다. 거기서 지낸 건 두어 주도 넘지 않는 것 같아요. 저는 뉴욕에서 여기로 이주해온 거예요.

그래요, 베티나가 말했다. 재판소의 많은 사람이 비슷한 가족사를 가지고 있어요. 정처 없음이라는 어떤 특성이 거의 이 일의 전제 조건인 것 같아요. 나는 고개를 끄덕였다. 곁눈질로, 안톤이 일어나서 휘청휘청 발을 딛는 금발 여자를 잡아당기는 것을 보았다. 그녀는 비틀거렸고 나는 벌써 취한 건가 궁금해졌다. 안톤은 샴페인을 주문해두었고 두 사람 다 빠르게 잔을 비운 터였다. 그들이 식당을 가로질러갔다. 그는 지팡이를 사용했고 그녀는 그의 뒤편으로 살짝 떨어져서 느릿느릿 걷고 있었는데, 하이힐 굽이 바닥에 또각댔다. 어쩌면 담배 한대 피우러 바깥에 나가는 건지도 몰랐다. 나는 베티나를 다시 돌아보았다. 될 수 있는 한 빨리 결정을 알려주겠다고, 그녀를 기다리게 하지는 않겠다고 나는 말했다. 그녀는 고개를 끄덕였고, 그런 뒤 나는 그녀에게 네덜란드에서 얼마나 오래 살았는지 물었다.

십 년요.

그것은 긴 시간이면서도 또 내가 생각한 것보다는 짧았다. 그녀는 내 건너편 의자에 앉아 있을 따름인데도 너무도 뼛속까지 이 도시에 속한 듯했다. 그녀는 이곳의 언어도 관습도, 문화의 무언의 이념들도 이해했다. 결국, 어떤 장소에 속하게 되는 데에는 고작 십 년밖에 필요하지 않았고, 그것은 그렇게까지 긴 시간도 아니었다.

적응이 필요한 점은 있었어요. 웨이터가 우리의 디저트 접시를 내려놓는 사이 그녀가 덧붙였다. 그녀는 웨이터가 떠날 때까지 기다린 다음 포크를 집어들었다. 엄청 물가가 저렴한 도시도 아니고, 풍광도 뭔가 규모가 작은 구석이 있잖아요, 적어도 제 출신지에 비교하면. 저는 가능할 때마다 고향에 가요. 제가 자라난 장소에 있을 필요도 있는데다, 독일은 차로 금방이니까. 그래도 저는 네덜란드 사람들이 좋아요. 국민성을 봐도 상당히 중립적이잖아요, 다만 그마저도 그 자체로 적응해야 할 점이긴 하지만요.

그 순간 안톤과 금발 여자가 비틀거리며 식당으로 다시 들어왔다. 그는 한쪽 팔을 그녀의 허리에 감고 있었고 그녀는 그의 신체 상태는 하등 개의치 않고 한껏 그에게 기대어 있었다.

그는 불평 없이 그녀의 체중을 견뎌냈고, 자세는 내가 본 그어느 때보다 꼿꼿했다. 금발 여자는 그의 어깨로 얌전히 고개를 낮추고 있었는데, 목덜미 피부가 상기되고 머리칼이 헝클어진 것이 보였다. 그들이 지나갈 때, 그녀는 손을 내려서 치마를 정돈했다.

나는 얼굴이 뜨거워져서 시선을 돌렸다. 그 일체의 장면에는 뭔가 괴기하고 성적으로 자극적인 구석이 있었다. 그들은 화장실 벽에 기대어 빠르게 그 짓을 하기 위해 화장실에 갔던 게 틀림없었다. 아니면 그는 벽에 기대어 몸을 지탱하고 그녀가 바닥에 무릎을 꿇어 구강성교를 해주었을지도 몰랐다. 어쩌면 그녀는 수반 안에 엉덩이를 넣은 채 세면대에 걸터앉아 있었을지도 몰랐다. 다시 자리잡고 앉는 동안 그들은 우쭐하고 살짝 상기되어 보였고, 동시에 서로에게 관심이 약간 떨어진 것 같았다. 웨이터가 곧 그들의 전채를 들고 왔고, 안톤이 자기 앞의 접시를 바라보며 숨을 내쉬는 걸 봤다고 나는 생각했다. 그들은 심지어 시작도 하지 않아서, 합리적으로 떠날 수 있기까지 해치워야 할 식사가 온전히 남아 있었던 것이다.

금발 여자가 내키지 않는 듯 포크를 집어들고는 한숨지었다. 안톤은 위로하듯 그녀의 손을 꼭 잡았다. 그들은 나지막하게 네덜란드어로 얘기했고, 나도 엿듣고 싶은 마음은 딱히 없었다. 그런데도 나의 귀는 그들 대화의 파편을 잡아챘다. 내일이면 그 사람이 돌아와 또 괜찮은 곳이네 그러고는 삼푸르나보다 낫다. 삼푸르나라는 단어는 귀에 익었고 나는 그것이 야나의 아파트에서 가까운 식당의 이름이라는 것을 깨달았다. 그곳을 여러 번 지나쳤는데 한 번도 걸음을 멈추고 들어가지는 않고 간판에만 주목했던 것이다. 나는 급히 시선을 돌려 그들을 보았다. 안톤은 포크질을 해 입에 음식을 집어넣느라 분주했고 금발 여자도 빠르게 먹고 있었다. 긴장 풀어, 그가 말했고 레스토랑 건너편에서조차 나는 그의 목소리에 짜증이 담긴 것을 들을 수 있었다. 여기선 당신 아는 사람 아무도 없어. 나는 마치 얼굴을 숨기려는 듯 본능적으로 고개를 내렸다. 저 여자가 의심의 여지 없이 안톤이 야나의 동네에 있었던 이유이자, 심지어 어쩌면 폭행에 관해 그가 개연성 없게도 아는 바가 없다고 함구하는 이유였다.

나는 그들의 테이블을, 기이하고도 예상 밖인 그들 조합을 다시 쳐다보았다. 그 순간 나는 미리암을 생각했다―이번에도 역시 부재중인, 그리고 내가 지금 앉아 있는 이 식당에서 너무도 아무렇지 않게 배반당하고 있는 안톤의 아내를. 나는 엘리너를, 그녀가 얼마나 애정을 듬뿍 담아 미리암에 관해 이야기했는지를 생각했다. 미리암이 자기 아이들에게는 엄마 같다고 그녀는 말했었다. 그러나 그들이 음식을 먹는 걸 지켜보는 동안―안톤은 드디어 조용해졌고, 그들의 테이블에서 들

려오는 유일한 소리는 도기와 날붙이의 쨍그랑거림뿐이었
다―나를 심란하게 하는 것이 불륜 자체가 아님을 나는 깨달
았다. 아니, 나를 심란하게 한 것은 그것을 둘러싼 그 비밀스
러움, 그를 가장 잘 아는 사람들에게조차 폭로되지 않은 그 숨
겨진 암류들이었다. 엘리너가 안톤에게 본인 동네가 아닌 동
네에 왜 갔는지 기억나는 게 없느냐고 다시 물었을 때 그가 보
인 명백한 불편함을 상기했다. 시내 반대편의 이 레스토랑에
서 현재 그의 옆에 앉아 있는 저 이유 말고는 그가 갈 이유가
없는 동네에 말이다.

그리고 나는 갑자기 두려움에 몸서리쳤다―만일 안톤이 엘
리너에게조차 왜 자신이 거기 있었는지 말할 수 없다면, 그것
은 미리암 때문이 아니었겠는가? 그 스스로가 결혼에 폭행을
가했음에도 불구하고, 그럼에도 그의 결혼이라는 개념에는 신
성불가침의 무언가가, 차마 깰 수 없는 어떤 환상이 있기 때문
이 아니었을까, 그것이 지금 이 레스토랑에 존재하는 현실과
아무리 단절되어 있을지언정? 그것이 결혼의 힘이었고, 그 순
간 나는 나 자신을, 아드리안과 개비를 생각했다. 이미 아파트
에서 나왔는데도, 어리석은 사람이 아닌데도, 나는 여전히 희
망했던 것이다―아직 아드리안에게서 연락이 올지도 모른다
고, 그가 리스본에서 자유의 몸이 되어 방해물 없이 돌아올 거
라고, 나는 그 아파트로 다시 들어가고 베티나가 방금 제안한

재판소의 직책을 받아들일 거라고.

그러나 마침내 나는 이 뻔한 일을, 이제 보니 오래도록 뻔했던 일을 받아들여야 함을 깨달았다. 아드리안은 개비 없이 헤이그로 돌아오지 않을 것이었다. 그들의 결혼생활이 되살아났고 계약이 갱신된 것이다. 전부 정확히 케이스가 말했던 대로였다. 아드리안은 결혼생활을 구하려고 포르투갈로 간 것이었다. 아이들이 한집에서 양쪽 부모와 함께 자랄 수 있게 하려고, 개비를 다시 쟁취하려고. 어쩌면 그는 처음부터 나를 속였던 건지도 몰랐다. 아니 어쩌면 떠날 당시의 그는, 내게 아파트에 머물러달라고 청하고 그런 말들을 내게 했을 때의 그는 본인의 동기를 인지하지 못하고 있었던 건지도 몰랐다. 어쩌면 리스본에 도착하고 개비와 재회하고 나서야, 본인 감정의 깊이에 놀라서, 자신이 내게 했던 말이 진심이 아니었음을 이해했는지도 몰랐다. 집에 머물러달라던 것도, 조리대 위의 열쇠도 전부 실수였음을.

무슨 일이라도 있는 거예요? 베티나가 물었다. 나는 고개를 저었다, 내가 울고 있음을, 눈물이 너무 많이 흘러 시야가 흐려졌음을 깨달았음에도.

230

# 15

그런 심리 상태로 나는 아드리안의 아파트로 돌아갔다. 안톤의 가게에서 구매했던 책을 되찾아오고 싶었다. 적어도 그게 나 자신에게 한 변명이었다. 좋은 생각이 아님을 알았고, 그곳으로 돌아가는 데에는 책 이외에 다른 이유도 있음을 알았다. 그러나 그 충동은 저항하기에는 너무도 강했기에 나는 이튿날 아침 일찍 아파트로 갔다. 내가 여전히 가지고 있던, 내 가방 밑바닥을 한 번도 떠난 적이 없던 열쇠를 사용해 들어갔다. 내가 떠난 뒤에도 가정부가 드나들었기에 아파트는 아주 깨끗했다. 내가 남긴 흔적은 무엇이든―거울의 얼룩이든, 싱크대의 잔여물이든―세심하게 치워져 있었다. 방들을 지나치면서 나는 투명해진 듯한 기분이 들었는데, 마치 내 피부라는 그릇이 제거된 것만 같았다. 주방에 앉아 양손으로 식탁을 쓸어보았다. 회상의 힘은 깜짝 놀랄 정도였다. 나는 여기 혼자 있었던 몇 주가 아니라, 여기 아드리안과 함께 있었을 때, 그가 이 식탁에서 나의 건너편에 앉았던 때를 떠올리고 말았다. 몸안에서 무언가가 전율하는 것처럼, 나와 함께 거기 방안에 있는 그의 존재가 느껴졌다.

내가 여전히 조리대에 앉아 있는데, 열쇠가 자물쇠에 들어가는 소리가, 현관문이 밀려 열리는 소리가 들렸다. 순간 나는 아드리안일지 모르겠다고 생각했지만, 문가에서 움직이는 방식이 뭔가 맞질 않았고 잠시 들떴던 마음은 거의 즉각 우려로 바뀌었다. 그 사람이 빈집털이범이라도 되는 듯, 무단 침입자라도 되는 듯 온몸이 긴장되었다. 그러나 실제로는 그보다 훨씬 나빴다. 그 사람은 아드리안의 아내였다. 그녀가 거실로 들어왔는데, 기다란 캐멀 코트를 입은 채 커다란 가죽 토트백을 들고 있었지만 그 밖에는 빈손이었다. 누구를 만나고 귀가한 듯한 모습이었는데, 다만 이른 시간임을 고려하면 그럴 리는 없다고 생각했다.

그녀는 나를 보자마자 멈추었고 한참 동안 우리는 서로를 응시했다. 그녀는 정확히 사진 속 모습 그대로였다. 마치 누구에게 보여질 거라는 계속된 기대 속에서 살아온 것처럼, 있음 직하지 않게 아름다우면서도 고도로 세련된 모습. 대조적으로, 나는 머리를 감지도 않았고 얼굴은 화장 안 한 민낯이었다. 그러나 더 나은 상태였더라도, 심지어 이상적인 상태였더라도, 나는 절대로 아드리안의 아내와 견줄 수는 없었을 것이다. 내 셔츠에 묻은 얼룩이 새삼 의식되었다. 그녀는 눈살을 찌푸린 채 가방을 떨구고 코트를 벗었다. 그녀가 내 쪽으로 오는 사이, 나는 마치 현장에서 들킨 기분이 되었다—비록 그게 정확히 무슨 현장인지 알지 못했지만 말이다. 나는 심지어 개비가 내가 누구인지, 또는 그녀의 남편과 내 관계의 성격을 아는지조차 알지 못했다.

그녀는 내 앞에 멈춰 섰는데, 얼떨떨한 얼굴이었다. 어쩌면 그녀는 왜 아드리안이 굳이 나와 엮였는지 궁금해하고 있는 걸지도 몰랐다. 혹은 어쩌면 대체 내가 누구인지 궁금해하고 있는 걸지도 몰랐다. 어색하게, 나는 일어나서 그녀 앞에 섰다.

우리 모르는 사이죠, 그녀가 마침내 말했다. 저는 개비예요.

네, 나는 멍청하게 말했다.

그쪽은 아드리안의 친구고요, 그녀가 말했다. 아파트를 봐주고 있었군요. 그녀의 목소리는 밝고 약간 딱딱했는데, 그로부터 그 친구라는 말이 완곡어법이라는 것이, 또 내 정체가 무엇인지 그녀가 차고 넘치게 이해한다는 것이 명확해졌다. 그녀는 말을 멈추고서 방을 둘러보았다. 아무도 안 사는 집 같네요, 무슨 문제는 없었던 거죠?

나는 여전히 아드리안에게 내가 아파트를 나갔다고 말하지 않은 터였다. 그녀의 논리적인 오해를 바로잡아주는 대신 그냥 고개를 끄덕였다. 그녀의 태도는 대놓고 적대적이지 않았다. 주도면밀하게 중립적이었다. 커피 마셨어요? 그녀가 불쑥 물었다. 그러고는 답을 기다리지 않고 나를 지나쳐 찬장으로 갔다. 그녀가 컵 두 개를 꺼냈다. 뭐가 좋겠어요? 카푸치노? 아메리카노? 나는 아메리카노를 마시겠다고 말했고, 그녀는 고개를 끄덕이고는 기계 쪽으로 돌아섰다. 나는 그녀가 이 공간을 조용히 공격적으로 점령했다고, 이렇게 커피를 준비해주는 것은 어떤 면에서는 보여주기 위한 행동이라고, 이 아파트의 진정한 주인이 누구인지 내게 일깨워주기 위해 설계한 행동이라고 느끼지 않을 수가 없었다.

　그러나 주인이 누구냐에 관해서 질문의 여지는 있을 수가 없었다. 그녀는 내게 커피를 건넸고 나는 컵에 독이 들었을지도 모른다는 양 조심스럽게 한 모금 홀짝였다. 경계심을 느끼는 사람은 나뿐만이 아니었다. 그녀 역시 어느 정도 주의해서 나를 바라보았는데, 마치 내가 아직 형태를 이루지 않은 미지의 변수라는 듯, 그녀 인생에 존재함으로써 갑자기 일촉즉발의 상황을 초래할지도 모를 사람이라는 듯했다. 이 조우가 내게 그렇듯이 그녀에게도 복잡하다는 것이, 어쩌면 훨씬 더 복잡하다는 것이 보였고, 그동안 내내 이 여자에 관해서 추측해

왔음에도 그 점을 더 일찍 내다볼 상상력이 없었다는 데에 놀라움과 부끄러움을 느꼈다.

그렇다고 내가 그녀에게 조금이라도 더 따스한 감정이 들었던 것은 아니었고, 이 마음 역시도 상호적이라는 것이 보였다. 그녀는 미소 지었는데, 그 표정은 성마른 동시에 눈부셨다. 이렇게 불쑥 들러서 죄송해요, 그녀가 말했지만, 눈곱만큼도 죄송해하지 않는 것처럼 들렸다. 아드리안이 미리 알려주던가요? 나는 입이 바짝 말라 고개를 저었다. 그 인간은 행정적인 사안에 관해서는 이렇게나 형편없게 군다니까. 그녀가 웅얼거렸는데, 마치 우리 관계, 나와 아드리안의 관계라는 사안이 단순히 조직과 관리의 문제라는 투였다. 아니 어쩌면 그녀는 그 지적이 공모하는 듯한 말이 되도록, 두 여자가 공통된 남자 한 명의 단점을 논하는 그림이 되도록 의도했던 것일 수도 있었다. 나는 그녀가 내게 무슨 말을 하려는 건지 확신하지 못한 채로 그녀 앞에 서 있었다.

그녀는 돌아서 싱크대로 갔다. 다들 일주일 있으면 돌아올 거예요, 그녀가 어깨 너머로 알리면서 배수구에 자기 커피를 부어버렸다. 아드리안하고, 아이들도요. 그리고 돌아서 나를 마주보고 팔짱을 꼈다. 그녀가 말한 다들이라는 게 무슨 뜻인지 분명치 않았다. 그녀를 포함하는 건지, 가족의 재결합을 암시하는 건지도. 당신은요? 내가 물었다. 나는 그녀의 얼굴을 쳐다보았다. 나는 정말로 잃을 게 아무것도 없었다. 그녀는 고개를 젓고서 시계를 올려다보았다. 그러고는 가방을 집어들었다. 저는 로테르담에서 누굴 만나기로 해서요, 그녀가 말했다. 이 말이 어떤 유의 답변도 아니기는 했지만, 그녀가 고개를 저은 방식이 완전히 모호하기는 했지만, 나는 고개를 끄덕였다.

그녀는 거실의 책상으로 가서 서랍을 열어 서류들과 공책들을, 내가 일찍이 한 번도 들여다본 적 없고 감히 파헤치지 못했던 생활의 섬유소를 밀어 헤쳤다. 눈살을 찌푸리면서 서류 더미를 한데 모아 자기 가방 안에 넣은 다음 서랍을 다시 밀어 닫았다. 그러고는 소파 등받이에 아무렇게나 던져두었던 코트를 다시 챙겼고, 현관문 쪽으로 움직였다. 열쇠는 어떻게 해야 할까요? 내가 물었다. 그녀가 돌아서서 나를 바라보았다. 그 모든 아름다움을 뚫고서, 나는 그녀 눈 속의 번득이는 잔인함을 보았다. 그녀는 아파트를 휘둘러보고는 작게 어깨를 으쓱했다. 가지고 있든가요. 나한테는 아무 상관 없는 일이니. 그러고는 반응을 기다리지도 않고 돌아서 떠났고, 그녀 뒤로 문이 쾅 닫혔다.

\*

나는 그녀가 말한 대로 했다. 열쇠를 가방 안에 다시 넣고 아파트를 떠났다. 시내를 가로지르는 트램을 타고 가는데, 마치 둥그런 바위가 내 마음 한복판에 떨어진 것만 같았다. 한편으로 그것은 개비 때문이었다. 그녀는 생각하는 걸 어렵게 했다. 그녀는 자기 주변의 공기를 삼켜버렸는데, 어떻게 아드리안이 그녀와 함께 그렇게 오래도록 살았던 건지 의문이 들었다. 하지만 정말로 그 때문은 아니었다, 아니 그 때문만은 아니었다. 아드리안이 돌아온다는 사실 때문이었다. 돌아온다는 것은 어떤 의미이고, 왜 나는 그 얘기를 그에게서 직접 듣지 못했던 걸까? 생각이 맴돌다 개비의 말로 돌아갔다. 그녀가 아이들도요 하고 말했을 때 목소리에 날 선 패배감이 있었던가, 마치 그것이, 아이들의 양육권이 자신이 진 싸움이었다는 양? 아니면 그것은 그녀가 리스본에서 저버렸던 삶, 그녀가 돌아가기 위해 했던 선택에 대한 감수였던가?

나는 먼지와 물방울로 얼룩덜룩한 트램의 차창 밖을 응시했다. 엘리너를 만나 점심식사를 할 예정이었다. 안톤과 함께 저녁식사를 한 이래로 그녀를 보지 못했다. 나는 전날 그를 보았던 것이 떠올라 불편해졌고, 그에 관해 엘리너에게 말해줄 의무가 뭐가 있을까 생각해보았다. 그러나 거의 내가 카페에 도착하자마자, 거의 우리가 테이블에 앉기도 전에, 엘리너가 말했다. 안톤 말로는 어제 우연히 당신을 만났다던데요. 그녀의 목소리는 밝았고 그녀가 최악의 사태에 대비하고 있다는 것을 알 수 있었다. 그녀는 신중히 나를 쳐다보았는데, 염려스러워하면서도 동시에 경계하는 태도였다. 자기 남동생이 이미 나를 유혹했거나 유혹하는 과정에 있다고 그녀가 믿고 있다는 걸 깨달았다. 그녀가 내 대답을 기다리는 동안, 그녀의 입매가 근심으로 팽팽해지는 동안, 나는 그녀가 이전에도 이런 상황에 처해본 적이 있음을 알게 되었다. 그녀는 다만 이번에는 낙진이 얼마나 심할지 판가름하려 하고 있었던 것이다.

네, 내가 말했다. 다만 안톤은 저를 못 본 줄 알았어요. 뭔가 정신이 팔려 있던데요. 그녀가 눈을 깜빡였다. 상황의 매개변수들이 그녀 앞에서 변함에 따라 그녀가 생각을 재조정하는 것이 보였다. 어떤 여자하고 있더라고요, 나는 마지못해 말했다.

오, 그녀가 말했다.

두 사람의 만남의 성격은 모르겠어요, 내가 말했다.

그녀는 뒤로 기대앉았고 우리 사이에 더해진 거리로 공기는 갑자기 격앙된 듯했다. 그 둘이서 같이 자는 사이인가요? 목소리가 날카로웠다. 그녀는 거의 다른 사람으로 보였다. 상관없어요, 그녀는 대답을 기다리지 않고 말을 이었다. 안톤이 그 동네에 간 게 여자 때문이 아닐까 종종 생각했어요. 그녀가 말을 멈췄다. 매춘부였나요? 안톤은 그들을 좋아하거든요. 전에도 이용한 적이 있어요. 그녀의 목소리가 너무도 태연해서 무슨 자동차나 청소 서비스에 관해 얘기하고 있는 듯했고, 이에 내 안의 일부가 움찔했다.

아뇨, 내가 말했다. 아뇨. 그 둘은—그 둘은 서로를 좋아하던걸요.

그 여자가 어땠길래요?

나는 고개를 저었다. 제가 제대로 묘사할 수가 없네요.

그녀는 한참 동안 나를 응시하다 고개를 끄덕였다. 이 일에 관한 건 전부 무언가가 애초부터 잘못되었어요, 그녀가 말했다. 안톤이 폭행에 관해 아무것도 기억이 안 난다고 말해봤자 나는 걔 말을 믿지 않아요. 나는 남동생을 잘 알고 걔가 거짓말을 하면 알거든요. 그래도 왜 그냥 나한테 말해주질 않는 걸까요? 불륜이 딱히 충격적인 일도 아니고, 내가 뭐 미리암한테 말할 사람도 아니잖아요. 뭐—그녀가 말을 멈췄다. 걔도 나를 믿을 수 있다는 건 알 거 아니에요.

어쩌면 창피하거나 수치스러워서일지도 모르죠, 내가 말했다. 나는 레스토랑에서 들은 그의 말을 회상했다. 긴장 풀어. 여기선 당신 아는 사람 아무도 없어. 혹은 어쩌면 그 여자가 기혼자라서, 내가 말을 이었다. 경찰을 연루시킬 수 없는 다른 이유가 있는지도 모르고요. 어쩌면, 그럼 어떤 식으로든 그녀의 존재가 드러날지도요.

엘리너는 고개를 젓고는 짧게 웃음을 뱉었다. 지지리도 운이 따르는 놈이에요, 안톤은. 경찰이 실마리도 못 잡고 있잖아요. 단서 하나도. 그렇게 계속 입을 다물고 있으면, 그놈은 미꾸라지처럼 빠져나갈 거예요. 증거도 없고, 아무것도 없잖아요, 그날 찍힌 모든 화면에서. 마치 폭행범이 애초부터 존재하지 않았던 것만 같아요. 그녀가 말을 멈추었다. 개가 미리암을 사랑하기는 해요. 하지만 개의 사랑의 조건을 계속 받아들여달라고 미리암에게 요구하기란 어려운 일이죠.

그녀의 목소리는 생각에 잠긴 듯했고, 나는 그녀가 내가 아니라 스스로에게 얘기하고 있음을 알았다. 그녀가 그 폭행이 순 엉터리로 날조됐다고, 안톤의 이야기들 중 또하나라고 어느 정도로 믿는 건지 궁금해졌다. 만일 안톤의 이야기라면, 그것은 특히나 위험했다. 경찰은 용의자를 찾아 공공주택 블록을 살폈을 것이다. 심문과 그 외의 일들이 있었을 것이다. 안톤과 엘리너 삶의 경계를 훨씬 넘어선 결과들이. 어쩌면 내 시선에서 어딘가 그 생각이 드러났는지, 그녀는 갑자기 창피해하는 듯 보였다. 우리는 이런 폭로가 우리를 더 가깝게 해줄 만큼 서로를 잘 알지 못했다. 우리는 잘못된 방식으로, 잘못된 때에 서로를 드러내고 말았다.

나는 다시는 그녀를 보지 못하리란 느낌이 들었다. 야나와 얘기한 지도 몇 주가 되었다는 것을 깨달았다. 나는 정말로 더없이 혼자였다. 어쩌면 그래서였는지, 우리가 가려고 일어섰을 때 나는 물었다. 정말로 아무것도 없었나요, 그 몇 시간 동

안 찍힌 모든 화면 속에요? 한순간 그녀는 주저했다. 자기 남
동생에 관해 하고 있는 말이 어떤 의미인지 아는 것 같았다.
그녀는 고개를 저었다. 아무것도 없었네요. 그림자 하나 얼씬
하지 않았어요.

# 16

일주일 뒤 전직 대통령의 재판이 보류되었다. 재판장은 소추관에게, 재판소에 제출된 증언과 증거가 어떻게 피고인에 대한 기소들을 뒷받침하는지 개요를 서술하는 변론서를 내라고 명령했다. 그 명령은 이 재판에 엄청난 변화가 일어났음을 의미했다. 피고측이 뜻밖의 방식으로 성공하고 있었던 것이다. 나는 전직 대통령과의 마지막 회의에 소환되어 들어갔다. 소추관의 소송이 엎어질 수 있음에도 불구하고, 구치소에 도착했을 때 여전히 나는 회의실 내 기이하게 들뜬 분위기에 마음의 준비가 되지 않은 상태였다. 내가 들어가자마자 전직 대통령이 의기양양한 표정으로 나를 보았다. 그는 자기 옆의 의자를 고갯짓으로 가리키며 내게 앉으라고 말했다. 그의 변호인단은 두 사람밖에 없었다. 그 장면에는 학교 종업식 날 같은 느낌이 있었다. 나는 노트패드와 서류를 향해 손을 뻗었다. 마지막 증인의 증언 가운데 확인하고 싶은 구절이 몇 개 있다고, 변호사가 설명했다. 내가 도와줄 수 있겠느냐고.

처음부터 전직 대통령은 대화를 따라가는 시늉조차 거의 하지 않았고, 오래지 않아 그가 외쳤다. 아니 이런 건 하나도 상관없잖아, 이런 건 더이상 하나도 상관없다고. 자기 범죄를 조목조목 따지는 것을 직면할 때마다 언제나 그랬던 대로, 그의 태도는 심통 사나웠다. 변호사는 탁자 건너편에서 그를 처다보고는 휴식시간을 가지겠느냐고 물었다. 전직 대통령은 어깨를 으쓱했다. 그의 변호인단이 그를 위해 굉장한 일을 해주었음에도, 재판이 종료될지도 모를 날이 가까워지던 바로 그 순간에, 그들을 향한 그의 경멸은 점점 더 커지는 것 같았다. 더는 그들이 필요치 않을 날이 이미 내다보였던 것이다.

그쪽이 쉬는 시간이 필요하면, 그렇다면야 아무렴, 전직 대통령이 말했다. 변호사는 지친 듯이 일어섰다. 뭐라도 드시겠어요? 그가 내게 물었고, 나는 고개를 저었다. 그는 방에서 나갔지만, 주니어 어소시에이트 변호사는 남았다. 전직 대통령이 나를 돌아보았다. 우리 동료가 저래서 미안합니다, 그가 고자세로 말했다. 긴 재판이라, 우리 모두에게 매우 지치는 일이었잖아요. 그는 마치 본인이 변호인단의 일부인 양 말했다. 나는 어떤 면에서는 그게 사실일 거라고 생각했다. 대통령은 내가 불편해하는 것을 눈치챈 듯했다. 불만족스러운 표정이 그의 얼굴에 내려앉았다. 무슨 문제라도 있습니까? 그가 물었다. 나는 고개를 저었다. 아니 있는데, 그가 말했다. 뭔가 문제가 있는데. 나는 마지못해 돌아보았다. 그는 나를 지켜보고 있었는데, 그 표정에는 친절이, 심지어 걱정이 담겨 있었다. 그는 한참 동안 나의 얼굴을 살피더니 쓸쓸한 미소를 지었다.

아, 그가 말했다. 알겠다. 내가 나쁜 사람이라고 생각하는구나. 나에 대한 소송이 이제―지금 보이기로는 거의 확실하게―기각될 거라는 사실에도 불구하고 말이야. 저기, 내 변호사들이 말해주길, 몇 주 안에 내가 석방될 겁니다. 나는 곧 자유인이 될 거예요. 그가 말을 멈췄다. 그런데도 이런 거짓 고발과 거짓 증언이 당신 마음에 독을 풀어 내게서 돌아서게 했군요. 그는 한 손을 들어올렸다. 사과하지 마요, 그가 말했다. 나는 사과할 마음이 없었는데도. 여기 재판소에서의 이 작은 연극은 가장 또렷한 정신조차도 뒤틀어버릴 수 있어요. 나는 꼼짝도 하지 않은 채 똑바로 앞을 응시했다.

저기, 그가 말을 멈췄다가 다시 이었다. 당신을 처음 보았을 때 이렇게 생각했거든, 이 여자 마음에 든다. 진정한 서양 출신이 아니니까. 하지만 결과적으로는 당신도 당신이 복무하는 제도의 일부야. 방 건너편에서, 주니어 어소시에이트 변호사는 매우 가만히, 서류에 고개를 숙이고 있었다. 전직 대통령은 천천히 숨을 내쉬었다. 그렇더라도, 당신도 이 재판소의 정의라는 것이 공정한 것과는 거리가 멀다는 걸 마땅히 알아야 해, 끔찍한 범죄와 잔악 행위를 저지른 나라 출신이니까. 다른 상황에서라면 당신네 나라의 국무부가 여기서 재판에 회부되어 있었겠지, 내가 아니라. 모든 사람이 이게 사실이라는 걸 알잖아. 당신네 민족에 관해서는─그는 말을 멈추면서 내 쪽으로 시선을 옮겼다. 뭐, 그 끔찍한 역사에 관해서야 말을 아낄수록 좋겠지.

나는 숨이 가빠지는 것을, 살갗으로 열기가 오르는 것을 멈출 수가 없었다. 방안에는 공기가 너무 적었다. 구석에서 보안용 카메라의 불빛이 깜빡였다. 전직 대통령은 계속해서 나를 지켜보았다. 그는 마치 우리가 그저 대화를 하고 있다는 듯 미소를 지었다. 하지만 그러다 그의 얼굴이 굳어졌고, 친화력과 매력이 물러났다. 그가 의자 등받이에 기댔다. 당신은 거기, 아주 우쭐해하며 앉아 있지. 본인은 책잡힐 게 없다는 양, 그가 말했다. 그리고 고개를 돌려 나를 바라보았는데, 그의 얼굴이 내 얼굴에서 몇 인치밖에 떨어져 있지 않았다. 하지만 당신이라고 나보다 나을 것도 없어. 당신은 내 도덕률이 어째서인지 당신과 당신네 부류의 도덕률과 다르다고 생각하지. 그래봤자 당신이 나랑 구분되는 건 아무것도 없단 말씀이야.

그가 다시 똑바로 앉더니 사람을 내치는 퉁명스러운 몸짓을 했다. 가도 됩니다, 그가 넥타이를 고쳐 매고 앞쪽의 서류를 뜯어보고자 몸을 숙이며 말했다. 천천히, 나는 일어나서 소지품을 챙겼다. 다리가 내 아래에서 부유하는 듯했고 문을 당겨 열 때는 발이 걸릴 뻔했다. 방에서 나가면서 나는 전직 대통령을 쳐다볼 수 없었다. 작별인사도 하지 않았다. 복도를 따라 걸어가는데 주니어 어소시에이트 변호사가 서둘러 나를 쫓아왔다. 그가 소리쳐 부르자 나는 멈춰 서서 벽에 기댔다. 그가 내 앞에 섰고, 당황한 표정이었다.

왜 아무 말씀도 안 하셨어요? 왜 그런 식으로 얘기하게 그냥 놔두셨냐고요?

왜냐하면 사실이 아닌 말은 하나도 하지 않았으니까요.

우리는 한동안 서 있었다. 우리는 서로를 이해했지만 동의하지 않았다. 주니어 어소시에이트 변호사는 본인이 객관적이라고 믿는 사람이었다. 본인도 공범이라는 것은 그에게는 상상할 수 없는 일이었다. 그런 것은 그의 본성에는 없었다. 그러나 나는 달랐다. 나는 그들의 일원이 아니었다. 내 안에는 그런 것이 없었다. 그는 고개를 저었고 가려고 돌아섰다.

심지어 진심으로 하는 말도 아니에요, 그가 어깨 너머로 말했다. 사람을 조종하는 거죠. 그게 그 사람이 하는 짓거리니까.

알아요, 내가 말했다.

나는 돌아서서 떠났다. 거의 뛰는 것처럼 매우 빨리 걸었고 그러다가 뛰고 있었다. 나는 가방을 챙기고는 문을 밀어젖히고 그 어둠에서 벗어나 차가운 바깥으로 나왔다. 차들이 내 옆을 쌩쌩 지나갔다. 경적을 빵빵대는 소리가 들려서 뒤로 펄쩍 뛰었다. 머리칼이 얼굴을 채찍질했다. 재판소로 돌아갈 수가 없었다. 그 대신 나는 바다 쪽으로, 모래언덕으로 걸어갔다. 걷다보니 물이 보였고 조수의 소리가 길과 도시와 구치소와 그 안의 그 남자를 가려주었다. 나는 오랫동안 그곳에 서 있다가 모래 위에 앉았다. 태양이 천천히 물밑으로 잠겨 내려가고 있었다.

핸드폰을 꺼내 싱가포르에 있는 어머니에게 전화했다. 거기는 늦은 시간일 테지만, 그래도 전화를 받을지도 모르겠다고 생각했다. 첫번째 벨소리에 어머니가 전화를 받았다. 우리는 정기적으로 통화해 버릇하지 않았기에 나는 즉각 어머니의 목소리에 걱정이 섞인 걸 알아챘다. 괜찮은 거니? 그 순간 어떻게 답해야 할지 몰랐고 그러다 헤이그에 머물지 말지 결정해야 한다고 말했다. 바람이 한층 강해졌고 어머니는 말했다. 잘 안 들려, 신호가 엄청 안 좋네. 어디 있는 거니? 해변에 있어요, 내가 말했다. 바람 때문에 그래요.

아, 어머니가 말했고 목소리는 차분해진 듯했다. 전에 우리가 너를 그 해변에 데려갔지. 덴하흐*에 있는 해변 맞니?

모래언덕이에요, 내가 말했다. 도시 끄트머리에 있는.

그래, 그녀가 말했다. 우리가 언제 주말에 너를 거기 데려갔지. 날씨가 형편없었는데. 네 아버지는 그래도 개의치 않더라. 네가 아버지랑 모래언덕을 달음박질해서 오르락내리락하다가 둘 다 녹초가 되어서는 다 같이 포페르티어스**를 먹었잖니. 그랬던 거 기억나니? 요즘도 그거 먹어? 어릴 적엔 무지 좋아했잖아.

어릴 때 여기 온 기억이 없는데요.

덴하흐에? 그때 네가 엄청 어렸을 거다. 우리는 그 당시에 여행을 많이 다녔지. 어머니는 자신이 중요한 말을 하고 있다는 걸 알아차리는 것 같지 않았다. 아마도 어머니에게 그것은 가족사의 작고도 일상적인 사실일 따름이었을 것이다. 그럼에도 어머니의 목소리는 향수로 속속들이 따스해졌다. 바람이 다시 내 얼굴로 머리카락을 밀어 눌렀고 나는 머리카락을 걷어내고 주위를 둘러보았다. 풍경을 또렷이 보려고 노력했다. 이제야 내게 밀려든, 알아보겠다는 그 느낌을 이해하려고 해보았다. 어머니는 말이 없어졌다가, 이제 내게 정말 괜찮냐고 묻고 있었다. 네가 엄청 멀리 떨어져 있는 것 같구나, 어머니가 말했고 목소리는 갑자기 아쉬워하는 투로 들렸다.

---

* 헤이그의 네덜란드어 명칭.
** 팬케이크와 비슷한 네덜란드 전통 간식.

전 잘 있어요, 내가 말했다. 전 괜찮아요.

잠시 후 우리는 전화를 끊었다. 그러나 나는 해변에 머물렀고 일어섰을 때는 해가 진 지 오래였으므로, 나는 한참을 어둠 속에 앉아 있었던 것이었다.

*

전직 대통령을 상대로 한 소송은 두 주 뒤에 정식으로 기각되었다. 우리는 모두 그럴 가능성이 있다는 것을 알고 있었다. 소추관의 변론서는, 일단 제출되고 보니, 설득력이 부족했다. 애초부터 그 소송에는 맹점이, 지휘의 사슬을 증명하는 데 문제가 있었다. 도덕적 관점에서 그 남자는 유죄였으나, 법적 관점에서는 십중팔구 무죄였다. 그런 일들이 양립 가능하다는 것은 당연히 이해되는 바였다. 그러나 눈앞에서 그 소송이 실패하는 걸 보는 것은, 금이 하나하나 벌어지기 시작하는 걸 보는 것은 다른 문제였다. 불확신이 건물에 퍼져 스미면서 곰팡이처럼 피어나는 것이 보였다.

소송이 기각되기 전부터 이미 책임 소재를 가리는 일이 시작되었다. 나는 그 움직임을 멀찍이서 관망했지만, 다양한 부서의 내부에서 일이 재빠르고도 악독하게 이루어졌다는 것을 알았고, 소추관이 얼마나 오래 버틸지 궁금해하는 사람은 나뿐만이 아니었다. 며칠 동안 재판소에는 언론인이 엄청 많았다─로비에, 복도에, 어떤 날엔 그들이 카페테리아를 점령하다시피 해서, 커피를 두고 옹기종기 모여들며 삼삼오오 무리 짓느라 의자들을 자리에 끼워넣었는데, 그러는 태도는 언제나 화급하고 전문적이었다. 우리는 의심과 경외감을 동시에 품고 그들을 보았다. 그들은 버튼 하나만 눌러서 관심을 특정 사건, 사람, 아니면 장소로 향하게 하는 능력을 보유했고, 이제 온 세계의 시선을 재판소로 향하게 하는 데 그 힘을 사용하고 있었다.

우리 통역사들은 주역 출연진 뒤에서 지나가는 단역일 뿐이었음에도 조심스럽게 움직였다. 관찰당하고 있다는 감각이 들었던 것이다. 우리는 그 재판에 관한 기사가, 그리고 이 사건으로 평판에 심각한 영향을 받을 재판소에 관한 기사가 쓰여지고 있음을 알고 있었다. 전직 대통령은 벌써 재판소가 서구 제국주의의 도구라고, 더군다나 비효과적인 도구라고 고발하는 성명을 낸 터였다. 자신을 상대로 한 소송이 엎어짐으로써, 명백한 이유로 그는 무죄가 입증된 느낌을 받았던 것이다. 대다수 언론인은 모두진술과 최후진술만을 위해서 재판소에 왔다. 재판이 진행된 몇 달 또 몇 년간 자리에 없었던 그들은 마지막 순간과 그에 따르는 혼란을 관찰하기 위해 돌아온 것이었다. 그들은 한낱 서사의 파편을 가졌을 뿐이지만, 그런 파편들을 조립해 여타 기사와 같은 기사, 통합성이 있어 보이는 기사로 만들 것이었다.

어느 오후, 나는 언론인 무리가 로비에 집결한 것을 보았다. 멀찍이서 그리고 그들의 머리와 위로 뻗은 기기들 너머로, 중앙에 서 있는 케이스가 보였다. 그는 결집한 인파를 향해 손짓하고 있었고 나는 메시지를 전하는 그에게서 확신을 보았다. 모든 것이 계산되어 있었다. 카메라를 쳐다보는 방식부터 언론인 개개인과 눈을 맞추는 방식, 엄지와 검지를 한데 모았다가 손가락을 벌리고는 무언의 공손한 의기양양함을 담아 한 번 휘두르면서 내뱉는 그 용의주도한 발음에 이르기까지.

그가 성명을 마치자 질문이 쏟아졌고, 언론인들은 핸드폰을 그에게 더 바짝 들이대며 그의 이름을 불러댔다. 우세를 차지한 언론인의 말을 들으면서 그는 앞으로 몸을 기울였고, 그러다가—마치 자신을 쳐다보고 있는 대여섯, 어쩌면 대여섯 이상일지 모를 사람들 중에서 특히 내 시선이 자신에게 가닿는 것을 느꼈다는 듯이—질문하고 있던 여성에게서 시선을 들어, 위쪽을, 로비 건너를, 내가 선 곳을 보았다. 그의 얼굴에 떠오른 표정은 읽을 수 없었지만, 그가 나를 쳐다보고 있다는 데에는 의문의 여지가 없었다. 여러 언론인이 그가 누구를 혹은 무엇을 쳐다보고 있는지 보려고 돌아섰다. 그는 한순간 더 응시하다가 고개를 한 번 끄덕였고—거의 확실히 작별인사로—그다음에는 아까 그 언론인에게로 다시 시선을 내렸다.

바로 그 주에 나는 베티나에게 재판소에 남아달라는 제안을 받아들일 수 없다고 말했다. 그녀는 그렇게 놀란 것 같진 않았다. 어쩌면 내 답이 늦어지는 걸 보며 그런 대답을 예상하고 있었는지도 몰랐다. 어쩌면 재판소를 에워싼 혼란을 감안하면 중요하지 않은 일인지도 몰랐다. 혹은 어쩌면 내가 이미 알고 있었던 바를, 즉 내가 이 업무에 적합하지 않다는 것을 그녀도 의심하기 시작했는지도 몰랐다. 그럼에도 그녀는 내게 부드러운 목소리로 그 자리를 거절하는 특별한 이유가 있는지 물었다. 나는 그녀에게 사실대로 말했다, 내가 그 일에 적임자라는 생각이 들지 않는다고. 그녀의 얼굴에 동정적인 빛이 떠올랐고, 그래서 나는 부연 설명을 하려고 했다. 결과적으로는 내가 그 자리에 정말로 적격인 사람이라는 생각이 들지 않았다고 말했다.

당신 자격은 훌륭해요, 그녀가 말했는데, 당혹감에 이마에 주름이 졌다. 거기다 업무 성과도 한결같이 매우 확실했고요. 자격에 관해서 일말의 의문이라도 있었다면 우리가 그런 제안을 하지 않았을 겁니다. 그녀가 말을 멈추었다. 물론 기질의 문제도 있기야 하지요. 기질상 이 일에 알맞지 않은 사람들이 있고 어쩌면 당신도 그런 사람일지도요. 만일 그런 사정이라면, 기왕이면 일찍 아는 것이 낫죠, 본인을 위해서도 우리를 위해서도.

나는 고개를 끄덕였다. 그녀가 마음속에서 이미 나를 떨쳐 버리기 시작한 것이 보였다. 내가 그녀의 시간을 낭비했다는 느낌이 들었다. 그것은 기질의 문제라고, 또 내 기질이 적절하지 않다고 한 그녀의 말은 옳았다. 그러나 나는 더는 그런 평정이 유지 가능하다고도 바람직하다고도 믿지 않았다. 그것은 내면을 전부 좀먹었다. 나는 전직 대통령 이상으로 크나큰 평정을 지닌 사람을 만나본 적이 없었다. 그러나 이것은 그들 모두에게도 해당되는 것이었다―소추측과 피고측에게도, 판사들과 심지어 다른 통역사들에게도. 그들은 업무를 할 수가 있었다. 그들의 기질은 그 일에 알맞았다. 그러나 그 대가로 치른 내면의 희생은 얼마나 컸나?

그날 밤 나는 뭔가 먹을 것을 찾아 외출을 감행했고, 가장 가까운 중국음식점으로 걸어갔다. 내가 들어가자 계산대에 있던 젊은 여성이 표준 중국어로 말을 걸었는데, 기대에 찬 태도였다. 내가 고개를 젓자 그녀의 얼굴에 먹구름이 드리워지더니 그때부터 그녀는 통상적인 수준보다 더 큰 경멸을 담아 나를 대했다. 나는 생각했다―집에 가고 싶다. 집처럼 느껴지는 곳에 있고 싶다. 그게 어디인지, 나는 알지 못했다.

*

나는 아드리안의 동네에 있는 카페에서 그를 만났다. 우리
는 버릇처럼 그곳에 같이 갔었고 그의 아파트에 아직 머물고
있을 때도 나는 여러 번 갔었다. 그러나 이제 그곳은 생경하게
느껴졌는데, 마치 내가 기나긴 망명을 끝내고 돌아온 듯했다.
그가 도착하리라는 기대가 그 장소를 바꿔놓은 터였다. 나는
카페 구석에 있는 테이블에 앉았다. 몸이 너무도 납덩이 같아
서 다시 일어설 수 있을 것 같지 않았다. 아드리안이 헤이그로
돌아온 지 일주일이 지났지만, 우리는 아직 서로를 보지 못했
다. 며칠 전에 한 번, 전화로 얘기만 했을 뿐이었다.

내가 전화를 받았을 때 잠시 침묵이 있었고, 그런 다음 그가
말했다. 전화를 받아서 다행이야. 아파트를 나갔더라고. 그의
목소리는 유순했지만, 동시에 한층 날카롭고 한층 무거운 무
언가를 표현했고, 그때 나는 그에게도 우리 사이의 침묵이 아
무 의미 없는 일이 아니었음을 깨달았다. 내가 예상한 것보다
더 오래 당신이 돌아오지 않았으니까, 내가 말했다. 나는 말들
이 너무 많은 것을 전하지 않도록 애썼지만, 기대했던 바에 관
해서, 내가 한때 희망하고 싶었던 바에 관해서, 마음속에서 무
언가가 쩍 벌어지는 느낌 없이 얘기할 수는 없었다. 그는 매우
조용했고, 그러다가 리스본에서 상황이 복잡했다고, 그래도
자신은 돌아왔다고, 그러니 만나서 얘기하는 것이 가장 좋겠

다고 말했다.

그리하여 우리는 카페에서 만나기로 약속한 것이었다. 그는 내가 도착하고 오래지 않아 도착했고, 그가 문으로 들어서자마자 나는 자리에서 일어났다. 그는 카페를 가로질러 내 쪽으로 왔다. 나는 그의 존재감으로 인해 내가 경험한 육체적 동요에, 내가 거의 잊고 있었던 감정에 깜짝 놀랐다. 우리가 마지막으로 서로를 본 지 두 달이 지나 있었다. 우리는 그냥 아는 사람처럼 뺨에 키스를 한 다음 테이블에 앉았다. 내가 즉각 알아볼 수 없었던 어떤 방식으로 그는 달라 보였는데, 마치 그의 다른 버전이 낯익은 겉모습을 쿡쿡 찌르고 나오는 듯했다.

재판에 관한 뉴스 봤어, 그가 말했다.

나는 고개를 끄덕였다.

다들 정말 당혹스럽겠더라.

일부 사람들이 말하는 것처럼 재판소의 존재 자체에 위협이 되는 것 같지는 않아. 그래도 좋지는 않지. 아무도 그렇게 된 걸 좋아하진 않아.

그 사람을 위해서 통역한 적도 있어?

나는 다시금 그가 얼마나 오래 떠나 있었던 것인지를 깨달았다.

응.

그 사람은 어땠어?

옹졸하고 허영덩어리지만 인간 행동의 심연을 이해하고 있더라고. 평범한 사람들이라면 가지 않는 곳들을. 그게 그에게 상당한 힘을 실어주는 거야, 그가 감방에 갇혀 있을 때조차도.

리스본에서도 보도를 일부 봤어, 텔레비전으로.

나는 고개를 끄덕이고는 시선을 피했다. 그의 모습이 보였다. 내가 모르는 그 도시에서, 개비와 아이들과 함께하는 아파트에서, 내가 일찍이 보았던 바로 그 언론인들이 사건의 전말을 서술하는 것을 보고 있는 그의 모습이. 그 다른 삶이 내 눈앞에서 피어났고, 그 광경은 내가 상상할 수 있었던 수준보다도 더 고통스러웠다.

나는 리스본에 가본 적이 없네.

아름다운 도시야, 그가 어쩔 수 없이 솔직하게 말이 나온다는 양 말했다. 이 도시와는 천지 차이지. 개비는 아이들이 리스본에 머물렀으면 했지만, 그건 어렵지. 아이들도 여기서 다니던 학교를 그리워하거든, 친구들도 있으니까. 순전히 엄마가 바란다고 포르투갈에 계속 머물 수는 없는 노릇이니. 그러면서도 엄마를 필요로 하기도 해, 당연히.

아드리안은 망설이고 있었다. 리스본에서 무슨 일이 있었는지에 관해 그 이상으로 그렇게 많이 말하고 싶어하지 않았다. 아니 어쩌면 말로 어떻게 표현할지 몰랐을 수도 있었다. 그는 갑자기 피로해 보였고, 이에 나는 지난 몇 달을 내가 나름대로 겪어냈듯이, 벌어진 일을 그도 나름대로 겪어냈다는 것을 이해했다. 그러자 몇 년 뒤 어떤 가능한 미래에서 우리가 어떤 한결같은 조화를 이룬 상태로 함께 살고 있을지도 모르겠다는, 악조건에도 불구하고 함께 늙어가는 데 성공했을지도 모르겠다는 생각이 들었다. 우리는 서로에 대한 이해가 매우 깊고 함께한 역사가 있어서 더는 서로에게 이것저것 설명할 필요가 없는 그런 부부들 중 하나가 될 수도 있었다. 오래전에 정해놓은 일과가 있고, 서로에 대한, 그리고 우리 관계에 대한 절대적인 이해가 있는 그런 부부. 그리고 그렇게 되더라도 우리는 지난 두 달간 무슨 일이 일었는지 서로에게 영영 말하지 않을 수도 있다. 이 시간은 우리 관계의 백미러 속에서 사각지대로 남을 것이고, 우리는 그 주위로 신중하게 움직여 결국 그렇게 타협하는 행위가 제2의 천성이 될 것이고, 결국 더는 그런 행위를 눈치채지도 못하게 될 것이다.

그럼 개비는 리스본에 남을 거라는 소리야? 내가 물었다. 응, 그가 조용히 말했다. 아이들은 여기서 나하고 계속 지내다가 방학엔 리스본에 갈 거야. 어떻게 상상을 전개해봐도 이상적이진 않지, 이 사실을 개비에게 납득시키려고 엄청 애를 썼어. 그런데 그 사람이 요지부동이더라고. 그래서 내가 아이들을 다시 데려왔고 그렇게 우리가 여기 다시 있게 된 거야. 여러 면에서 안심되는 일이기도 해. 나는 안심이야. 아이들을 위해 희망했던 바는 아니지만, 헤이그에 돌아오고 나서야 이 상황이 나를 얼마나 많이 짓누르고 있었는지 깨달았거든. 이렇게 명쾌하게 처리해놓으니까 좋아, 그 결과가 얼마나 불완전하든 간에.

그는 말을 멈추었다. 당신이 조만간 만나주면 좋겠어. 내 아이들을.

나 재판소에서 정규직 계약을 제안받았어.

그거 멋진 소식이다.

거절했지.

알겠어.

그러나 그가 알지 못한다는 것을, 아니면 그 말들이 무엇을 뜻하는지 확신하지 못한다는 것을 나는 보았다. 재판소에서의 직책을 거절했다고 말함으로써 내가 더는 헤이그에 살지 않을 것이라고, 그의 아이들을 영영 만나지 않을 것이라고, 우리 사이에 미래의 가능성이란 없다고까지 말하고 있는 건지를 말이다. 나는 그를 배제하고 이 결정을 내려야만 했다. 혼자 결정을 내려야만 했다. 잠시 후 그가 내 얼굴로 시선을 들었다.

업무 때문에? 아니면 나 때문에?

그 질문은 직설적이었지만, 그가 알아야만 한다는 게 보였다. 그럴 필요가 있다고 그의 얼굴에 오롯이 쓰여 있었다. 나는 테이블을 건너다보았고 끝내 그가 방금 한 말의 의미를 이해했다. 개비는 리스본에 계속 머물고 그는 헤이그로 돌아왔다는 것을, 그가 돌아왔다는 것을. 이해하기에 몹시 버거울 정도였다. 내가 말할 겨를도 없이 그가 말을 이었다.

포르투갈에 있는 동안 더 자주 전화하지 못해서 미안해. 오래 연락하지 않은 것도 미안해. 그는 고개를 저었다. 상황이 예상했던 것보다 훨씬 까다로웠어. 사실은 내가 더 마음의 준비를 했어야 했는데, 어쨌든 나도 개비하고 십오 년 넘게 결혼 생활을 했잖아. 하지만 우리 관계가 얼마나 악화되어 있었는지는 이해하지 못했던 거지. 그는 나를 바라보고서 목소리를 낮추었다. 개비에 대해서도 미안해. 그녀가 아파트로 갈 마음이 있었다는 걸 몰랐어. 그녀가 헤이그에 있을 거라는 걸 아예 몰랐어. 알았다면 절대로 당신이 그런 일을 당하게 두지 않았을 거야.

그의 목소리에는, 그가 말하는 투에는 절박함이 있었고, 그가 떠나 있었던 그 몇 주가 나에게 어땠는지 그가 이해했음이, 아니 이해하기 시작했음이 보였다. 그리고 내가 그에게 말하려고 작정했던 것들이, 몇 번이고 내 머릿속을 거쳤던 말들이, 우리 사이에 말해질 필요가 있다고 믿었던 말들이 있었음에도, 나는 오로지 이 말만을 했다. 이해해. 올바른 상황에서라면 또 올바른 사람을 상대로라면 나는 어떤 것도 이해할 수 있었다. 그것은 강점이면서도 약점이었다. 나는 그의 얼굴을 바라보았고 결국에는, 모든 것에도 불구하고, 아드리안이 내게는 그런 사람일 수 있겠다고 생각했다.

재판소는 떠나도, 아드리안이 말했다. 헤이그에는 남아줄 수 있을까?

나는 테이블 건너로 손을 뻗었다. 그가 내 두 손을 내려다보았는데, 마치 그 손들이 낯설다는 듯, 이제야 겨우 그 손들을 다시 보게 되었다는 듯했다. 그는 그 손들을 꼭 잡고서 나를 올려다보았다.

며칠 전에 모래언덕에 갔어, 내가 말했다. 재판소 옆에 있는데 한 번도 거기를 걸어본 적이 없더라고. 물가로 내려가본 적도 없었어. 그런 장소가 지금껏 내내 존재했다는 게 믿기지 않더라. 그렇게 탁 트이게 펼쳐진 바다가 바로 내 시야 밖에 있었다는 게 말이야. 나는 시선을 내렸다. 정확히 어떻게 말을 이어야 할지 알 수 없었다. 말들은 너무 조금밖에 전달하지 못하는 듯했다. 그러다가 내가 예전에 거기 가본 적이 있다는 걸, 어릴 때 가족들하고 여기 헤이그에서 시간을 보냈다는 걸 알게 된 거야.

나는 침묵했다. 어쩌면 결국에는 내가 설명할 수 있는 것이 아닌지도 몰랐다―잠깐 트였던 그 가망성, 세상이 아직은 다시 형성되거나 발견될 수도 있겠다는 그 관념은. 그것은 그저 단순히 쭉 펼쳐진 모래밭, 다른 해안에도 찰랑거리는 똑같은 물일 뿐이었다. 그럼에도 짧은 한순간 나는 주위의 풍경이 가능성으로 진동한다고 느꼈던 것이다. 이런저런 것들을 제자리에 놓으려고, 이것에서 그다음 것으로 선을 그어보려고 나는 너무도 오래도록 노력해왔던 것이다.

우리 거기 가볼까? 그가 물었다.

나는 깜짝 놀라 시선을 들었다.

지금?

응. 가깝잖아. 알겠지만.

나는 대답하지 않았다. 아드리안은 웨이터에게 손을 흔들어 계산서를 달라고 신호를 보냈다. 나는 침묵이 의미를 띨 만큼 오래도록 말없이 있었다. 결정을 내려야 했다. 그래, 나는 가만가만히 말했다. 그가 돌아보았고 그의 눈 속에 그럼에도 희망의 서광이 담겨 있음이 보였다. 그래도 우리가 여기서부터 나아갈 수 있을지도 모른다는. 그래도 이것으로 충분할지도 모른다는. 그가 내 손을 향해 손을 뻗었는데, 얼굴은 내 쪽을 향해 있었다. 그래서 나는 그 말을 다시 했다. 그래, 나는 말했다.

## 감사의 말

헤이그 국제형사재판소 공보과에, 또 통역사 아메드 엘 캄루시와 앤드루 컨스터블에게 통찰과 전문지식을 나누어준 것에 대단히 감사한 마음이다. 헌터 브레이스웨이트에게도 값진 연구와 법의학적 심리를 알려준 것에 감사드린다. 이 소설에 등장하는 재판소가 국제형사재판소와 특정 유사성을 공유하고 있기는 하나, 어떤 방식으로도 그 기관이나 그곳의 활동을 대변하려는 의도는 없다.

엘런 러빈, 로라 페르시아세페, 윈 딜링 마틴, 클레어 맥기니스, 클레어 콘빌, 미할 샤빗, 아나 플레처, 그리고 리버헤드와 조너선케이프의 비범한 팀들에게 감사드린다. 데버라 란다우와 라이터스하우스의 직원분들에게도 감사드린다. 이 소설의 상당 부분은 산타 마달레나 재단에서 집필되었고, 이에 비어트리스 몬티, 앤드루 숀 그리어, 그리고 앤드리아 바자니에게 그들의 친절과 지지에 대해 감사한 마음이다.

마지막으로, 언제나처럼 또 언제까지나, 하리에게 감사한 마음을 전한다.

# 친밀

친밀親密─지내는 사이가 친하고 밀접한 것. 작품을 관통하는 한 단어가 있다면 바로 이것일 테다. 작중에는 주인공이 겪는 모든 친밀함이 등장한다. 일단 야나와는 친구로서 친밀하고, 아드리안과는 연인으로서 친밀하다. 야나를 통해 만난 엘리너와 안톤과도 예상했던 것보다 더 친밀해진다. 한편 통역사라는 주인공의 직업마저도 통역할 대상과 매우 친밀하게 관계하는 일이다. 이런 통역이라는 일의 특성상 주인공은 굳이 친밀해지고 싶지 않았던 전직 대통령과 심적으로 친밀해지게 되고, 반인도적 범죄자를 인간으로서 대우하고 그와 친밀하게 지내게 되었다는 상황 자체에 위화감과 스트레스를 느끼기도 한다.

하나 이 모든 친밀한 사이가 언제나 양립 가능한 것은 아니다. 비교적 치안이 좋지 않은 동네에 살면서 아드리안에게 은근한 호감을 품은 듯한 야나와, 치안이 좋은 동네에 살면서 야나의 동네는 위험하니 그쪽으로 이사하지 말라고 주인공을 만류하는 아드리안과 동시에 높은 친밀성을 유지하기는 껄끄러운 일이다. 또 안톤이 바람을 피운다는 내밀한 속사정을 알면서 엘리너와 안톤과 친밀한 관계를 유지하기에는 만나본 적도 없는 안톤의 아내가 마음에 걸린다. 거기다 가해자인 전직 대통령에게 심적으로 친밀감을 품고 있으면서 피해자인 증인의 말에 친밀하게 붙어 통역하는 일 역시 감정적으로 양립하기가 어렵다. 양쪽 중 한쪽의 친밀성은 훼손되어야만 다른 쪽의 친밀성이 지켜질 수 있는 것이다. 이에 주인공은 아드리안과의 친밀성이 진전될 때는 야나와 심적으로 살짝 소원해지고, 증인의 말을 통역하면서는 전직 대통령과의 친밀성을 마음속에서 몰아낸다. 그러나 이렇게 친밀함의 시소를 타고 이쪽으로 쏠렸다가 저쪽으로 쏠렸다가 하는 것은 신경이 날카로워지는 일이니만큼, 이 작품에는 시종일관 감정적인 긴장감이 흐른다.

이 모든 친밀한 사이 중에서 어떤 친밀한 사이를 살릴 것인가 하는 선택의 기로를 이 작품은 계속해서 제시한다. 아드리안이 집을 떠나 변변한 연락도 주지 않고 침묵하는 바람에, 주인공은 아드리안과 친밀한 사이를 유지할지 말지의 기로에 놓인다. 이에 주인공은 아드리안이 이혼하겠다는 말과는 달리 개비와 다시 잘되고 있는 것은 아닐지 우려도 되거니와, 유부남의 연인으로 지낸다는 상황에 회의감이 들어 아드리안의 집에서 나가기도 한다. 한편 엘리너와 안톤과 친밀하게 지내며 그 둘의 편에 설지, 만나본 적도 없는 안톤의 아내 쪽에 심적으로 친밀한 자세를 유지할지의 기로도 있다. 그 밖에 전직 대통령과 증인 사이에서 어느 쪽과 심적으로 친밀해질 것인가의 기로도 존재한다. 밖에서 본다면 그 기로들 사이에서 결단을 내리는 것이 일견 간단해 보일 수 있으나, 아드리안을 사랑하는 마음, 엘리너와 좋은 친구로 지내고자 하는 마음, 그리고 통역가로서 전직 대통령에게 받은 인정 등 다양한 감정과 상황에 엮여 있는 주인공으로서는 결단을 내리기가 쉽지만은 않다.

이렇게 감정적으로 얼기설기 얽힌 상황 속에서 괄목할 만한 점은 우리의 주인공이 매 순간 고뇌하면서도 스스로 옳다고 생각하는 방향으로, 마음이 이끄는 방향으로 향한다는 것이다. 결과적으로 아드리안이 복잡한 상황을 해소하고 이혼한 뒤 돌아오자, 주인공은 이제 떳떳해진 신분의 그와 함께 늙어갈 상상을 하며 그를 자신의 '집'으로 선택한다. 한편 주인공이 양심적으로 거리끼는 느낌을 받던 엘리너, 안톤과의 친밀한 사이는 끊어진다. 또한 계속해서 회의감을 느끼던 전직 대통령과의 친밀한 사이도 단절한다. 이렇게 수많은 감정적 기로에 부딪쳤을 때 한줄기 의지가 되는 것은 주인공 자신의 도덕성과 옳다고 생각하는 마음, 즉 분명히 폭력과 부정이 존재하는 상황에서 그것을 모른 척하고 태연하게 있을 수 없다는 마음, 그리고 진정한 친밀성을 추구하는 마음인 것이다.

개인적으로는 통역사라는 주인공의 직업 때문에 번역하면서 주인공에게 친밀함을 느꼈다. 이 작품의 큰 특징이라고 한다면 대화문도 따옴표 없이 서술하며 의식의 흐름처럼 흘러가는 몽환적인 문체인지라, 우리말로 옮길 때 그런 특징을 최대한 살려보려고 노력했다. 그 모든 친밀함이 복잡하게 얼기설기 꼬인 이 작품은 복잡다단한 우리네 인생을 닮았다. 특히 주인공이 시원하게 내뱉는 성격이라기보다 속으로 끙끙 앓는 타입인지라 딱히 속이 뚫리는 듯한 전개가 있는 것도 아니나, 그것 역시 우리네 인생을 닮아 있지 않은가. 작품이 보여주는 복잡다단한 감정의 긴장감 속, 뿌연 안개 속에서도 자신의 양심과 마음에 솔직하게 올곧은 방향으로 나아가는 주인공의 여정을 독자 여러분께서도 친밀하게 눈여겨보아주셨기를 바랄 뿐이다.


백지민

옮긴이 **백지민**

한국외국어대학교 이탈리아어학과 및 영어통번역학과와 이화여자대학교 통역번역대학원 한영번역과를 졸업하고 번역가로 활동하고 있다. 옮긴 책으로 『여덟 밤』『하객 명단』『핀처 마틴』『어둠 속에서 헤엄치기』『다시 찾은 브라이즈헤드』『위대한 개츠비』가 있다.

# 친밀한 사이

초판 인쇄 2025년 1월 17일
초판 발행 2025년 2월 7일

지은이 케이티 기타무라 | 옮긴이 백지민

책임편집 윤정민 | 편집 김혜정 김경미
디자인 김유진 이주영 | 저작권 박지영 형소진 오서영
마케팅 정민호 서지화 한민아 이민경 왕지경 정유진 정경주 김수인 김혜원 김예진
브랜딩 함유지 함근아 박민재 김희숙 이송이 김하연 박다솔 조다현 배진성
제작 강신은 김동욱 이순호 | 제작처 천광인쇄사

펴낸곳 (주)문학동네 | 펴낸이 김소영
출판등록 1993년 10월 22일 제2003-000045호
주소 10881 경기도 파주시 회동길 210
전자우편 editor@munhak.com | 대표전화 031)955-8888 | 팩스 031)955-8855
문의전화 031)955-1927(마케팅), 031)955-2634(편집)
문학동네카페 http://cafe.naver.com/mhdn
인스타그램 @munhakdongne | 트위터 @munhakdongne
북클럽문학동네 http://bookclubmunhak.com

ISBN 979-11-416-0893-4 03840

www.munhak.com